写好一个『人』字

贾植芳讲堂2016年演讲实录

河西学院贾植芳研究中心 编

中原出版传媒集团
中原传媒股份公司

大象出版社
·郑州·

图书在版编目(CIP)数据

写好一个"人"字:贾植芳讲堂2016年演讲实录／河西学院贾植芳研究中心编.— 郑州:大象出版社，2017.12(2018.6重印)
　　ISBN 978-7-5347-9605-0

Ⅰ.①写… Ⅱ.①河… Ⅲ.①演讲—中国—当代—选集 Ⅳ.①I267

中国版本图书馆CIP数据核字(2017)第293535号

XIEHAO YIGE REN ZI

写好一个"人"字

贾植芳讲堂2016年演讲实录

出 版 人	董中山
策 划 人	李　辉　王刘纯
责任编辑	杨　兰　司　雯
责任校对	安德华　张迎娟
封面设计	王莉娟

出版发行	大象出版社(郑州市开元路16号　邮政编码450044)
	发行科　0371-63863551　总编室　0371-65597936
网　　址	www.daxiang.cn
印　　刷	洛阳和众印刷有限公司
经　　销	各地新华书店经销
开　　本	787mm×1092mm　1/16
印　　张	14.5
字　　数	190千字
版　　次	2017年12月第1版　2018年6月第2次印刷
定　　价	38.00元

若发现印、装质量问题，影响阅读，请与承印厂联系调换。
印厂地址　洛阳市高新区丰华路三号
邮政编码　471003　　　电话　0379-64606268

序

陈思和　李辉

恩师贾植芳先生与河西学院有缘！

贾先生的诸多藏书，从上海复旦大学家里，千里迢迢走进远在甘肃张掖市的这座美丽校园。从此，他融于河西学院，成为校园里的一道风景。我们这些弟子，仿佛与他的书和精神相伴，也融于其中。

可以毫不夸张地说，我们也成了河西学院的一员。

几年来，我们深深感受到河西学院对恩师的关切、厚爱。设立贾植芳图书陈列室；运来贾先生的书架、沙发、书桌，恢复贾先生书房原貌；一座贾先生的肖像雕塑，栩栩如生，凸显先生的精神气质；成立贾植芳研究中心……河西学院所做的一切，令我们难以忘怀。

2016年7月初，贾植芳先生百年诞辰纪念活动在河西学院举行，来自海内外的学者和贾植芳先生的弟子们，会聚张掖，缅怀先生，研讨文学话题。于是，我们两人想到，何不设立一个贾植芳讲堂，每年约请不同领域的学者、作家、艺术家等前来河西学院演讲。用他们不同的创作体会与研究思路，为河西学院的学生们提供不一样的知识天地，拓宽他们的视野，让课堂的教育走进更宽阔的领域。让学生在不同演讲者的话题里获取启迪。

贾植芳讲堂由此拉开序幕。

黄永玉先生为贾植芳研究中心题名

半年时间里，七次演讲走进河西学院。分别是：

第一讲，陈思和、李辉，《贾植芳先生印象与非虚构写作》。

第二讲，张新颖，《谈沈从文的后半生》。

第三讲，陈子善，《张爱玲文学史料的搜集和整理》。

第四讲，梁鸿，《文学如何重返现实》。

第五讲，马未都，《我与观复博物馆》。

第六讲，熊光楷，《国际关系与国家安全》。

第七讲，曹景行，《我所经历的美国总统竞选》。

从以上题目可见，演讲的内容颇为不同，每个演讲者的经历、体验，自然也大大不同。这恰恰是我们所设想的模式。

河西学院的前身是师范专科学校，如今有不同的学科门类，文学院、外语学院、传媒学院、美术学院、音乐学院、体育学院以及理工类等不同学院。演讲者精彩的表达可以使同学们在不同领域的知识范围里得到启发，或者说触类旁通。

半年的七次演讲，受到师生们的欢迎。鉴于此，有必要将每年的演讲结集出版。听过演讲的学生，乃至未能到现场的学生，都可以在书中细读。一年又一年，河西学院的毕业生将走出校门，我们期待，一个个演讲者的话题，会是他们校园的美好记忆，也是他们内心与精神的滋补。

  未来的日子里，我们将邀请更多的作家、学者、艺术家走进贾植芳讲堂，与这里的学生们零距离交流。这既是我们对恩师的感恩，也是为远方的河西走廊的教育尽我们的绵薄之力。

  感谢河西学院。

  感谢大象出版社对出版演讲集的支持。

  感谢每位演讲者——你们的热忱、厚爱、慷慨，才使我们有了把贾植芳讲堂坚持下去的信心。

写于 2017 年 5 月 25 日

目 录

第一讲　陈思和、李辉
　　　　贾植芳先生印象与非虚构写作 …………………………… 001

第二讲　张新颖
　　　　谈沈从文的后半生 ………………………………………… 029

第三讲　陈子善
　　　　张爱玲文学史料的搜集和整理 …………………………… 049

第四讲　梁鸿
　　　　文学如何重返现实 ………………………………………… 083

第五讲　马未都
　　　　我与观复博物馆 …………………………………………… 113

第六讲　熊光楷
　　　　国际关系与国家安全 ……………………………………… 135

第七讲　曹景行
我所经历的美国总统竞选 ………………………………… 153

附

姚峥华
贾植芳张掖"落户记" …………………………………… 189

赵建国
贾植芳讲堂，因一个"端正的灵魂"而设 …………… 206

王明博
丝绸之路上的文化传播者
　　——贾植芳讲堂七讲侧记 ………………………… 209

董家丽
润物细无声
　　——贾植芳讲堂开讲二三事 ……………………… 218

第一讲

贾植芳先生印象与非虚构写作

【主讲人简介】

陈思和，原籍广东番禺，1954年出生于上海，毕业于复旦大学中文系。中国当代著名文学批评家，复旦大学中文系教授、博士生导师，教育部"长江学者"特聘教授。现任复旦大学图书馆馆长。主要论著有《中国新文学整体观》《中国当代文学史教程》《巴金图传》《中国现当代文学名著十五讲》，编年体论文集《笔走龙蛇》《鸡鸣风雨》《犬耕集》《谈虎谈兔》《草心集》《海藻集》等十几种。

李辉，1956年出生于湖北随县，毕业于复旦大学中文系。《人民日报》资深记者、编辑，著名作家，著名出版策划人，首届鲁迅文学奖（散文类）获得者。主要从事传记文学和随笔创作，先后出版论著《巴金论稿》、历史纪实《胡风集团冤案始末》，以及萧乾、沈从文、黄苗子、郁风等人传记，随笔集《沧桑看云》《封面中国》等。2001年由大象出版社出版图文系列"大象人物聚焦书系"10种。主编"金蔷薇随笔文丛"20种、"沧桑文丛"24种、"历史备忘书系"6种，参与策划"火凤凰文库"24种。另有《福斯特散文选》《走进中国》等译著出版。

河西学院党委书记黎志强与李辉一起为贾植芳讲堂揭牌

【主持人的话】

刘仁义： 各位老师，各位同学，大家晚上好！为纪念贾植芳先生100周年诞辰，由复旦大学中文系、图书馆及河西学院联合举办的"贾植芳与中国新文学传承国际学术研讨会"及贾植芳研究中心、贾植芳讲堂揭牌仪式，还有贾植芳先生雕像的揭幕仪式，今天在河西学院隆重举行，并取得了圆满的成功。今天是我们在正式揭牌也是正式命名的贾植芳讲堂举行的第一讲。有人向我隆重建议由陈思和先生和李辉先生担任贾植芳讲堂的主持。

今天的会议，从早上到现在，许多参加会议的人都和我一样，一直处于无比的感慨、感叹和激动当中。因为今天，短短的一天，发生了许多激动人心的故事。

第一讲 | 003
贾植芳先生印象与非虚构写作

河西学院党委书记黎志强与陈思和一起主持贾植芳先生雕塑落成仪式

今天是贾植芳讲堂的第一讲，我们请来了贾植芳先生的两位高足，也是我要隆重推出的。一位是复旦大学图书馆的馆长陈思和教授，另一位是《人民日报》高级记者、《人民日报》文艺版的高级编辑李辉教授。他们两人之前就已经和河西学院结下不解之缘，分别是第二次、第三次来到河西学院。相信今天参加这个会议的老师、学生都是幸运的，也是幸福的。我在后面要讲到什么是幸运的，什么是幸福的。自从我们河西学院和复旦大学结缘以来，自从结识陈思和先生、李辉先生，我终于明白一个人在这一生什么是幸运的，什么是幸福的。今天你们将会听到幸运的、幸福的故事。相信今天大家能够在这里聆听陈思和先生和李辉先生的演讲，你们一定是幸运的，也是幸福的。我为大家有机会能够听到这个报告而感到很庆幸，我也感谢大家能来听这个报告。

李辉、应红夫妇与贾植芳先生雕像合影

    今天晚上报告的议程有这么几项：第一项，先由我代表河西学院向李辉先生颁发一个贾植芳研究中心特聘教授的聘书，希望我们通过贾植芳研究中心、贾植芳讲堂和贾植芳藏书陈列馆这样一个三位一体的建设，希望李辉先生能够发挥他的作用，更好地做好贾植芳这篇文章。下面我为李辉先生颁发这个聘书，大家欢迎！

    第二项，陈思和先生自2014年来到河西学院以后，为河西、为张掖写了4首著名的诗作，其中有一首是赞美我们的丹霞地貌的："七彩罗裙百色冠，三千佳丽列仙班。莫叹张掖观无海，一片丹霞火炬澜。"这个故事是这样的，我们徐德梴书记带陈思和先生去观看丹霞，他对陈思和先生讲，张掖的地理地貌、民族文化多元多样。多样性是河西走廊的显著特征，这里的地理地貌堪称国家地质大观园。最近张掖市国家地质公园已经批下来了。他说我们这个地方什么都有，就

河西学院刘仁义院长主持贾植芳讲堂第一讲

是没有海。陈思和先生看了之后说："这不就是海吗？"因此，有了这首赞美张掖丹霞的著名诗篇。在陈思和教授诗的启发下，美术学院的张敏院长就为陈思和教授的这首诗创作了一幅画，也为李辉教授创作了一幅《龙马精神》的画作。下面有请张敏院长为陈思和教授和李辉先生赠送他的作品。张敏院长也一直在积极参与贾植芳讲堂、贾植芳研究中心和贾植芳藏书陈列馆的建设。我们藏书陈列馆有一幅画，包括复旦大学光华楼重要会议室的一幅画，就是张敏院长画的。陈思和教授讲复旦大学新的图书馆落成之后，希望张敏院长下去后好好备课，能把自己的作品送到复旦大学。能赠送给陈思和教授和李辉教授也是莫大的荣幸，我们张敏院长是幸运的，也是幸福的。

下面我隆重推出的是陈思和教授和李辉教授的讲座，但是在这讲座之前，我要发表我的一些感慨。从 2013 年一直到现在，我就和陈思和教授及复旦大学图书馆，特别是陈思和教授的一些学生和贾门弟子来策划贾植芳藏书在河西学院的活动，这个活动，用王主任的话讲就是"安家"这样一个伟大的事业。在这个过程中，自始至终我一直受到很大的教育和很多的感动，包括今天在内，我们所有参会的人员，实际上都是在这样一种气氛当中，在这样一种感叹、感恩和感慨当中度过的。具体的故事我就不讲了，我一直被陈思和先生和李辉先生等贾门弟子对老师那种亲如父亲般的感情所感动。我一直这样说，这里面有很多美丽的故事，说真的，这是写不完也讲不尽的。

我就简短地说一下，因为今天晚上大家不是要听我的，而是要听他们的，所以我就浓缩一下。在这个过程当中，陈思和先生做的工作可能大家知道一些，李辉先生他们俩是复旦大学 77 级中文系同班同学，他们在大三的时候就一块儿合作写书，毕业后就在人民文学出版社出书，这是件多厉害的事儿。他们在今天又合作当导师，为这样一个伟大的事业。这次会议陈思和先生运筹帷幄，做了大量工作。李辉教授虽然来得比较晚，但是后劲十足，他一来就捐了 2700 多册图书，价值 10 余万元，而且是精装本。加上贾先生给他的三十多封信，而且后面还有很多想法，这个想法以后大家想了解，我们会讲给大家听。就在这个过程中我一直被贾先生的人格魅力和他的精神品质所感动。特别是贾先生的学生对老师的崇敬我一直非常感动，我觉得贾先生的学生对贾先生这种真情、这种真爱深深地教育和感染了我，也深深地教育和感染了所有河西学院参与了这项伟大事业的人。

贾先生、陈思和先生和李辉先生成为我，也成为河西学院所有参与这项事业的人心目当中伟大的老师和优秀的学生的一个案例。也就是说，通过他们，我们才知道什么是好的老师，什么是好的学生。我也是个老师，也是学生，我为能与贾门弟子相识感到荣幸；为能知晓与分享人世间如此美丽动人，充满着传奇色彩的故事感到庆幸；为能加入到这个团队，共同继续贾植芳研究事业，感到无比的自豪。作为一个学数学的人，我也能通过做这样的事来学习一点人文知识。我在贾先生的为人、为师、为丈夫、为朋友、为学等方面，确确实实学到很深的东西，贾植芳先生堪称楷模和典范。他是一个真正把"人"字写得端端正正的人。我从这里学到了很多东西，也深受教育与启发。

我还要讲的一个故事就是我们通过和复旦大学合作民俗民族这方面的研究，很多教授说：美会孕育美，美美与共。河西学院在贾先生及贾门弟子这种精神的感召下，也视贾先生为自己的老师，我们也找到了自己的老师的影子。所以我们很多参与这个事业的同志也用真心、真情、真力来传承贾植芳精神、以贾植芳做文章。我们图书馆举全馆之力做一些相关的工作，可以说美美与共，美孕育美，将贾先生的精神发扬光大。我看了一本书，钱理群先生的《我的教师梦》。钱理群是研究鲁迅的，贾植芳也是崇拜鲁迅的，钱理群讲过一句话，说他研究鲁迅，不仅要讲鲁迅，而且还要接着鲁迅往下讲，还要接着鲁迅往下做。这就是一种历史的承担意识。在与陈思和先生和李辉先生的交流过程中，我发现他们作为贾植芳先生的学生，不仅讲贾植芳先生，而且接着贾植芳先生一直往下讲，接着贾植芳先生一直往下做，一直实践和传承着贾先生的风骨和人格，我非常感动。

我还有种感慨，我认为学生是老师的影子。大家都说上梁不正下梁歪，我觉得学生是老师的一个影子。虽然我和河西学院的很多人都没有见过贾植芳先生，但是从陈思和先生和李辉先生以及贾门弟子的身上，从他们对老师这种无比崇敬的感情中，我们感受到了贾植芳先生的人格魅力；感受到了贾植芳先生作为一名老师，他的巨大成功；也感悟到了什么是好的老师和好的学生。习近平同志在第三十个教师节庆祝大会上说："教师的工作是塑造灵魂，塑造生命，塑造人的工作。"他讲了一句很重要的话："一个人遇到好老师是人生的幸运，一个学校拥有好老师是学校的光荣，一个民族源源不断涌现出一批又一批好老师则是民族的希望。"所以我从这个过程中觉得作为一个老师能培养出像陈思和、李辉等这样优秀的学生，贾植芳先生是成功的；能遇到贾先生这样的圣贤之师，陈思和和李辉是幸运的，也是幸福的。我明显能感受到他们的那种幸福感，每次遇到陈思和和贾门弟子，我都能与他们一起分享这种幸福的故事。我不敢说嫉妒，但是确确实实我能感受到他们是很幸运的。

我要说的是河西学院能与贾先生结缘，能借贾门优秀弟子与复旦大学之力发展自己，河西学院也是幸运的，也是幸福的。能有幸、有机会参与贾先生在河西学院安家这样一件伟大的事业，我也是幸福的，也是幸运的，大家也是幸福的，也是幸运的。今天大家能听这样一场讲座，也是幸福的，也是幸运的。因为人世间美丽的事离我们这么近的并不多。

我最后要讲的是有了贾植芳藏书陈列馆，有了贾植芳研究中心和贾植芳讲堂，还有陈先生和李辉先生这些贾门弟子的关心和帮助，还有那么多海内外的学者，大家都一致表示关心和支持这个事业的发展，河西学院做贾植芳这篇文章，一定会做出特色、做出成效、做出亮点。我们河西学院将会在贾先生和贾门弟子精神的感召下，用心、用情、用力做贾先生的文章，重点在贾植芳先生及其文献资料的建设和研究，学科建设、教学改革和人才培养，以及贾先生的人格精神及师德、师风传承等工作。把贾植芳研究中心、贾植芳讲堂和贾植芳藏书陈列馆，打造成为传承贾植芳精神、展示复旦大学对口支援河西学院的成果和基地，也打造成为河西一个很有影响的人文研究和传承创新基地。我就说这些，下面让我们以热烈的掌声有请陈思和先生和李辉先生给我们分享。

【演讲正文】

陈思和： 尊敬的刘校长刚才做了非常热情的开场，今天我们是贾植芳讲堂的第一讲。匾上的字是著名画家黄永玉先生所写，黄永玉先生今年已经九十多岁了，

陈思和谈贾植芳先生

这是李辉先生特地请他写的匾额，这是一份非常珍贵的礼物。我想这个礼物是一个非常良好的开端，往后这个文章怎么做？我想还需要我、李辉还有包括在座的各位老师和同学共同把这件事做好。我们今天一大早就到图书馆看了贾植芳先生藏书陈列馆，与两年前不同，现在完全换了一个地方。尤其是把先生的书房中他用过的桌子、椅子、沙发、书架都陈列了出来，我感到非常亲切。我从今天早上到现在一直处于一个兴奋的状态，让我想到很多很多。

1978年，我是"文革"后恢复高考的第一届，我和李辉都是77级，刘校长是78级，但是77级不是在1977年进校的，它是在1977年参加考试的。因为中国已经有十几年没高考了，现在同学们一提到高考就恨得要死，我们那个时候是盼望着高考盼望了整整11年，终于国家说要恢复高考了。

那个时候，我们班最大年纪的是1946年生的，最小的一个大概是1960年生的。大家都挤在一个小考场，大家都在考同一张卷子，考完之后整整半年改不出考卷，因为实在太多了。一直到1978年年初，77级学生才进校，整整拖延了半年。然后到了1978年再一次高考，这就是77级、78级同年入校的佳话，所以我和刘校长是同一年进大学的。那时候我24岁，和在座的各位同学年龄差不多，或许比大家大一两岁，但李辉绝对不比大家大，当时就是这么一个年纪进来的。现在我们都变成白发苍苍的老人了。整整三十多年过去了，我在读大学二年级的时候，经常在图书馆和中文系的资料室看书，那个时候我们读书很简单，就是去资料室找自己没读过的书读，一本一本通读过来，鲁迅读完读巴金，巴金读完读老舍。几乎都是这样一套套读的。有一天我在读巴金的书的时候，发现边上李辉也在读，然后我们就开始聊天了，当时我和李辉同一个班级但是接触并不是很多，就是因为我们在图书馆读巴金的书，就这样聊天，聊着聊着，我们就渐渐成了好朋友，于是有什么想法我们就交流，慢慢地我们就开始走上研究巴金的道路。当时也算不上研究，就只是喜欢一起阅读，一起讨论，最后我们就开始学习写文章了，最后毕业的时候我们出版了一本书。

我和李辉的友谊就这样坚持了四年。后来我在上海，他在北京。我在教书，他是记者，我们走了两个领域。虽然还经常交流，但在一起合作做事情，大概只有三次。第一次是在我们读大学的时候一起研究巴金。第二次是在20世纪90年代，当时我们筹到了一笔出版基金，叫作凤凰出版基金。我们在一起策划了一套丛书叫作"火凤凰文库"，这套书在20世纪90年代影响也挺大的。第三次合作，那就是现在的贾植芳讲堂了。一晃三十多年，我已经60多岁了，我们还能合作到一起，跑到河西学院，跑到中国的大西北一起来做这么件事儿。我们的希望就是让贾植芳先生的人格魅力及精神传统，在这一片丰饶的大地上生根开花，让这种精神能够开出精神之花，所以我觉得这样一种缘分是非常长的。以前有人说，一个人做

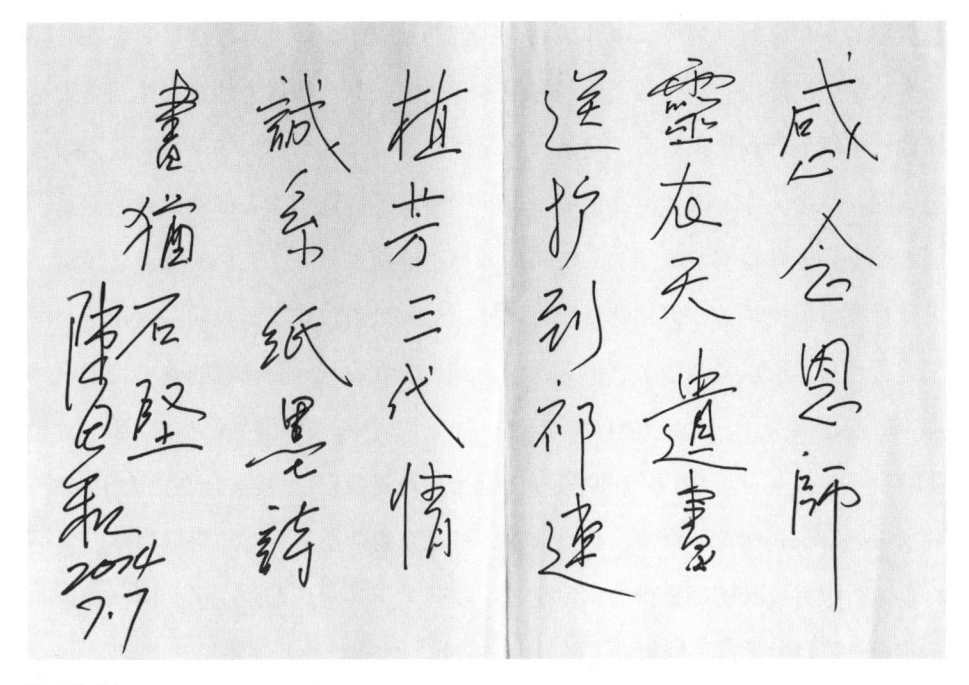

第一讲
贾植芳先生印象与非虚构写作　　011

陈思和题词

感念恩师
灵在天遗书
辗转到祁连
植芳三代情
诚系纸墨诗
书猫石坚
陈思和
2014.7.7

一件好事并不难，难的是一辈子做好事不做坏事。我们两个人能够一辈子合作，一辈子在一起做这个事情，我认为这也是一种好事。当然现在已经不是我们两个人的事了，还有河西学院这么多老师、这么多同学一起在做。今天我们能够把贾植芳先生的精神移植到河西学院，是因为我和李辉曾经有了第一次合作，缘分就是因为有了贾先生，因为我们也找到了一个好老师，才使我们后来走上了这样一条很阳光的路。

我和李辉也赶上了好的时代。三十多年来我们在各自的岗位上都走得很顺，这种顺，还是与我们的国家、我们这个社会的风风雨雨结合在一起的。但是我们一直坚持着我们自己的一些坚持，坚持着我们知识分子的人文精神。沿着这样一个道路走下来，我觉得是当年贾先生给我们种的种子，现在开花结果了。这里最最重要的东西，就是刘校长刚才说的，我们遇到了一个好老师，这是我现在对我所有的学生反复说的一句话。曾经有很多学生问：陈老师你为什么会达到今天这样的一个境界？我从来只有一句话，就是遇到了一个好老师。如果说我是因为自己聪明，是个天才，或者说我很能干，我很用功等，这个人人都能做到，但是，遇到一个好老师是需要缘分的。没有缘分你可能就是一辈子在黑暗隧道里摸索，可能会摸索得很辛苦，但是就是没有缘分。对我来说，我在读大学之前，是个图书馆管理员，所以我和图书馆挺有缘分。那个时候我是一个街道的图书管理员，那个时候也搞书评，也会搞编目等工作。如果说看书，我那时候也看，那个时代虽然没有什么书看，但图书馆的书是可以看的。可是我自己很明白，在进大学以前，我所做的事都是像瞎子摸象，只是喜欢，只是东看西看，有时还自以为是，觉得自己做得很好，其实都是错的。但是进了复旦大学，一切都改变了。所以我也非常感恩于复旦大学，正因为进了复旦大学，我们才有机会遇到我们的贾老师。

我出生于1954年，第二年，我的父亲就到西安去工作了，也是支援大西北才去的，他一直工作到六十多岁，刚刚退休准备回上海了，却突发脑溢血，死在西安。所以对我来说，在我的成长道路上几乎是缺少父亲的，我没有一个父亲在身边指点，我妈妈对我是非常好的。但是我们在座的青年朋友有没有这样的经历：一个少年人，如果在十三四岁以前没有父亲陪伴，也许问题不大。母亲给你吃，给你穿，嘘寒问暖，把你保护好就够了。我的少年时代不需要每晚做功课，我妈妈也不管我，很自由自在。但是到十三四岁以后，可能一个男孩子突然长大，就会对社会感到非常迷茫，碰到很多问题，包括自己那个青春的躁动，包括走上社会遇到各种各样的矛盾，各种各样的困惑。那个时候你会从理性上自觉地想要一个父亲的角色在旁边指导你，那个时候父亲的功能就出来了。一般情况下父亲不会婆婆妈妈地问你饭吃饱了没有，衣服穿暖了没有，这是妈妈做的事情。可是到这个时候，人需要解惑，有很多的问题需要人指导，父亲作为一个男子汉在你面前就有了举足轻重的作用。我当时就觉得，我在考复旦大学之前，我的生活一直磕磕碰碰，我的成长其实是不健全的，因为父亲不在我身边。他偶尔探亲回来一次，住半个月就走了。对我来说，始终缺少一个阳刚的父亲在我身边指导我，当然我也会自然长大，也会处理很多事情，但是这个时候我的人生目标是不清楚的。

我在复旦遇到了贾先生，就感到是遇到了精神上的父亲。当然我不是说这个父亲就是教你怎么样做人的，不是这样的，就是说有一个榜样。在人生关键的时刻有一个老人那么智慧，充满了人生的经验，他一辈子坐过四次牢，对各种各样的社会现象都洞若观火。在这样一个时候，他在你的人生道路上就是一个榜样，就是一面旗帜。我是因为有了贾植芳先生在我面前，在我身边，我才感受到人生有了一个目标，感受到我应该做什么样的一个知识分子，我自己就会选择自己的道路。就是说有了这样一个前提，才有了我的今天，也就是我以后的自觉的社会实践。人文教育和我们一般所说的知识教育是不一样的。知识教育是数理化、英语、历史、地理，它一般通过老师讲授，你就会慢慢地掌握。如果没有老师教，你不会是天生的数学家，天生就懂几国外文，这一般是不会的。但人文教育不一样，人文是你本身，你作为一个人本来就有，与生俱来的，但当你处于蒙昧状态时你是不知道这一点的，人并不能够很自觉地理解自己到底是什么样的人。这个时候就需要有一种人文教育，人文教育通过某种特殊的榜样来感染，把你做人的自觉、做人的自豪感发掘出来，焕发出来，让你自觉意识到我是一个人，应该怎么做一个好人。一般来说，知识教育需要有老师具体指导，课堂里的老师可以教你，但是人文教育不是靠课堂里的那个老师教你的，你怎么做个好人啊？列出个一二三四，学会了就变好人啦？这不大可能。人文教育更需要在人生道路上有一个路标，有一个榜样，有一个精神上的父亲，他在你的身边，让你能感受到、自觉到自己是个什么样的人，应该走怎么样的道路。如果同学们在人生道路上能够碰到这样一个精神的父亲，我觉得这就是刘校长刚才说的幸运和幸福。我承认我和李辉都是幸运的、幸福的，因为我们找到了这样一个榜样，不应该说是找到了，是命运把它放在那里给我们展示出来的，这样一种榜样。所以当我们今天在这里讲贾植芳先生的时候，上午在看贾植芳藏书陈列馆的时候，我这种感情上的激动就好像看到了我们的父亲。

李辉：其实，我觉得缘分这件事情挺重要的。我们认识贾先生是1978年年底。1978年，他是"胡风反革命集团"分子，还没有平反。他不能给学生上课，在我们中文系资料室当资料管理员。然后呢，我跟思和正在上文学史的课，我们就对巴金感兴趣，我们一块儿研究巴金。其实那个时候，是陈思和的一个提议。我说好呀，那我们一起研究吧！其实我是很懵懂的，因为当时我是21岁，而且我在进校一年来是天天玩，又是我们复旦大学舞蹈队的队员，又是我们体操队的队员，所以我是以玩为主。那个时候天天排练节目，到部队去慰问演出，到地方去演出，实际上是干这些活儿的。因为我中学的知青点里全是文艺青年，所以他一提议，我说："好啊。"既然感兴趣我们就研究吧！其实我是很懵懂的，所以我现在感到很庆幸的是，我在1978年，也就是大学一年级的年底，有了良师益友。因为我知道我们这一代人跟他（陈思和）还不一样，他比我大两岁。他在上海，有很多书读；我是在湖北一个乡下，公社里面，母亲是小学教员。1966年"文革"爆发时我才10岁，什么书都没念过。1974年高中毕业上山下乡种茶叶，也没读书。其实就是运气来了，刚好，稀里糊涂就进了复旦。当时复旦的中文系在湖北就招了两个，我就稀里糊涂进去了，那么这就是运气，你要相信运气。一年级就在那到处玩呀，又是体操队，又是武术队，又是舞蹈队，什么都玩。遇到陈思和我们就聊天做研究。决定做研究，从大学二年级开始我就放弃了一切玩，开始重点学习。这个时候我们就去中文系资料室借书。中文系在复旦一个百年的老楼里，都是木地板，走在上面就咯吱咯吱响的。借书的时候旁边就坐了一个矮老头。他问，你们想借什么？我说，我们想借《巴金文集》，想借1960年人民文学出版社出的《巴金文集》，绿封面的。然后他问，干吗？我说，我们想研究巴金。这老头就说，要研究巴金就不要先看这个。

他就带我们到另外一个书架，说，你要看巴金的东西一定就要看巴金30年代最初的版本。看了最初的版本，然后再看后面的版本，才会知道它的修改过程的变化。所以研究一个作家一定要看最初版本。后来，才知道他就是贾植芳先生。他矮矮的个儿，山西口音很重。就是这段时间，1978年年底到1979年的上半年，这期间是他唯一在资料室工作的时间。因为很快1979年就全国平反冤假错案，"胡风集团"平反，他就可以离开资料室了。所以去年我写过一篇文章，我就感觉到贾先生好像是坐牢十几年，"文革"期间在印刷厂当搬运工当了十年，到中文系也就不到一年的时间，我感觉这不到一年的时间就好像是专门等我和陈思和去他那儿。我为什么敢这么认为呢？因为之后他就不需要在资料室工作了呀，他就在家里面。很多青年老师去他家，我们有时候也去他家。就在这样一种情况下，贾先生带领我们开始研究巴金。

贾先生是没有孩子的，当时养女又没来，就老两口住在田径场旁边的一个阁楼上面。当时我们俩有时间就去，因为我住在学校里面，经常去看他，师母好像1979年年底就来了。我们就经常过去那边聚会，喝喝酒聊聊天啊，贾先生喜欢吃花生米、喝二锅头。我住在学校，去得多一点。所以贾先生1978年之后的日记中经常出现的名字就是我和陈思和。今天陈思和来吃饭，李辉今天来喝酒。全是这些内容。这就是我觉得最好的教育，不在上课。我和陈思和非常有幸在1978年进校后，我们复旦的很多老教授还能上课。我们有幸认识了贾先生，可以在他家里聊天。后来我曾经出的一本书叫《和老人聊天》，最早的就是和贾先生的聊天。白天去或晚上去，喝完酒和贾先生聊完天回去后，我就在本上记聊天的内容。聊天的内容非常丰富，所以和他聊天我们就知道了20世纪30年代文坛左、中、右的大致格局，知道了巴金的文化生活出版社，知道了很多我们的教科书上所没有的内容。我觉得教育的最大功绩实际就在聊天。包括我后来大学毕业之后到了《北京晚报》当记者，后来到了《人民日报》。认识了很多老先生，冰心啊，沈从文啊，汪曾祺啊，萧乾啊，等等，这些人，都是聊天。包括有些我们不熟悉的，比如王世襄先生，在座做美术的可能知道他是一个收藏家，很偏门的。他研究葫芦、蟋蟀，研究鸽子，研究明清家具，这都是我们在中文系不可能学的一些内容。当然你和这些老先生聊天就是在长学问，因为认识贾先生才跟他聊了很多，我的笔记本上也留下了许多最初和他聊天的内容，这就开阔了我们的眼界。

我们其实有一个很特别的状况，就是1977年高考每个省的试卷是不一样的，1978年才开始全国统一命题。我们1978年进校以后所有人全国统一的教材也没有，经常是油印的教材发给我们。这个学期这个礼拜讲这个，过一段时间又变了。所以那是一个非常活跃的年代。没有教材，恰恰就给了我们一个自由的学习空间。那个时候老师上课，我们学生经常可以站起来跟老师进行辩论。当然现在的学生可能不敢，那个时代是可以的。因为我们很多学生的年龄比老师还大，而且看的书很多，他读的书可能比老师还多，所以他能够跟老师辩论，而且那个时候老师也开放。复旦给我们最大的好处就是自由的空间，一种宽容的环境，所以那个时候我们大学校长、老师都在复旦那个南京路上贴了很多标语、诗词啊，我们还可以跟校长进行辩论。校长亲自写东西贴在墙上，现在是难以想象的一种风景，所以那种环境下才有了我们跟老师特别亲近的一种氛围，亲近的一种感觉。

我觉得贾先生带给我们的，从学术上讲，首先就是重资料，包括我前面讲的看书一定要看原版本。我们收集整理资料，经常去上海图书馆等地方，我们抄了很多资料，我全留下来了。那时候没有复印机，看到所有的原始的东西我们都手抄，巴金小说也是抄卡片，这就是最初的积累。后来我对资料感兴趣，收集了很多很多的资料，一麻袋一麻袋的资料多的是。就是因为我小时候也爱收藏，我初中同学写的信还收着。也是个习惯，命中注定我就是要做资料。所以我收集了很多"文革"资料，"文革"小报，包括名人书信，我从来都没扔过，全部都保存下来了，这就是受贾先生影响。

贾先生讲研究要注重史料。只有史料才能让我们了解一个事情的真相，这些年流行口述历史，但是有很多口述历史是不可信的。那么口述历史给我们一个门径，了解一些事情。但要印证某一个历史事实，最重要的、最主要的是要有更多的文献资料来证明它，比如说日记、书信、档案等，甚至一个事件需要由不同人来讲述，才能还原一个事情的大体面貌。如果我们五个人同时经历过一件事，一个礼拜后五个人说的一定有细节上的差别，这种记忆有的是因为时间长忘记了一些细节，有的则是有意识过滤。这就是我们在现在口述历史流行的情况下，为什么还需要更多的史料来辨别口述的正确性和完整性的原因。所以贾先生在史料这方面，他编当代作家的史料、文学研究会的史料、现代文学的总书目都是建立在史料基础上的研究，才有可能是可信的。

第二点就是贾先生给我们一个很开阔的视野。我一直讲贾先生是作家，是学者，是翻译家，又是教授，其实贾先生还是个江湖中人。他认识很多很多的人，三教九流。他一生那么坎坷苦难，认识很多人，都成为他后来回忆的重要的内容。记录了我们想象不到的人物事件，而这些就是贾先生生活的丰富性。我觉得研究一个贾植芳不是研究了贾植芳，而是研究了贾植芳生存的一个时代。围绕他的那些人背后又是一些人，他是这样一个放射状的状态。所以我觉得贾植芳研究中心能够建在河西学院，它不仅仅是贾植芳的事情，而是一个时代的、一个历史的、一个全面的研究。通过贾植芳我们可以了解很多很多的事情。

另外我还要讲的就是贾先生对于我就像是那种精神上的父亲，给了我很多关心，你都想象不到。我1981年毕业，1982年1月我就要去北京工作，贾先生为我写了好几封信，写给牛汉，写给胡风、梅志，还有写给他的哥哥贾芝等，就是写李辉独自一人到北京,你们要多多关照。所以我到了北京后,尤其是到胡风、梅志家,我一个礼拜去吃一次饭,他们很关心一个小孩儿。我那时二十五六岁,当然二十五六岁也不算小孩儿,但在老一辈眼里你就是小孩儿。非常巧的一件事,就是贾先生送给牛汉先生的一封信,十年前有一个卖旧信的人打电话找到我说:"我这有一封贾先生写给牛汉的信,跟你有关的,你要不要?"因为我在北京潘家园买资料是比较有名的,所以他们都知道我,很多重要的事都提前告诉我,我都买了很多。我说拿来我看看,那就是1982年贾先生写给牛汉的信,这个信流到了市场上,后来我就把它买下来了。当时买,我根本就不考虑价格,我就觉得,时隔三十年这个信又回到我身边,这就是一种缘分。所以我想,像这些东西我都会捐给河西学院。河西学院对贾先生做的事情这么好,我是一个江湖中人,这一点跟贾先生很像。我记得一个多月前我还给刘院长发了一封邮件,我说贾先生的"家"落到河西学院,非常好。我是自告奋勇,我说我马上要退休了,你能不能聘我当河西学院的教授?到河西学院给学生上上课,跟老师交流,为贾植芳研究中心出一些选题。其实这聘书是我自己讨来的。

那么接下来我就说说我的想法。第一,我要把贾植芳讲堂好好地操办下去。因为一退休我闲工夫很多,我又是个喜欢玩的人,所以西北是我经常来的地方。我想带一些有学问的人、有趣的人到这里来跟同学们讲一讲他们的一些体会。有学者,也有一些作家,可能还有一些我们大家想见的非常有学问的"明星",比如像白岩松,他跟黄永玉先生关系很好。黄永玉先生一听要给贾植芳题字,二话没说,马上就去写了两幅,所以说我要带有趣的人,也是有见解的人来。我们不贪多,一个学期有三到四个不同领域、重要的人来,有传媒的,还有一些话剧导演、电影导演、作家、学者等,我们应该让一个学校的讲堂丰富起来。这是我的一个考虑,让贾植芳讲堂尽量丰富些。

第二个想法就是我认为贾植芳研究中心是一个很好的平台,我们除了做贾先生的研究，围绕贾先生相关的衍生的课题，我们也应该做得很好。我跟思和的观点相当一致，比如非虚构文学的研究。因为现在全国各大学校可能也有研究这些的，但是没有重点或是没有整合起来做，所以我觉得非虚构的研究应该是近些年对中国出版来讲比较热门的一个东西，国外的一些重要的非虚构的翻译特别多，传记、回忆录、日记、书信等。这些东西需要一个很强的队伍，一种全面的整合。把中国，尤其是 20 世纪 80 年代以来的一些非虚构的重要作品，我们可以先做一个总目。有哪些书目？还有哪些研究的课题？我觉得这样的一个课题，用三到五年时间来做，应该会有好的成果出现。这些就是我特别想给河西学院的贾植芳研究中心做的一些事情，至于还有一些其他的，能够捐的就捐，能够拿来的就拿来，这是我的一个想法。我尽我的全力做好这些事情，做这些事情就是因为我觉得贾先生的事情就是我的事情。而且贾先生的这个事情，如果我们学生不参与，光靠河西学院也很难持久地进行下去。其实我觉得我们是有责任把这个事情做好的，往好的方向做，往高的方向做，往丰富的方向做，我觉得我和思和的心意应该都是通的，我先说然后思和再说。

陈思和：李辉也是性情中人，你们应该多给他点掌声。我觉得这是一个非常好的建议，我刚才在和刘校长交流时也说到这样一个问题。贾植芳先生是一个很复杂的形象，你不能用某一个方面去规范他。比如说，贾植芳先生写过小说，他有一部小说集《贾植芳小说选》，大概二十多万字，贾先生的小说写得非常好，非常有特点，同学们可以自己去看一下，捐的书里面都应该有。但是贾先生的小说量太少，就只有这一本，因为他 1955 年就被抓起来了，所以很长时间他没有再写小说。但贾植芳先生又是翻译家，他翻译过马列著作，翻译过恩格斯的一本著作，也翻译过很多研究俄国文学的学术著作，但是贾植芳先生最最有名的翻译，就是一本《契诃夫手记》，这本书有许多版本。如果在座的哪一个同学想做作家，那是一定要看的。这个手记是契诃夫随时有一些创作灵感，他就随时写下来，是这么一个书，这本书也是非常经典的。大家可以来了解一个重要作家是怎样来进行创作的。贾植芳先生也是个理论家，他创建了复旦大学现代文学和比较文学学科，写过很多有价值、有见解的文章，因为这个时间都是我做他的助手，一直在他的身边，所以我特别熟悉。但是任何一个东西，你都不能去限制他，你不能说贾先生仅仅是一个写小说的，也不能说他仅仅是一个写散文的，也不能说他仅仅是搞翻译的，每一类型他都不是，比如说傅雷先生，他主要是搞翻译的，而且主要翻译的是巴尔扎克和罗曼·罗兰的作品，他的译作在二十卷的《傅雷全集》中就占了十六卷。比如作家巴金，他一辈子主要就写小说，但是他也有翻译，也有散文，但你不会说他是个翻译家、散文家，只会说他是个小说家，他主要的成就就是写了那么多的小说。但贾植芳先生不属于这样子，他是一个综合性的人，我觉得如果用一个词来概括，他就是一个知识分子，知识分子这个词今天也不是很时尚。但是我觉得贾植芳先生是非常自觉地在履行一个知识分子要走的道路，这是我在先生身边，感受特别深切的。

他曾经有好几次说过，他的伯父非常有钱，是一个买办，但是他伯父好像只有女儿没有儿子。那个时代是比较保守的，有家资都是传给儿子，不传给女儿的，所以他伯父对先生说："你不要在外面闹来闹去，你就到我办的那些公司啊，店啊，继承我的财产，我将来这些东西就交给你。"贾先生就跟他伯父说："伯父啊！你出了那么多钱培养我去读书，不就是要让我做一个知书达理的知识分子吗？如果你叫我去做生意，你也就不要叫我去读书了，随便到店里去学学生意就可以了，你何必要花那么多钱呢？你花那么多钱让我读了书，那我就不要来继承你的这些财产了，我就要好好去过我自己要过的日子。"如果是旁人来看，很多事情是不可思议的。比如说出国留学，先生到日本去留学，快要拿到学位了，中日战争一爆发，他就放弃学位回来抗战了。这对于我们的青年人来说，出国无非是要个文凭，要拿到文凭，可是先生不要，就走了。再说了，社会上很多人外出打工，受苦受累，无非是为了赚钱，可是他不用很劳苦，他家里就有很多钱，他也不要，他宁可去打仗，到战争前线去。那时正是战争最激烈的时候，先生在一个部队做日语翻译。那段历史，他讲起来很精彩的，他说那时候经常背上挂一块猪肉，腰里插一个酒壶，行军走得筋疲力尽，就拿一把小刀割一块猪肉吃，渴了就喝两口酒，继续走，有时候走着就睡着了，眼闭着，脚还在走。有一次闭着眼睛走着，突然听到是日本人在说话，因为他懂日语嘛，他懂这些，睁开眼睛一看，原来走到敌人的队伍里去了，他就赶快退出去了，他就是在这种艰苦的环境当中生活的。

我看有一本书叫《贾植芳致胡风书札》，我们那个藏书陈列馆里有。有一封信他是写给胡风先生的，那时候他就在前线，他跟胡风说，他认为最美的姿势就是一个人拿一把枪，倒在旷野里，倒在战场上。他说人生最美的就是牺牲在抗日战争的战场上。他说他就喜欢这样一种人生境界。这个境界就是不怕死呀。他偏偏就是追求这种境界。我的导师是这么样一个人。

贾植芳先生一生都在奉献，都是他自己奉献出去，为大家做事。但是一旦他要为自己索取时，这就非常为难。你们可以看他的日记，日记里记了一件事，那时贾先生已经七十多岁了，他要退休了，他退休前，梅志——胡风的太太就给他写信，说他现在定的教授级别是最低的。因为他 1955 年被抓进去了，国家到 1956 年才开始给教授定级，所以他没有参加定级，等到他平反以后，他拿到的是教授当中最低的等次。那么，他要退休了，梅志就给他写信，大概意思是说他应该跟学校讲清楚再退休，就是应该要给他恢复到几级教授，可以拿到高的工资。梅志还说："你长期参加革命工作，我可以给你做证明，去申请离休，你应该拿到离休待遇。"但是贾先生却感到为难了，他觉得为自己的待遇去找领导，有点开不了口。他还写了很长一封信给梅志解释，意思是说：他终于去找领导说了，但其实不是知识分子应该做的事情。但是他又反复想，他到底要不要去跟领导开口？他又想想他们受了那么多的委屈和苦难，现在如果拿了一个低工资退休，会不会人家误认为他们的问题没有解决，他们还是有错误。所以他当时就是这样想的。他说他去跟领导谈了，就是要他们对他的问题给个说法，他算个什么样的人。他说如果不是这样，他实在不想开口。当然他向学校提出来以后，学校当局后来就给了他一个比较高的待遇。

其实学校对贾先生是非常重视的，但是你们想想，现在我们这个社会里，谁为自己争好处不是理直气壮的？可是贾植芳先生连这么一个正当的要求都感到为难，还给梅志写这么长的一封信去解释这件事。所以我当时读了这封信，真的半天说不出话来。天下怎么会有这样一个老实的人？贾先生的思维非常活跃，判断事情、做事情都非常有预见性，可是当他要出面为自己的事开口时他就开不了口。我觉得先生的书是需要非常仔细地去看的，只有这样你才会慢慢地觉得这是一个活生生的人。所以，我说你不能以一个单纯的小说家，或者翻译家，或者一个理论家去衡量贾先生，他就是一个活生生的知识分子。

贾先生对我们的教育，最重要的一点，就是给我们树立了一个榜样，而且这个榜样不是他故意给我们树立的，他就是这么一个人。所以，当你在他身边的时候，你就不能不受到感染，包括他对他的妻子——我的师母任敏。贾先生不仅是一个好老师、好学者，还是一个好丈夫。我的师母任敏也非常不容易，他们是在抗日战争时期认识、恋爱的，那个时候师母一直跟着先生在逃难，师母就说过一句话，她说她这人苦吃得起，就是气受不起，所以生活在一起，吃苦不怕，只要不受气就行。先生记住了这句话，一辈子没有给她气受。但问题是这苦也受得太大，师母也因为先生的原因受过牵连，坐过牢，在青海劳改。后来被释放出来，问她要到哪里去，她当时想回上海肯定回不去，她自己的家她也不想去，她就说到贾植芳的家里去，也就是到她婆家去。大家可以想想，贾先生这时候在劳改，有人动员她赶快离婚，赶快跟这个"灾难"划清界限，她非但不说划清界限，而且主动说要到自己的婆家去。当时先生的父母家里非常困难，非常贫困。师母就这样在婆家照顾老人，给她的公公婆婆送终。

1986 年我陪先生到山西开会，先生顺便回老家看看，他到师母以前住的地方，人家指给先生一看，像猪圈一样的地方。这就是当年任敏师母住的地方，贾先生当场就哭了，他朝着师母住的那个像猪圈一样的地方，不停地鞠躬。先生就是这样的人。他们这对夫妇是铁杆夫妇。

到后来，1997 年，师母突然脑溢血中风了，住在医院里，昏迷了一个多月，天天号叫，就是人什么都不知道，天天惨叫，整个走廊的人都听得到。医生都说病人不行了，家属要赶快准备后事。

有一天我就去找先生了，我把这个情况跟先生说了，因为先生一开始还是很自信，一直觉得任敏会好的。我觉得这样不对，万一师母倒下了，恐怕先生受不了。我就去给他做工作去了。我说先生啊，看样子师母有问题啊。他就回答我说："我知道，人总是会走那样一条路的，但是我一定要有信心，如果我没有信心，大家都松下来了。"所以我后来就想，先生其实是很明白的，他看上去好像有点老顽童一样，其实他心里非常明了，后来他就跟我一起到医院里去了。

那天先生去医院的时候，师母也在那里叫，旁边医生就说了，说她很可怕，说熬不过这两天了。先生走过去抓住师母的手说："任敏呀！任敏呀！别人把我们打倒，我们没办法，我们可不能自己把自己打倒了。"他就这么跟师母说的。我就站在边上。奇怪的是先生说完这话以后，我看见师母眼泪就哗哗哗哗地流下来。后来师母就渐渐平静下来了，后来就渐渐、渐渐地好起来了。最后我跟先生商量，先生想把她带回家，又说医院里容易交叉感染什么的，后来就把她送回家了。送回去先生就用了保姆，那时候桂芙来了，就是桂芙和一个保姆两个人照顾师母，一个房间给她腾出来，先生每天进去，问四句话：体温怎么样？血压怎么样？心脏怎么样？脉搏怎么样？四大体征问完摸一摸，觉得她体温正常，好，他放心了。

然后就自己规定好，每天要给师母吃一个猕猴桃、一个香蕉，还有什么，我记不清了，反正是四种水果，他亲眼看着，叫保姆弄，弄完给喂，就这样。你想这样一个根本没有知觉的，像植物人一样，大小便失禁的人，就这么躺在床上，先生每天会跑到那里去，跟她说话："任敏呀，今天谁来过了？""任敏呀，谁来信了？"就这样，师母明明是植物人，他就这样每天陪着师母，整整五年，了不起，了不起呀！我后来写了一篇文章叫《感天动地夫妻情》。

师母住院的时候，他每天要花去好多钱，他有时候拿到一笔稿费，他看都不看，就把钱交给我，让我去医院里付钱。当时先生经济上很困难，他也不开口，也不向人家借。这段时间他出书出得最多，他的日记书信集，都是这个时候弄出来的。所以我觉得，先生已经是一个七八十岁的老人，他就是用自己的肩膀来担当这样一个家庭，来担当他太太的医药费。他就是不向组织去伸手、向学校要补助。所以，贾先生的教育，不是那种老师坐在上面讲课、学生在下面记笔记那种。他那样一种行为，那样一种大爱，那样一种精神，你不会忘记的。

你就会觉得，天地间就有这么一个榜样在那，而且他也不是为了树榜样，他是真心实意要救师母，要把师母救好。他就是这么支撑、支撑，整整支撑了五年。这是我亲身体会过的。

李辉：因为时间关系我就不多说了，对吧？你们都快放假了。刚才我们谈到贾先生和师母这种惊天动地的爱情，或者婚姻，或者家庭，确实是非常感人的。我建议给大家做一个自己的推广，我有一个微信公众号叫"六根"，"六根不净"的"六根"。明天我要推出我写的贾先生与师母的那种爱情，我起了个名叫《苦难爱情也能结出幸福的果实》，然后，后面推出一个关于贾先生的，站在历史的高度的一个写作。确实贾先生对于我们来讲不仅仅是老师，他更多的是一种我们精神上的榜样。他所做的一切，我们都终生难忘，无论是喝酒，还是吃花生米。

那时候他经常说："第二天要涨价了，你赶紧去买几斤二锅头。"这种感觉是终生难忘的。这是一种大学教育，或者是中国的传统教育，以至过去那种最初的民间私塾教育，或者后来这种社会教育都是很好的一种教育方式。是靠聊天，是靠除教科书之外的那种交流。当然，现在我们想这个也挺难，也不大可能了。越是不可能，我们越留恋，越是不可能，我们越想象那种浪漫的情怀。所以我想，今天晚上有这个机会我们一块儿聊贾先生，聊我们自己对于复旦母校的情感和对贾先生的情感，其实也挺开心的。所以，还是回到刘院长所说，我们俩是幸运的，我们俩是幸福的，谢谢大家。

【结束语】

刘仁义：贾先生是说不完的，要继续贾先生的故事必须永远和陈思和先生、李辉先生一起，那就会学到更多东西。我想，实际上，我们和陈思和先生，和李辉先生，都接触了很长时间。今天晚上来听这个报告，我能看到大家是幸运的，也是幸福的。我们在一起分享着幸福，也分享着幸运，我也和大家一样。我想问一个问题，大家认为今天晚上陈思和先生和李辉先生做的是不是学术报告？（学生：不是！）是不是学术报告？（学生：不是！）学术报告，是学术报告。什么是学术？这里不是在讲生活琐事，这里面有高深的学术，是学术报告。学术做到这个境界，那才叫学术。我是学数学的，我可以讲个你认不得的东西，你觉得这是学术吗？那实际上是技术，我们叫算术。所以，今天晚上的报告是最高端的学术报告，不要以为学术就是听不懂。这是我想要说的一个事。

第二个，一开始我也讲到，我还是想要说几句的，我也很感慨。我也希望我们的老师、学生在这一点和我一样。今天晚上，我本来写了个东西，我写这个题目以为是我发明的，结果一查有这个题目。我写的东西叫"见贤思齐，奋发有为"，副标题叫"我与复旦的交往中所受的教育"。我和复旦的交往当中是有很多美丽故事的。贾先生是一个知识分子,是一个知书达理的人,我们至少要见贤思齐,奋发有为。所以,这个榜样,前面我讲了好多。三十多年以后,不说其他的事,你们同班的同学能坐到一块儿去干一件事情吗?会的,但是能达到这样一个默契吗?我一直讲学生是老师的影子,影子,这就是传承。我们为什么要做贾植芳的文章?我们在这个过程当中,发现了离我们最近的真,离我们最近的善,离我们最近的美。世界上关于真善美的文章可以写很多,故事也可以讲很多,离我们最近的就是贾植芳、陈思和、李辉。贾植芳离我们远不远?不远。他就是陈思和、李辉的老师。鲁迅和胡风离我们远不远?不远,因为他们就是和贾植芳先生一块儿的学者。我们再往前走一下,那么河西学院就这么传承下来了。

今天晚上要结束的时候,陈老师准备的诗想给大家读一读,但是我还是有话要说,因为我太激动。我看到莫言站在诺贝尔领奖台的时候,正是在讲故事。我们当过学生,当过老师,我们一说传授知识,就是正儿八经的,就像数学的语言就是定义、定理、性质、判断。我之前听了陈思和先生的报告《人学与文学——从贾植芳先生的人生与著作谈起》,他就是在讲故事。我发现,学问原来也可以讲得这么润物无声,讲得跟我们这么亲近,就讲了一系列的故事。那次以后,李辉先生就来作了个报告,叫《一个人和一个时代——巴金对八十年代文化老人群体的影响》。我今天给陈思和先生汇报了,展示了好多的照片,其中有他们俩和贾先生的照片。那个报告我们看到李辉先生有多厉害,我们现在知道的很多名人大家,就是他的朋友,就是他的朋友圈,就是他的交际圈。所以我就发现知识、学问、课、报告原来可以这么做,我就感觉到非常羡慕。所以我就讲了,我们在和复旦的交往当中,我们在和陈思和、李辉先生的交往当中,我们发现了复旦博大精深的文化、学者的这种精神,我们终于有缘让贾植芳先生的藏书到这个地方。

我现在希望,听报告的人从今天做起,你们下去以后搜索一下贾植芳,然后由对贾先生基本的了解出发，再倒推一下，然后再回想陈思和和李辉这堂讲座。我们以贾先生为榜样，学习怎么做人，怎么做学问，怎么做朋友，怎么做夫妻，怎么做老师。像这么下去，那就做成了。我想我就说这么些，时间也不早了，我们在贾植芳研究中心的名义下，我们和陈先生、和李先生这种交往会不断继续，我们会继续贾植芳研究，我们会做下去，讲下去，好吗？今天晚上的这个报告我们就到此结束。请陈先生念一下诗吧，我们欢迎。

陈思和：今天早上要举行贾植芳先生的雕像的揭牌仪式，我心里很激动。我今天早上四点多就睡不着了，为什么睡不着？因为我做了一个梦，梦里边出现的贾先生的雕像照片其实我之前看到过。我梦里看到照片的感觉和今天拉开盖布看到的雕像感觉还是不一样，我好像梦见今天早上我就坐在这个雕像的下面，我在喝酒，我自己在喝酒，然后好像在敬先生喝酒。醒过来之后我知道刘校长今天肯定要让我发言的，醒过来我就写了一首诗。今天早上太激动了，所以念也念不好，所以诗的名字也没取，后来《人民日报》的记者也要在人民网上发，所以我就随便取了个名字叫《对着先生的雕像》。我是这样写的：我赞美雕塑家的眼睛／能够在平面的相片中／透视出立体的灵魂／我更赞美雕塑家的手／把一个高贵的生命／复活在西部的早晨／我看您毛发耸立／头颅微微扬起／我看您双眼圆睁／凝视着未来／又一个故事发生／您的右手伸向前方／仿佛在等待／新的命运交响曲的／敲门声／啊／先生您不要惊讶／这里是一片新的家园／您不会感到陌生／您的身后／是您的藏书您的遗物／依然弥散着您的一贯精神／您的前面／每一天都是新鲜活泼的／青年学生／先生您曾经多次说／要认识中国就要去西北／那里浩浩瀚瀚，晨晨昏昏／天地自然孕育民族的精魂／这里有祁连山脉不化积雪／这里有如火似荼丹霞奇景／这里有风吹草低牛羊成群／这里有您喜欢的面食和酒／还有您新结识的朋友／有情有义豪爽热烈的一片赤诚／今天我们来瞻仰您／行列里旧雨新知／有您的几

代学生传人 / 今天我特意带来几位年轻人 / 您不认识他们 / 他们也没有见过您 / 但愿他们活泼的青春 / 连接起您的血脉传承 / 走出十字架的阴影 / 从此学会做一个 / 端端正正大写的人。

刘仁义：感谢李先生，期待他们再一次到贾植芳讲堂，来续讲，继续讲贾植芳。

（本文字稿是根据录音整理而成，有删节和改动，由贾植芳研究中心王明博老师整理）

第二讲

谈沈从文的后半生

【主讲人简介】

张新颖，1967年生于山东，复旦大学中文系教授。主要作品有：中国现代文学研究著作《二十世纪上半期中国文学的现代意识》《沈从文的后半生》《沈从文九讲》《沈从文与二十世纪中国》等；当代文学批评集《栖居与游牧之地》《双重见证》《无能文学的力量》《置身其中》等；随笔集《迷恋记》《此生》《有情》《风吹小集》等。

曾获得第四届华语文学传媒大奖"年度文学评论家"奖、第一届当代中国文学批评家奖、第六届鲁迅文学奖文学理论评论奖、第十届国家图书馆文津图书奖等多种奖项。

张新颖在贾植芳讲堂讲课

【主持人的话】

李辉：各位老师、同学，大家晚上好，我们今天非常高兴为大家作这个报告。张新颖教授是一个非常有才华的批评家，而且他的文字非常漂亮，一般的批评家写文章比较枯燥或者干巴巴的，而我们读他的评论包括他的随笔的时候，会发现写得很漂亮。对沈从文的研究是他将近二十年的一个长期的项目，这本书叫《沈从文的后半生》，这是第四次出版。出版后得到了很高的评价。全国很多的好书排行榜都有这本书，而且这本书还得了很多的奖项。长话短说，让我们欢迎张新颖教授跟我们讲他眼中的"沈从文的后半生"。

【演讲正文】

各位老师、各位同学好,很高兴今天来跟大家交流。沈从文的后半生,我在很多地方讲过,但是这次到河西学院来讲,对我来说很不一样,很不一样的地方我很简单地说一说。李辉老师跟我说作个讲座,是贾植芳讲堂的一个讲座,我一听是这个事情,一下子就涌起很多回忆。对我来说,一个当然是跟大家交流对沈从文后半生的看法;另外一个,就是我要在这样一个特殊的讲堂,等于向我的老师交一份作业。因为贾先生 2008 年去世的时候,我这个书还没写出来,但贾先生生前一直很支持我做沈从文研究。我举这样一个例子,这个例子李辉老师也不知道,李辉老师写过《沈从文与丁玲》,这个书我那里有两本,一本是百花文艺出版社出版的,一本是后来长江文艺出版社出版的,这两本书都是贾先生送给我的。贾先生知道我研究沈从文,他就把李辉的这个书给我了;过了几年这个书又重版了,感觉是贾先生忘记了,就又把这个书给我了,等于李辉送给贾先生的两本书,贾先生又转送给了我。这个事情在贾先生那里其实是一个不太小的事情,贾先生是一个非常大气的人,随便送别人的东西也非常多,我们随便在他家里吃饭,但是贾先生是不随便送人书的。他自己写的书会很慷慨地送人,但是别人送他的书他是不送人的。他把书当作非常重的一个东西。我们有的时候看到他家里有很多书,就说要清理清理啊,他就很愤怒,他说知识分子是不能卖书的,知识分子卖书就像农民卖老婆。还有一个事情也顺便说一说,李辉老师以前出过一本书叫《风雨中的雕像》,他每次出书,总是在第一时间送给他的老师,也是我的老师——贾植芳先生。我在贾先生那里看到他的这本书,因为要写一篇书评,就从先生那里借来,借到我这里以后,又被别人从我这里借去了,到最后这本书就没有了,正好这个时候李辉给了我一本,那么我就把李辉给我的这本书还给了贾先生。这个事是一个很严肃的事情,不能把书弄没了。我参观河西学院贾植芳藏书的时候，时间仓促没有找到这本书，按照道理，应该有一本李辉签名送给我的书在这里面，因为书是我还给贾先生的。我的《沈从文的后半生》这本书我的老师没有看到，但是今天到河西学院来，在贾植芳讲堂，我准备弥补这个遗憾，给老师交一份作业，所以，我也很感谢这样的机会。

《沈从文的后半生》出版后，有时候我自己也会翻翻，不期然地产生出一些新的想法，这是非常奇妙的体验。我在写的时候，没有体会到的东西，慢慢地体会到了；写的时候没有明白的事情，会慢慢明白。也就是说，这本书，其实是大于写这本书的人的。我觉得这是非常好的状态。如果你写了一本书，它和你一样大，或者比你还要小一点，恐怕不是很好的事情。

也就是说，如果把沈从文的世界，限制在一个研究者或者传记作者个人的世界里面，那就可能非常不妙。所以回过头来，我会有点感谢自己这样一个笨的写法，尽量地呈现沈从文这个人的后半生是怎么过来的，至少表面上不那么急着用我自己的想法、观念来解释他、判断他。那样做可能写起来会比较痛快，读起来也会比较痛快；但是那样做的话，就存在着把这个人缩小、定型、标签化的危险；限制住了，就丧失了开放性——向更多更深的理解开放。最重要的还是对象本身，要小心翼翼地保护、保存，进而发现、发掘对象本身的丰富性。

话又说回来，如果一个研究者或传记作者没有他自己的感受、他自己的观察、他自己的想法，他又如何能够知道要保护、保存什么？他又如何去发现、发掘？他又如何塑造出一个贯通的形象、一个完整的世界？换句话说，一个研究者或传记作者，怎么可能没有一个内在的自我呢？不过我还是想说，这个内在的自我，还是保持隐约在内含的状态比较好；同时，这个内在的自我更要自始至终保持其开放性，有自我而能"毋意，毋必，毋固，毋我"（《论语·子罕》），不要害怕别人说你没有见解，没有思想。

一部长篇的叙事作品——传记当然是这样的作品，叙述者必然有内在的叙述冲动，并且应该把叙述的动力充实、保持、发展和丰富到最终，否则，一开始就动力不足，或者中途涣散，都会使得作品无精打采；但是，内在的冲动即便很强烈，也应该自觉加以限制，不致酿成感情的泛滥和思想的恣肆，这同样会毁掉作品。有叙述的激情而节制、内敛，甚至隐藏，叙述饱满而不张狂，才有可能使得叙述本身的意蕴不受伤害。叙述本身可以产生出一个多维的立体空间，叙述者内在的自我应该致力于扩充这个空间，而不是让自我表现的冲动把这个空间压扁。

如果我们把沈从文的后半生这么漫长时间的经历看成一个故事的话，这个故事不是一条单一的线，它是多向度的、立体的，有很多层次叠加融合在一起的。读这个故事的人，领会到一层，就能明白一些东西；过了一段时间，可能还会领会到另外一层。我的脑子比较慢，我领会这个东西，需要过很长的时间才明白那么一点点，没有法子一下全体会到、全明白。虽然这本书是写完了，但是我明白的过程还没有完。

这样的一个故事，有可能包含着哪些含义？就像这本书，是一个开放的文本，它有可能朝哪些方向开放？

一、绝境和在绝境中创造事业的故事

第一个我想说的是，绝境和在绝境中创造事业，可以把这本书读成这样的一个故事。这本书一开头，这个人就精神崩溃、自杀，一般来说，按照时间顺序叙述一个故事，不会一开始就这样。一开始就是这么一个剧烈的冲突，一个极端的情境，往后怎么写呢？但是他的人生就是这样的，1949年就经历了这个，一个人走到绝境。这个绝境，我用不着多说，是时代本身压给他的，是时代的转折压给他的，因为到了这个关口，他以前的创作方式没有办法继续下去了，他的事业被摧毁了。这是一个方面。

还有另外一个方面，一个人要走到绝境，其实是有他自主选择的成分在的。因为时代的巨大转折和压力，不是沈从文一个人所承受的，很多人都在承受，为什么只有这一个人要走到精神崩溃去自杀的程度？当然沈从文个人当时的现实处境有非常特殊的地方；除此之外，我想这当中，还有一个勇气的问题，有一个人的大勇敢在。我们人这种动物，本能里面就有自我保护的反应机制，当碰到危险的时候，碰到绝境的时候，我们会有各种各样的办法避开它，绕开它。1949年他也可以稍微妥协一点，可以随波逐流，大家怎么做你就怎么做，随大流。这样一来，这个绝境就避开了。可是这个人就是不肯，不能稍微圆通一点。他就是要一条道走到黑。这样的结果他是知道的，非常清楚。

一个人敢于把自己的人生走到最底部，和不敢走到这样境地的，是有差别的。差别在于，当我们本能地避开人生最绝望、最可怕的境地之后，在精神心理上，我们的人生永远会有可怕的东西躲在暗中。可他不是，他死过一次了，当他死过一次再活过来的时候，就没有什么可怕的了，最可怕的事情已经经历过。避开可怕的绝境一直活着的人，那个活着的状态，有一种可能是苟活，是在不死不活的状态，而他死过了一次再活过来，那真的是活了，而且再也没有什么力量能够让他再死一次——如果他自己想活的话。在后来的岁月里，比如说在"文革"当中，沈从文遭遇的事情要难多了，但是他再也没有像1949年那样精神纠结反复，以致崩溃。

所以这样从死去一次再开始活的后半生，有这么一个特殊的起点、糟糕到底的起点，却也是一个了不起的起点。我们一般人不会有这样一个最低的起点，可就是这样的一个起点，才奠定了以后的路是往上走的路。

我要讲绝境，要讲在绝境当中活过来，而且活下去，还有一个怎么个活法的问题。沈从文自杀，是因为他的文学事业不能继续了，他是一个把生命和事业联系在一起的人，所以要活下去，就还得有事业。这个地方就显出这个人特殊的本事，他能在绝境中创造事业，文学不行了，就另辟新路。我们都知道他转身投入了文物研究的事业，并且在这个转过来的领域里做出了独特的贡献。其实往前、往后想想，这也不是他唯一一次面临绝境，只不过这一次非常惨烈。他年轻的时候从湘西的部队跑到北京，生活没有着落，考大学考不上，也不知道要干什么，但硬是从这样一个低的起点，从无到有，一点一点闯出来，成就了他文学上的事业。往后看，比如说"文革"当中，他下放到湖北咸宁干校，好不容易改行创造的第二份事业，就是文物研究，又到了绝境。没有任何书、任何资料，怎么做研究？而且身体的状况特别差。他又一次到了人生底部，能不能干点可以干的？所以他再做改行的打算和实验，认真尝试旧体诗的写作。他有一个从绝境当中创造事业的特别性格。

后来我慢慢体会到，这个性格的背后，其实是生命的创造能量在支撑，是创造的能量要求释放，要求落实到具体的事业上去。

其实可以把他漫长的整个后半生，看成一个漫长的绝境。整个漫长的后半生就在对抗这样的一个绝境，以创造事业的方式，以日复一日的方式。

毋庸讳言，我们的注意力通常更会被戏剧化的绝境时刻所吸引，但我想说，比起绝境来，在绝境中以日复一日的努力创造事业，是更有意义的。

二、个人和时代关系的故事：超越受害者的身份

第二点我要讲的，这个后半生，还是一个自我或者个人和时代关系的故事。写这本书，我想写的不是沈从文他们这一代的知识分子普遍的遭遇，我写的不是一代人或者是几代人的一个典型，我写的不是一个模式的故事，我写的就是这一个人。这一个人和他同代的很多人不一样，和他后代的很多人不一样，我就是要写出这个不一样。他是一个不能被放在一个共同的模式里叙述的人。不一样是因为他有一个自我，这个自我和时代的巨大潮流、压力之间形成一个关系。偏离在社会大潮之外，自己找一个角落做自己的事情，沈从文是这样的一个人。我反复讲过这本书的封面设计，用了沈从文1957年五一节画的上海外白渡桥上的游行

队伍和黄浦江里一只游离的小船的即景图。这幅图的位置关系很有意思，我把它解读成一个隐喻，隐喻他在轰轰烈烈的时代潮流之外，找到很小很小的、特别不起眼的、你会忽略的这样的一个角落，来做自己的事情。

一般来说知识分子是不愿意待在角落里的，知识分子要做时代潮流的引领者，要做弄潮儿，如果不能，至少要跟上，不能落伍不能掉队。可是若干年之后你回过头去看，偏偏是这样和时代潮流隔着距离，在这样一个谁都不会去理睬的角落里的人，才做成了事业。为什么会这样？个人要处在什么样的位置才能和时代之间形成一种不仅仅是对个人，而且也是对时代有意义的关系？

个人和时代之间还有一个问题，我特别想讲这个问题。毫无疑问，沈从文以及沈从文的那一代人甚至后面的几代人，他们都处于剧烈变动的时代。但是，你有没有发现这样的情况，当那个时代过去以后，比如说"文革"过去以后，很多人会愿意强调自己受害者的身份，突出自己受害者的身份。这是人之常情，容易理解；但事情的另一面是，这样一来，不管是在意识里面还是在无意识里面，等于承认了时代强加给个人的被动的身份，也等于变相地承认了时代的力量。在一个变化非常大的时期，一个人除了是一个受害者，还有没有可能通过自己的努力，去超越受害者这样一个被动的身份，自己来完成另外一个身份？避免只有一个被动接受的身份，我觉得是非常重要的。

到20世纪80年代，沈从文的境况已经有了很大的好转，他可以出国讲学了。他在美国做演讲，做了二十几场，演讲的内容，一是文学，二是文物。讲文学只讲一个题目，不是讲他自己的作品，也不讲20世纪30年代他盛名时期的事情，而是讲20世纪20年代他刚刚到北平时候的文坛情况。讲文物的题目就很多了，今天在这个学校里讲扇子，明天到那个学校里讲丝绸。他准备了大量的幻灯片，一讲起来就很兴奋。可是他也知道，来听他演讲的人更希望听到的是他在1949年以后的遭遇。在此前前后后很长的时期里，到海外的中国作家演讲，只要讲这个题目，下面的反应一定是非常热烈的。可是沈从文就不讲。

很多人会猜测，他是不是过于谨慎？是不是很胆小，很害怕？我已经说过，他死都死过了，还会害怕什么？他有他自己主动创造的身份，这个身份要比受害者的身份更有意义，对他也更重要。他讲了这么一段话，特别朴素特别诚恳。他说："在中国近三十年的剧烈变动情况中，我许多很好很有成就的旧同行、老同事，都因为来不及适应这个环境中的新变化成了古人。我现在居然能在这里快乐地和各位谈谈这些事情，证明我在适应环境上，至少做了一个健康的选择，并不是消极的退隐。特别是国家变动大，社会变动过程太激烈了，许多人在运动当中都牺牲后，就更需要有人更顽强坚持工作，才能保留下一些东西。"他说的是"一个健康的选择"和顽强坚持的工作，这个选择和工作让他超越了单纯受害者的身份。

沈从文后半生的故事是一个人自我拯救的故事，也可以说是一个人对一个时代救赎的故事。这样说会不会有点夸大？一个人的力量可以补救一个时代的荒芜吗？从数量上，是不可能的；可是换一个角度来看，如果一个时代连一个做事情的人都没有，和有这么多的个体——沈从文当然不是唯一的这样的个体——来做事情，是不一样的。有这样的个人，证明时代不可能把所有的人都摧垮，也证明人这个物种不可能被全部摧垮，证明人这个物种还可以存在下去，还有存在的价值。超越"受害者"的位置，超越时代强加给你的身份，自己创造另外一种身份，这是一个了不起的事情。

三、创造力的故事

第三我想讲的，还是一个关于创造力的故事。沈从文这个人，表面上看起来非常软弱、非常普通，可就是这么一个人，充满着创造的能量。这个人一辈子为什么要做那么多事情？特别是后半生在历史博物馆，人家其实是不想让你做什么事情的，不做倒还会安稳一些，做了，而且常常是硬要去做，麻烦就出来了。开始的时候我归结为一个人的性格，这个人的性格就是闲不住、忙不完，要做这要做那。后来我多少明白了一点，他这个人的生命里面有丰沛的、创造的能量，他要把创造的能量发挥出来，不发挥出来，憋在里面，一定很难受。

这个创造力的表现，很重要的一条是，他做的事情是没人做的。他做文物研究，文物研究在他半路改行过来之前早就有很长的历史了，可是为什么他做的事情是别人没有做的呢？《中国古代服饰研究》为什么会是奠基性的著作呢？不仅仅是服饰，他文物研究的"杂货铺"里面，有那么多的东西，都是别人不研究的。他的研究活动不是循规蹈矩的，有他自己的创造性在里面。

我举一个例子，这个例子可以有多重解释，但是最后我把它归结为创造力。1953年，历史博物馆开了一个反对浪费的展览，展品就是沈从文给历史博物馆买的各种各样的"废品"，比如说，明代白绵纸手抄两大函有关兵事学的著作，内中有图像，这是敦煌唐代望云气卷子的明代抄本；再比如，一整匹暗花绫子，机头上织有"河间府制造"，宋体字，大串枝的花纹，和传世宋代范淳仁诰敕相近。历史博物馆还有意安排沈从文陪同讲解。这个故事，我想至少可以读出三重意思来：第一，可以读出来的是沈从文的现实处境比较糟糕，他们竟然会用这样的一个方式来"侮辱"他；第二，除了政治方面的压力，他还有一个很大的压力，就是学术同行的压力。这个压力是很要命的，因为这个压力就在你身边，是来自"专家"的，他们觉得你是外行，不懂，让你买文物，结果你买来的是"废品"。但我更想说的是，我们把前面的意思反转过来，从正面看，看出第三重意思，就是沈从文的眼光和别人不一样。他要的东西是别人眼里的破烂儿，他能见别人之未见，看出破烂儿的价值。他的后半生的事业，是在这样一个独特的、他自己对于历史和文物的理解的基础上来进行的。

他自己会说，例如绸缎研究，例如工艺美术装饰图案研究，例如从文物制度、衣冠服饰上来研究人物绘画的时代，那么多年没有人好好注意，"军中无大将，廖化做先锋"，"我于是又成了'打前站'的什长一类角色，照旧戏说则是'开路先锋'"。他还说："一个人能够在许多新的工作中，担当披荆斩棘开荒辟土的任务，也极有意义，能这么做，精力旺盛是条件之一，至少也可证明是生命力还充沛的一种象征！有时不是真正的精力强健，倒是一种学习勇气！"

先锋，打前站，开荒辟土，他的文物研究不是沿着旧有的路子跟在后面走，而是有强烈的自主意识和开创性。这也正是创造力的表现。所以我觉得，沈从文的后半生，又是一个生命的创造能量不断释放、不停地探索着往前走的故事。当然，走得艰难，创造力要得以实现，需要克服各种各样的阻碍，遭遇意想不到的挫折，忍受难以忍受的屈辱。

四、爱的故事

第四，我很喜欢讲，这是一个爱的故事。

沈从文后半生做的那些事情，长年累月在灰扑扑的库房里转悠，和"没有生命"的东西打交道，有什么意思呢？说得简单一点，是对于文物的兴趣，但这个兴趣再追究下去，是对创造文物的人的体贴和认识。他很早的时候曾经说，看到一个小银匠打银锁银鱼，一边流眼泪一边敲击花纹，制作者的情绪和生命会不知不觉地带到他手里做的这个活里面。看到一只豆彩碗，那么美秀、温雅，他会想到制器彩绘的人在做的时候会是一种什么样的心情，在生活当中会有怎么样的挣扎，有怎样的喜怒哀乐，他会从物质的形式上体会一种被压抑的、无比柔情的转化。

沈从文关心的文物有一个特点，大多不是我们一说到文物就会想到的东西，而是在普通的日常生活当中应用的、和普通人的日常生活联系在一起的杂七杂八的东西，是普通人在漫长的历史里面，用劳动和智慧创造出来的东西。这些东西长期以来正统的文物界看不上眼，他却很有感情。这个感情其实沟通了他前半生的文学创作和后半生的文物研究。他前半生的文学创作关心的是什么？士兵、农民，甚至妓女，这样一些普通人的生活，他对他们有感情，他爱他们，他从他们身上可以看到人类生活的庄严和人类的历史。人类的历史其实是由这些人一代一代延续下去的。到了他的后半生，他真的在做历史研究了，就自然而然地把这种对历史的感受融进研究里面了。

中国是一个历史悠久的国家，如何看待历史，从普通百姓到专家学者，在观念上和兴趣上，都存在着有意识和无意识的选择。现代史学的第一次重大反省发生在19世纪与20世纪之交，以梁启超1902年写的《新史学》为代表，重新厘定什么是历史。梁启超责备中国传统的史学只写帝王将相，大多未将国民的整体活动写进历史；只注意一家一姓的兴亡，而不注意人民、物产、财力等。

沈从文凭借自己生命的经验、体悟和真切的感情，追问什么是"真的历史"，"一本历史书除了告我们些另一时代最笨的人相斫相杀以外有些什么？"（《历史是一条河》）这个强烈的感受，恰恰呼应了梁启超对旧史学的批判，连文字意象都不约而同："昔人谓《左传》为相斫书。岂惟《左传》，若二十四史，真可谓地球上空前绝后之一大相斫书也。"（《新史学》）而沈从文心之所系，是在这样的历史书写传统之外、被疏忽了若干年代的更广大的平凡人群。在文学写作中，沈从文把满腔的文学热情投射到了绵延如长河的普通人的生死哀乐上；1949年正式开始的杂文物研究，已经是非常自觉地把产生物质文化的劳动者群体的大量创造物，置于他研究核心的位置。

沈从文的一生当中有两条河，一条就是汪曾祺所说的，他家乡的那条河，流过他全部的作品；还有一条河，这条河比他家乡的那条河还要长，还要宽，这就是他倾心的历史文化的长河，流过他整个后半生。他爱这条长河。

五、时间胜利的故事

这样讲下去，可以讲很多层次的故事，留待以后吧。最后我想讲的是一个有关时间的故事。

在沈从文漫长的后半生里，时间是非常难熬的，各种各样的烦恼、屈辱、挫折，要一分钟一分钟去挨，一天一天去挨，要一点一点用自己的努力来对付想得到和想不到的事情，一点一点来做自己的事业。所以那个时间过得非常慢，非常煎熬。我在写这本书的时候，都会觉得是透不过气来、压抑到令人窒息、看不到头的磨人过程。有时候我会有这样一种虚幻的想法：快点写完吧，写完了，书里的人就从时间的磨难里解脱了。

可是，沈从文是研究历史的人，研究历史的人心里有另外一个时间，这个时间的跨度和度量的单位非常大，面对古人和文物的时候，他自然而然有千载之下百世之后的感叹；对自己的工作，沈从文常用的时间衡量单位是代，不是一天天计算时间，也不是一年年，而是一代代的。1949 年，他给丁玲写信说，他也不要写作了，反正写作有很多年轻人，他要做的是工艺美术史的研究，给下一代留个礼物吧。他对自己要做的事情有这样强烈的自信，要留给下一代。

在此之前，沈从文用差不多的方式表达过对自己文学的强烈信心。1948 年，他十几岁的儿子读《湘行散记》，他跟儿子说，你看这些文章很年轻，等到你长大的时候，这些文章还很年轻。他的计算方法是指一个人长大了，这些文章还有生命力。这个今天已经得到验证，不但他的儿子长大了，后来好几代人长大了，21 世纪我们还会读《湘行散记》。在后半生，他不仅仅对他做的文物研究有这样强烈的自信，对他已经遭受了否定的文学也有这样强烈的自信。这样的自信是建立在长时间的信心上的。在这个时间的故事里面，有两件事，我愿意讲给大家听，这特别让我震惊。

1949 年他自杀以前留绝笔，写了两章自传，要把自己是一个什么人交代清楚。这两章自传里面有一章叫《一个人的自白》，第一段有这么句话："将来如和我的全部作品同置，或可见出一个'人'的本来。"那是什么样的时候啊，他还想到将来会有那么一天,和他的"全部作品同置"。

过了许多年,我再一次感受到心里的震惊,是看到文章的手稿。1975年,整日埋首于杂文物研究里的沈从文,从残存未毁的手稿中发现《一个人的自白》第一页,他郑重托付给忘年交、后半生最信任的王㐨,说:"这个放在你处。将来收到我全集里。"王㐨用卡片纸做了保护夹,外面写"沈要"二字,里面用铅笔记了一行:"七五年八月十五下午交余:'这个放在你处……'"省略号隐去的,就是那句让我震惊的话:"将来收到我全集里。"王㐨在衣箱里做了个夹板层,把这页手稿藏在里面。

时间绵延不绝,个体生命从头到尾,在时间的长河中不过是一瞬;但是,一个伟大的个体,却能奋力凿通自己生命的头和尾,既向前延伸也向后延伸,他从在他之前的过去时间里源源不断汲取丰富的和支持自己的力量,他把自己的一切安排、托付给在他之后的未来时间。

站在今天的位置,我们会发现,时间的故事,大跨度地计量时间,一代一代地计量时间的这个故事,最终是一个时间胜利的故事。

【互动环节】

李辉:非常感谢张新颖教授做了一个非常精彩的演讲,将故事和体会深刻地联系在了一起,本会讲得多点,可是时间比较紧张。新颖做的讲演很深刻,他将一个文学家的后半生纳入到一个时代的潮流当中。我想我们图书馆关于沈从文的书,在座的历史系的、文学院的同学可能都有这样的感受。我先前算是和沈从文有很深的交往的人,我1982年从复旦毕业,2月上班,5月份认识了沈从文,我们经常去他家,刚开始只是为了研究巴金和与巴金相关的朋友。因为沈从文是巴金的好朋友,我们都去找他,可以说我们有很深的交往,他于1988年去世。真正让我印象深刻的是张兆和整理的《从文家书》，新颖曾经说过，也因为这本书对沈从文产生了很大的兴趣。

张新颖：今天的演讲有很多关联的东西我没有讲，当年陈思和先生和李辉老师一块儿编了一套书叫"火凤凰文库"，这套书影响很大，有巴金的，有我的老师贾植芳先生的，还有一本就是沈从文和张兆和的通信集《从文家书》。我是看了这个家书之后，写了我的第一篇研究沈从文的文章——《论沈从文：从一九四九年起》。在这本书之前，沈从文后半生的材料虽然有，但很零星，这本书是第一次比较集中了那些东西。还有就是，其实我的研究受益于李辉老师非常多。你们现在看沈从文的照片，其中有一幅经常出现的是老年的时候他太太给他洗手，这张照片就是李辉老师拍的。《沈从文与丁玲》，我前面提到了他的这本书；还有一个对我影响比较大的，就是李辉有一篇文章专门写沈从文的弟弟，这样就会让读者慢慢把视野扩大到沈从文的家族，包括后来他研究黄永玉，我也是在他的带动下研究黄永玉的。把这个东西铺展开来，有很多可以研究。我们今天这个讲堂，贾植芳讲堂这几个字就是黄永玉题的。我开始想讲但是又没讲。

李辉：其实我本想多留时间给新颖，但我现在也激动，因为和贾先生的关系，他讲了几点我特别赞同。一个是讲到对沈从文很敬慕，一个是受汪曾祺的影响，汪曾祺在"文革"之后写到沈从文是很安静地在做自己的事情。其实沈从文是个不安分的人，所以我在沈从文去世之后不久，于1992年写了一篇文章，题目叫作《平和，或者不安分》，其实他不是个平和的人，他一直是很激烈的人，包括他跟鲁迅，包括他在抗战期间提出的抗战观，所以他是一个一直处在风口浪尖上的人，包括他们的刊物名为《红黑》，"红黑"就是不管三七二十一的意思，这其实是湘西话。

沈从文他为什么转到文物上呢？其实他自己喜欢文物。十多年前，北京的旧货市场有个地摊，经常卖一些旧档案、旧文献，我淘到了一本非常好的书。1950年他自杀（事件）之后，他把他自己在云南昆明期间，在西南联大期间，以及他后来收藏的瓷器，还有丝绸等，捐给了当时的中央美术学院。汪曾祺在西南联大的时候，沈从文经常在街上买一些瓷器和丝绸。所以他这种转向实用的历史文物的研究，他并不是完全不懂，这是第一。第二，我在想，他在1949年中华人民共和国成立之后，还是想写作的。他曾经写过一个短篇小说，当时这个小说张兆和就给他改，因为领导觉得他的语言、他的表述都不规范。沈从文的语言是不规范的，而他语言的不规范恰恰是沈从文文学的特殊性。而当时，张兆和是做编辑的，后来去做中学老师了，她对标点符号的要求特别严，改来改去的。当时沈从文的小说写得也不是特别好，发给刊物也没发表，对他也是打击，但是他还是想做文学。他还想写张兆和的一个堂兄，这是一个烈士，他一直在采访这个烈士的事迹，想写一个长篇小说，也许能写成。包括他写旧体诗，包括1957年他在写一个散文叫《天安门》，但是写得也不好。1971年的时候，在湖北，他突然想到给黄永玉写一封信，说他要写黄家的一个家族的故事，完成了第一部是8000字。就说黄家人平时也姓黄，但是家里面人去世之后碑上要写姓张，这事沈从文给黄永玉讲过。沈从文就开始写这个小说，是个章回体小说，很好看。他刚写完这个部分，林彪事件结束，他就回到了北京，回到了北京之后他就有时间重新做他的文物史研究，所以这个小说就没接着写，我觉得也是一个意外。当然现在回想起来他放弃了文学创作，进入了中国服饰史研究，这个对于沈从文来说，我一直认为它是一个救赎，因为什么？他的语言模式，他关注的基层的民众，都不是我们新时代所需要的。我们当时需要工农兵的形象，需要大众化的语言。我们当时需要的是这样的一种人，如果沈从文真这么做了，他就是我们所说的后来的巴金、后来的老舍、后来的曹禺。所以我觉得这样反倒是成就沈从文的，这是我的一个理解。所以有了这些变化，我觉得沈从文在这方面做了非常好的一个决定。这个决定有可能是主动的，也有可能他在不能自已的情况下，在大都市角落里做事情，所以我觉得对沈从文来讲就是他的自信。其实在20世纪30年代、40年代、50年代初他也经历了一些，我的作品也提到过，包括20世纪50年代他写信，给别人写信。当时的那些流派作家的作品都比不上他的作品。他对自己的文学非常自信。包括他1975年讲的出全集，后来果然他就在20世纪90年代出了全集，而且现在还在做修订，所以我讲沈从文就是一个中国20世纪文化界的奇迹般的人物。包括刚才新颖讲的他不是英雄，其实很多文化人都不是英雄。这是我一直说的，文化人都是知道做事情的，比如说我认识的一个文物研究家，他研究家具、研究蟋蟀、研究葫芦、研究竹刻，就像沈从文研究绸片一样，有人就说他研究的都是不值钱的，他研究的那个铜片当时都是不值钱的，十块，二十块，但现在一拍卖几百万。这就是说这些知识分子，有见解，他是不跟随潮流，是根据自己的兴趣，做自己的事情。所以对于真正好的收藏家和研究家来说，兴趣是最重要的。

主讲是新颖，但是我也发表了一些看法。其实我们在很多方面对沈从文的看法是一样的。也就是说我为什么要当河西学院贾植芳讲堂的主持人，我们这个讲堂一定要做一个讲座，昨天是第一讲，今天是第二讲，我主持这个讲堂呢，就是一个比较好的开端。那么下个学期或下下个学期，我想每个学期都能做比较精彩的讲座，最好三个人来讲一讲，讲不同领域，讲一讲不同的文化观念，讲各种方面的知识。

在座的我们河西学院外国语学院的院长，她昨天参加了一天的活动，有感而发，对贾先生与河西学院的这种关系她也非常激动，而且也有很好的感想，我觉得我借这个机会来听第二讲，我们很幸运也很幸福，那么现在想请董院长朗诵一下她写的感言，大家欢迎。

董家丽（河西学院外国语学院院长）：我先谢谢李老师，也谢谢大家，先给大家鞠个躬。本来呢，确实是非常感慨也非常感动，我深深地感动于贾植芳先生的经历。我当时就在想一个怎样的品格才能让他一代一代的学生们已经人到中年、人到暮年的这个时候，再说起贾先生来依然那样地难忘，那样地深情，那样地依依不舍，那样地泪流满面。我真的是想知道贾植芳先生是一个什么样品格的人，所以在参加完这两天的活动，就有个人的一点儿感受，本来呢，就是想发给我们的校长和薛馆长分享一下，因为平常我们也有分享和交流。实在没有想到今天这个时候，我们李老师让我在这朗诵一下，谈不上朗诵，在座的李老师、张老师还有文学院的老师都是科班出身的专家，我是学外语的，在这儿我就献丑了，早晨很感慨，中午就随手写在手机上了。

不老的怀念

写在贾植芳与中国新文学传承国际学术研讨会之际

百年风云百年情。百年的贾植芳先生，今天，在各种仪式里静静地向我们走来。

我在先生的雕像揭幕仪式上看见了先生，我在92岁的黄永玉先生题写的贾植芳讲堂和贾植芳研究中心的牌匾上，看见了先生，我在来自海内外参会学者的人群中，也看见了先生，先生的面容是那么安详和欢喜。

我在河西学院图书馆贾植芳讲堂开讲的叙说里，看见了依然活着的先生，我在交接捐赠的书信物件里，看见了有情有爱的先生，我在白发苍苍的发言学生们哽咽的声音和脸颊的泪水里，再一次看见了百年不老的贾植芳先生！

仪式，只是怀念先生的一种方式，对先生的怀念，又是任何仪式都无法独自承载的一份留在不同人心底的永远的牵念。

春风不言桃李色，留得繁花谢世间。

今天，先生的文稿，先生的雕像，先生的遗物，带着先生的思想和精神，终于可以安放在这里，安放在中国的大西北，安放在大西北的河西走廊。

今天，先生的学生，先生的亲属，先生的追随者，仰望着先生的思想和精神，终于可以相聚在这里，相聚在中国的大西北，相聚在大西北的千里河西走廊上的河西学院。

其实先生的思想和精神从未老去过，两鬓已添白发的弟子们对先生的怀念也从未老过。今天，中国的大西北跟着先生静默的足迹，又一次走进了河西学院，走近了无数的新生代学子，从此先生的时间将流连忘返于这座美丽的校园，从此，我们都能有幸成为先生的学生。虽然，我们只能驻足于先生的雕像旁，我们只能仰望先生的藏书馆，但从此，先生的思想和精神，先生的品格和风骨却会从陈列馆走出来，从陈列馆里先生的那间简朴的书房走出来，如影相随于我们。

师者传道授业解惑也。先生的大道与大德，先生的睿智与坚韧，先生的学识与教诲，从此与我们不再遥远。千里河西走廊的天空，从这个夏天开始，添上了一双慈爱、热情而智慧的眼睛，从此我们就能在"大漠孤烟直"的苍穹之下，时常仰望星空，聆听那些藏在文字里的真实的传奇。在河西这座充满活力的校园里，从此将会行走着一位永远的长者，一位永远不会老去的好老师，一个能时常端正我们的行为，为我们解开人生困惑的大智者，一个一个的希望，一定会带着先生的声音和印记，从这里出发，走向无数个远方。

站在先生的藏书陈列室里，我就能和一个平凡而普通的老师对话交流。我猜想，老师，也一定是先生这一生最愿意听到的称呼和最为之骄傲的身份。先生的那些弟子是幸运的，能在中国大西北的河西学院的先生藏书陈列馆里，遇见先生，阅读先生，瞩目先生，体会先生高贵优雅的灵魂散发出的墨香和智慧，我们都是幸运而幸福的。

　　大道至简，大爱无疆。我们对先生的怀念，没有过去、现在和未来的时间概念，先生的思想和精神的传承与绵延，也没有东西南北的地理空间，先生的伟岸和人格的独立与纯净，永远不老，河西学子的眼神此刻在说：我们对这样一位老师的怀念，也永远不会老！

【结束语】

李辉：写得非常好，有非常深的情感，也有一个对时间概念的解读，就像新颖刚才讲的时间一样，时间的碎片构成一个整体。我觉得，作为贾先生的学生，我们今天有幸走进了美丽的河西学院。我们谢谢河西学院的老师。第二次贾植芳先生的讲座到此结束，谢谢大家的光临，希望我们很快再见面。

　　（本文字稿是根据录音整理而成，有删节和改动，由贾植芳研究中心杨万寿副主任整理）

| 第三讲 |

张爱玲文学史料的搜集和整理

【主讲人介绍】

陈子善，华东师范大学中文系教授、中国现代文学资料与研究中心主任、《现代中文学刊》执行主编、中国现代文学研究会名誉理事、中华文学史料学会近现代文学分会副会长。长期从事中国现代文学史料的整理与研究，著有《文人事》《边缘识小》《沉醉春风》《钩沉新月》《双子星座》《张爱玲丛考》等，编订周作人、郁达夫、梁实秋、台静农、张爱玲等作家文集和研究资料多种。

陈子善在贾植芳讲堂讲课

【主持人的话】

赵建国：非常荣幸，借陈子善教授来张掖开会之际，由李辉先生邀请举办这次学术演讲。陈先生是研究张爱玲的专家，同学们大都喜欢张爱玲的文学作品，相信各位今天都会沉浸在张爱玲的文学世界。请陈先生开始演讲！

【演讲正文】

陈子善：今天要讲的就是我怎么会走向张爱玲研究的道路。回顾起来也很有趣，是个偶然的机会。20世纪80年代中期，1985年、1986年的时候，在座同学出生了没有？（学生：没有。）还没有出生啊？！（学生：没有。）没有啊？！那个年代正好是改革开放以后，我们有一个说法，叫"拨乱反正"，在我们现代文学研究上面，所谓"拨乱反正"，就是我们以前研究的范围太狭窄，研究的作家太少，就那么几位。我们有一个顺口溜"鲁郭茅，巴老曹"，是什么意思呢？就是鲁迅、郭沫若、茅盾、巴金、老舍、曹禺。然后"鲁郭茅，巴老曹"，还要压一下韵，第三个叫"艾丁赵"，他们又是谁呢？就是艾青、丁玲、赵树理，这样说起来就是"鲁郭茅，巴老曹，艾丁赵"，像唱山歌一样。这九个作家，在中华人民共和国成立以后的现当代文学史研究中很受重视。确实，他们的作品成就很高，影响很大。

  但是，现代文学史上不仅仅是这九位作家，现代文学还有其他很多位作家，其他作家在文学创作、文学评论等各个方面也取得了很大的成就。他们由于这样那样的原因，由于很复杂的历史原因被淹没了，被掩盖了，被忽视了，被遗忘了。这种现象不应该继续下去，我们需要重新认识中国现代文学史。中国现代文学史是非常丰富多彩的，而不仅仅是那九位作家，所以，改革开放以后，我们对郁达夫的研究、对徐志摩的研究、对沈从文的研究、对钱锺书的研究、对周作人的研究……都重新提上了议事日程。这些作家在中国文学史上留下了大量作品，产生了很大的影响，我们怎么可以视而不见呢？所以我从事现代文学研究，最初就是从鲁迅开始的。我这个年龄的人基本上都是从鲁迅开始，然后我从鲁迅转向了他的弟弟。鲁迅有两个弟弟，其中大弟弟周作人，跟鲁迅一起在新文化运动和五四运动当中发挥了重要的作用，而且从某种意义上来讲，在"五四"初期，他的作用不亚于鲁迅，甚至在某些方面都超过了鲁迅。所以，从1983年、1984年开始，我把我的研究重点放到了周作人的身上，因为周作人写了很多作品，他出版过的著作，只不过是他作品当中的一小部分，还有很多作品没有编成书出版，而是散见在当时的许多报纸、杂志上，需要我们一篇一篇去寻找，加以整理、编辑、出版，我当时就开始做这个工作。

在做这个工作的过程当中，我遇到了张爱玲。当然，不是遇到张爱玲这个人，当时张爱玲在美国，我不可能遇到她，我是遇到了张爱玲的作品。我在上海图书馆搜集周作人作品的时候，才发现20世纪50年代初上海有一份小报，叫《亦报》。我发现《亦报》上面有一部中篇小说在连载，这部中篇小说的题目叫《小艾》。小艾是一个人的名字，像小张、小王一样。小艾，是一个女孩子，是当时的一个从农村出来到上海这样的大都市来打工的女孩子，现在说就是打工妹。小说写她到上海以后在一个大户人家、有钱人家当保姆的经历。这个女孩子到上海来打工当保姆，以前叫下人、佣人。这篇小说作者的名字叫梁京，这个名字很陌生，我不知道这是什么人。大家可以想象一下，现在各位同学上网都有一个网名，网上有一个自己给自己起的名字，这个名字大部分人都不知道，你爸爸妈妈都可能不知道你在网上的名字。当年没有网络，当年作家写文章发表文章也有笔名，这个笔名也就是现在流行的这个网名。而这个梁京，我们都不知道她是什么人。从来都没有听说过，现在网上也有些奇奇怪怪的名字不知道哪里冒出来的，道理是一样的。但是，我后来想到，有一个作家叫张爱玲，她20世纪60年代在美国接见一位学者访问的时候说："我当时在上海写一篇长篇小说《十八春》，我用的名字就叫梁京！"我马上就联想到张爱玲的回忆，这个梁京跟那个梁京是不是同一个人呢？从文章本身来判断，应该是！但是，写《十八春》的梁京，我们都已经知道，写《小艾》的梁京，我们不知道，也就是说《小艾》这篇文章以前没有人注意到，包括当时许多研究张爱玲的学者，也都不知道张爱玲写过这么一部中篇小说。我马上意识到这不是一件小事，这是一件比较重要的事情。我就把这些材料复印下来寄给了香港文学界的一位朋友，我说，我判断这部作品是张爱玲写的，我想听听你的看法。那位朋友跟张爱玲通过信，编过张爱玲的一本散文集，我等一下会介绍。他对张爱玲的作品很了解，对张爱玲的风格也比较熟悉，他看了我寄过去的材料也非常兴奋，回信说："陈先生，你的判断我完全认同，我也认为这个作品是张爱玲创作的。"

他当时担任香港《明报月刊》的编辑。《明报月刊》可能在座同学不是很清楚，是武侠小说大师金庸创办的一个学术文化刊物，现在还在香港出版，每个月一期。那位朋友对我说，《明报月刊》决定明年1月份也就是1987年1月份重新发表张爱玲的这部《小艾》。你赶快写一篇文章把你的发现经过，把你对这部作品的分析提供给我。所以我马上写了一篇《张爱玲创作中篇小说〈小艾〉的背景》，讨论这部小说是怎么创作出来的，在《明报月刊》1987年1月号上发表。同时，这位编辑把这篇小说提供给了台湾的《联合报》，也就是说台湾的《联合报》跟《明报月刊》一起，同时在香港和台湾重新发表了张爱玲的《小艾》。这次发表引起了很大的轰动，因为香港和台湾的文学界、文学评论界、研究中国现代文学史的学者对张爱玲的评价很高，他们没想到张爱玲还有一部不为人知的作品。就是从这件事开始，我进入了张爱玲研究领域。从某种程度上说，这是很偶然的。假定说，我不研究周作人，假定说，我研究了周作人不去查阅《亦报》，假定说，我查阅了《亦报》，没有注意到梁京的《小艾》，我跟张爱玲研究就毫无关系。现代作家多得是，我怎么会想到去研究张爱玲呢？后来回想，唯一的可能就是张爱玲是上海作家，我是上海人，有这么一点渊源，其他完全是偶然。本来我想，我查到张爱玲这篇作品，把这篇作品介绍出来，我的任务就完成了，我可以重新回去研究我原来研究的周作人了，然后再研究我也感兴趣的梁实秋。但是，不行！《明报月刊》的那位编辑又给我写信说："陈先生啊，现在台湾、香港还有远在美国的很多读者有很多新的要求，说《小艾》在《亦报》上面发表，《亦报》上面有没有反响啊，《亦报》上面有没有对张爱玲这个作家的评论啊，你赶快去找啊。"他给我出了新的题目，我马上又去查阅，果然又找出一大批新材料。

当时关于张爱玲的第一部长篇小说《十八春》有过很多讨论，上海的读者读了张爱玲的小说之后有各种不同的反响。我找到的这些新材料有助于更多更全面地去了解张爱玲的作品。但是我必须要告诉大家的是，这次发现，张爱玲本人很不高兴。为什么呢？因为，首先她对这部作品不满意，最好人家不知道她写过这部作品，她自己也把它忘记了。恰恰是我不识相，把她的这部作品找出来了。所以她对这件事，我不敢说非常反感，但是很不高兴，一定程度上比较反感。而我也不是个傻瓜，我也意识到她可能会生气。但是，这是摆在研究者面前必须面对的问题。张爱玲是被研究的对象，研究者跟研究对象之间往往会产生矛盾，这个矛盾是长期存在的，不仅仅在张爱玲身上，在其他作家身上都不同程度地呈现出来。当然了，有一个情况是经常发生的，研究者不停地赞美被研究者，研究这个作家，就说这个作家好，好得不得了，好得了不得，这就不会产生矛盾。这个作家就会很高兴，人嘛，都喜欢听表扬、肯定、赞美的话。但是你如果是客观地、认真地、独立地研究，就不仅仅是要表扬肯定，而且你要指出这个作家的不足或者存在的问题。我当时并没有说张爱玲的作品有什么不足，但她对《小艾》的"出土"并不太高兴。尽管这样，我还是走我自己的路，继续积极寻找张爱玲的作品。

我从《小艾》这部作品的重见天日，得到一个结论：张爱玲一定还有很多不为人知的作品。这就涉及一个非常严重的问题，研究一个作家，就应该认真阅读他的所有能找到的作品，假如你能够找到，你不去寻找，你的研究就不是建立在一个坚实可靠的基础之上。假定一个作家写了十四部作品，你只读了其中的五部就匆忙地下了结论，这样的结论能经得住考验吗？会被人认同吗？会被人接受吗？这是大有疑问的。他如果写了三部作品，你如果仔细地读了，然后你经过认真的思考写出你的看法，这个结论就有可能成立，就应该得到肯定。所以我们要研究一个作家，就必须要阅读他的绝大部分作品，我不敢说全部作品，你说你要研究李白、杜甫，把李白、杜甫的诗全部读一遍，这个量很大，那写诗更多的陆游，更不得了，那还是古人呢。现在的人啊，更不得了，你要研究沈从文，沈从文的全集那么多，上千万字，你认真地读一遍，要花很多时间。所以我曾经说过，一个作家的作品，写得太多，不好；写得太少，也不好。写得太多，人家读起来很吃力啊，我们研究者很焦虑啊，那么多作品怎么读啊，对不对？莎士比亚也就十二卷，还可以，你再多，八十几卷，怎么读啊！但是写得太少也有点危险，你就写一部小说、两部小说，那又太少了，除非这一两部小说是重量级的。就像大作家曹雪芹，一部《红楼梦》还没写完，就被封为大神，对不对？但是曹雪芹几百年就一个，其他的作家你就写那么两三部作品，我们评论一下就完了。所以这是一个非常有趣的事情。

我觉得张爱玲肯定还有很多作品我们没有看到，所以我就从1988年开始不断地寻找。当然这个不断地寻找并不是说每天都在寻找，我还有正常的教学，正常的工作。但我一有机会就去图书馆查阅资料。那个时候条件不如现在，现在可以上网，可以找到很多你根本想不到的资料。当年没有这样的条件，当年就去图书馆，上海市的、外地的，还有档案馆等。张爱玲原来的母校叫上海圣玛利亚女中，1949年以后，圣玛利亚女中合并到另一个女子中学，成为上海市第三女子中学。我当时跑到上海市第三女子中学要求查看一下当年的校刊，圣玛利亚女校每年出一本年刊。但他们说，很抱歉，陈老师，我们这个校刊很宝贵，不对外开放。我吃了一个闭门羹，不让看。后来我又想，你这个地方没有，别的地方会有。我去上海市档案馆查阅，档案馆说，可以，但你只能阅览，不能拍照、不能复印，只能手抄。手抄就手抄吧，反正我写字比较快，对不对？所以张爱玲的很多作品都是我这样一个字一个字抄下来的。后来台湾有一个张爱玲生平传记片摄制组来上海，我带他们到上海市档案馆去，他们通过上海市人民政府台湾事务办公室出具公函，要求拍摄这些资料，档案馆特别批准同意了。为了两岸的和平统一，同意他们拍摄这些。后来又翻出一本我没有找到的校刊，我一看，上面刊有张爱玲初中时代写的第一篇小说《不幸的她》。

《不幸的她》描写的也是女性。因为张爱玲是女的，所以她的写作对象大都是女的。我看到《不幸的她》，很高兴，但仍然不能拍摄不能复制。所以他们在拍摄的时候我在抄写这篇小说。他们拍摄完毕，我也抄完了，时间一点也没有浪费。这个发现的过程一直延续到今天，我的工作一直还在进行当中。当然，到今天为止，我可以这样说，张爱玲的作品被发现的可能性越来越小了，已经几乎接近于零。几乎，但没有零。今年（2016年）7月初，台湾的一个有名的文学杂志《印刻文学生活志》，发表了经过整理的张爱玲的散文《爱憎表》。有个成语叫爱憎分明，这篇散文就叫《爱憎表》。这篇文章，张爱玲没有写完，很凌乱，是张爱玲的一个草稿，是另外一个研究者根据她的草稿研究整理出来的。张爱玲写这篇《爱憎表》就与我有关。因为我找到了她高中毕业时的一些史料，她看到了这些史料，引起了她对年轻时代的一些回忆和联想。所以她写这篇文章，可惜只有一些片段，写了一两万字，没有写完。你们可以到网上去查，刊有《爱憎表》的《印刻文学生活志》刚刚发行。我等一下就会专门说这篇文章。

那么我们现在来回顾张爱玲资料的收集，我现在所看到的，所收集到的，第一个是《西风》杂志。

《西风》是当年在上海创办的，一个介绍欧美文化的综合性杂志。这份杂志创办以后很受欢迎，介绍欧洲、美国的文化、政治、经济和风土人情，所以是一本畅销杂志。1937年抗日战争全面爆发，1939年它创刊三周年即三岁生日的时候，他们举行了一个征文纪念活动。社会上方方面面

《西风》

的人都可以来参加这个征文，可以来参加这个比赛。征文有一个题目叫"我的××"，"我的"，这个是固定的，"××"，你可以填充进去内容。"我的爸爸""我的弟弟""我的学生""我的老师""我的朋友"也可以，这个题目是开放的。你愿意写什么就写什么，当然这些都是很具象的。也可以写比较抽象的，如"我的梦""我的理想""我的未来"也可以。没想到当时来参加这个征文比赛的人非常多，全国各地、东南亚甚至美洲都有人来稿，来参加比赛。《西风》一共收到了700多篇征文。700多篇，这个数字在当时来讲是很大的。按照比赛规则，本来要录取前十名。因为征文很多，增加了三个名额。就是从第一到第十的时候再增加三个名额，就从第一到第十三名，谁轮到第十三名，给他一个名誉奖。前面都是大奖，第一名、第二名、第三名一直到第十名这都是大奖，然后第十一名、第十二名、第十三名是名誉奖。当时大家对名誉的理解和我们今天对名誉的理解不太一样。我是中国现代文学研究会名誉理事，为什么是名誉理事？因为我年纪大了，所以说不能再当理事了，那么他们很客气，说你换成名誉理事吧，我就知道我要走人了，不能再当理事了。但是他们不一样，第十三名公布出来，第十三名名誉奖得主是谁？张爱玲！张爱玲是最后一名，末奖。

　　张爱玲当时在香港大学借读。看到了《西风》在征文，她写了一篇文章去应征，得了个第十三名。也不错。张爱玲不高兴，张爱玲这个人心气很高，因为她心气很高，她认为她应该得第一名。只得了第十三名，很不高兴，这件事情她一直记住，一直到什么时候？到她去世的时候，她又得了一个奖。在中国现代作家当中，甚至可以说在20世纪中国作家中，张爱玲的得奖是非常奇特的。她的第一篇投稿的作品就得了一个奖，第十三名。虽然是第十三名，但得了一个奖。她生前出版的最后一部作品是回忆录，叫《对照记》。《对照记》也得了一个奖，这个时候就不是第十三名了，这是一个特别成就奖，奖励她一生的文学成就。她的第一部作品得奖，她的最后一部作品也得奖，这样的概率在其他作家那根本找不着，我们的莫言先生得了诺贝尔文学奖，也很有名了，但是你问他，你的第一部作品得奖了没有？没有，没有啊。对不对？没有得奖啊！当然了，莫言先生现在还活得好好的，他的最后一部作品会不会得奖是未知数，对吗？我们现在那么多中国现代的、当代的作家，他们得奖，有的人得了很多奖，但都不是第一篇跟最后一篇。第一篇得奖，最后一篇得奖，唯一一个作家就是张爱玲。

很奇怪，我们都在讲，这个老天爷的安排真的是很特别，张爱玲在最后一次得奖的时候，写了一篇文章，因为她在美国，她不可能到台湾去领奖，她写了一篇文章，文章名就叫作《忆西风》，就是回忆《西风》。具体回忆什么事情呢？她说她得了最后一个奖，她就想起她的第一个奖，她这个联想很有趣。她就想说，虽然当年是得奖，但是这个奖对她不公平。她本来应该得第一名的，后来听说那个得第一名的人缺钱用，这个奖有奖金的，第一名当然奖金最高喽，她第十三名当然奖金最低喽。张爱玲说，本来她是第一名，可以拿好大一笔钱的，可听说现在那个得第一名的人缺钱用，那个评委好像跟第一名有什么关系，有猫腻，所以那个评委就让他得第一名，所以不公平。我不知道张爱玲是怎么听来的，有什么根据。我看到她这个文章，我就想，这是一个很重要的问题。需要把这个事情搞清楚，到底是不是像张爱玲所说的那样。评奖是否有问题？怎么把它搞清楚？我就去查当时的征文启事，看它的规则是怎么定的。张爱玲讲，那个奖不公平。因为这个征文，字数是有规定的。就像我们现在高考考大学，写一篇作文800字，你写8000字不行，你写80个字也不行啊，你得按照那个规定写。这个征文比赛张爱玲说规定写500字，那个第一名的人写了5000字，超了十倍，违反规则怎么可以得第一名呢？完全乱搞，这些评委完全乱搞。于是我就去查这个征文启事，一查吓一跳，这个启事上面写得清清楚楚，文章不能超过5000字，张爱玲对数字没有感觉，她形象思维很发达，她的抽象思维却不行，她对数字没有概念。明明是5000字她记成500字，不超过500字，你自己没有按照规则办，怪谁呢？

张爱玲说自己完全按照规则写的，没有超过 500 字，所以是第十三名，那个第一名写了 5000 字，完全违反了规则。

张爱玲讲她这篇文章没有超过 500 字，我开始相信了。那篇文章叫《天才梦》，当时很有名，大家可能读过。最后一句话："生命是一袭华美的袍，上面爬满了虱子。"这个是很奇异的想象。我原以为这篇文章确实没有超过 500 字。我在别的地方给大家讲这个事情，下面听的人当中，有的人很认真，听完以后马上到图书馆去，把《天才梦》找出来数，一数，1000 多个字！张爱玲晚年自己说她没有违反规则，按照她自己说的规则不能超过 500 字，可她超了一倍——1000 多字，所以张爱玲这篇《忆西风》，两个细节完全经不起推敲。她记错了，当然，我们完全可以谅解。她年纪那么大，所以记错了。把数字记错了，但说明她是一个很好强的人。她什么事情要么不干，要干就要争第一。她小时候还立下一个宏愿，说她要像林语堂一样，将来写英文小说要超过林语堂，要在美国畅销。林语堂大家知道吧？很有名的一个作家，写的英文小说在美国畅销。林语堂是她追赶的目标。她要超过林语堂，可是她没有超过。她后来的作品都没有畅销，都没有卖出去，出版社都不肯印，这大概是另外一个问题。但说明张爱玲是一个非常要强的人，干什么事都要干得最好。这篇作品，我要强调的是张爱玲她自己承认的——这是她的第一篇作品，也就是她的处女作，公开发表的处女作。

本来张爱玲应该在 1937 年高中毕业后去英国伦敦大学读书。她以非常优异的成绩考入英国伦敦大学，获得高昂的奖学金。但是因为德、意、日挑起了第二次世界大战，交通中断了，张爱玲去不了英国，那么只好罢了，就在香港大学借读。在借读的时候，她发表了《天才梦》，获得了《西风》荣誉奖第十三名。没想到 1941 年太平洋战争爆发，日本侵略者用很短的时间占领了香港。张爱玲在香港大学的学业也被迫中断。到了 1942 年 5 月份，她离开香港回到了上海，跟她的姑姑住在一起，也就是跟她父亲的妹妹住在一起。她的姑姑有一份很体面的工作。

张爱玲回来生活如何维持？这是一个非常麻烦的问题。当时，她回来的第一个事情就是进入上海圣约翰大学继续攻读，原来在香港大学借读嘛，后来又进入圣约翰大学借读。圣约翰大学是上海非常有名的，乃至全国非常有名的教会大学。刚才讲到的林语堂就是在这个大学毕业的。但是张爱玲在圣约翰大学借读了两到三个月就退学了，不读了。她做了一个重大的决定，就是她要卖文为生，她要靠写作维持自己的生活。于是她就给上海的杂志社写稿投稿，什么杂志？英文杂志。张爱玲的英文相当好，尤其她在香港大学借读的这几年，她的英语水平大幅度提高，所以她回来之后给上海的英文杂志《二十世纪》写稿，取得了很大的成功。写什么内容呢？写中国文化，我们今天讲要发扬中国的优秀文化传统。当年张爱玲就是写中国文化，比如，翻译中国的道教、佛教经典；介绍中国的服装，中国人的穿着，这也是文化。这些英文作品发表之后引起了很多人的关注。冒出来了一个英文作者，介绍中国文化介绍得这么有深度，所以当时上海的很多作家、学者、文化人知道张爱玲的名字首先是从她的英文作品开始的。这也很奇怪、很特别，他们对她的认识不是从她的中文作品开始的，而是从她在《二十世纪》上写的一系列论文和一系列英文的影评开始的。

张爱玲是个电影迷，喜欢看电影。看完电影以后她就用英文来评论这个电影。这样写了差不多半年多将近一年的时间，从1942年年初开始一直写到1942年年底，大约从1943年开始，她的写作又从英文转向中文，开始写小说。首先在上海当时的杂志《紫罗兰》上发表作品。这个杂志社名字很好听，紫罗兰是一种花，紫罗兰花。张爱玲在《紫罗兰》发表了两部中篇小说，《沉香屑·第一炉香》《沉香屑·第二炉香》。然后在《万象》《天地》，以及一个就叫《杂志》的杂志上发表了作品。我刚才的讲述你们听明白了吗？有的杂志叫《紫罗兰》，有的杂志叫《天地》《万象》，这个杂志就叫《杂志》，而且张爱玲在这个《杂志》上发表了作品，比如说大家比较熟悉的《倾城之恋》《红玫瑰与白玫瑰》都发表在这个杂志上。历史往往是比较复杂的。这个杂志长期以来被别人认为是有日本背景的，是侵略者的杂志，这个问题就比较严重了。当时中日交战，所以很多人认为张爱玲在这个杂志上发表文章不合适，但是我们后来才知道这个杂志没那么简单。这个杂志社的编辑部有地下党员，跟中共地下党保持密切联系。其中有个代表人物叫袁素，她是高级地下情报人员，但是她原来是个作家，所以她很有眼光，她一眼就看上了张爱玲的作品，知道张爱玲是个了不起的作家，就命令手下的编辑一定把张爱玲的作品争取来。结果就争取来了。我怀疑这个杂志社给她很多稿费。张爱玲当时要维持生活，需要很多稿费，所以张爱玲所有的作品都给这个杂志社。她第一部小说集《传奇》也给了这个杂志社。这个小说里有两句话："在传奇里面寻找普通人，在普通人里寻找传奇。"其实我们看到的很多普通人，男男女女，老老少少，少有英雄人物，如果想看英雄人物，张爱玲的小说中没有。张爱玲的小说中的人物没有一个不带有讽刺、调侃、挖苦的意味。这对于一个女作家来讲非常有意思，我们知道当年讽刺、调侃，谁写得最好啊？鲁迅。鲁迅讽刺阿Q讽刺得多好啊，所以是非常有意思的。

我曾经做过这个研究，张爱玲到底有没有读过鲁迅的作品？张爱玲读过鲁迅的文章很多，比现在自称看过很多鲁迅文章的人看的还多，但是她的读法又不一样，非常特别。我们读鲁迅时不太关注的那些细节，但是她都读了，而且她还记住了，在她写作中不经意就应用了。如果她没有读过，她怎么会应用呢？鲁迅作品中生动的细节她怎么知道呢？这不可能啊，所以她读鲁迅读得很仔细。但是她也很明确，她不会走鲁迅的路。为什么？因为鲁迅很高大。如果跟着鲁迅走，无法超过鲁迅。所以她选了另外一条路，她认为可以走的路。虽然我们有些文学家对她走的这条路表示怀疑，但是，谁知道她走这条路取得了很大的成就。

《传奇》这本书，首先我们看它的封面很特别。这是一个简单得不能再简单的封面，就只有书名、作者名，书面是一个简单的底色。书面颜色是蓝色。是什

《传奇》第一版

么蓝色？这种蓝色有一个学名，叫孔雀蓝。孔雀开屏的时候羽毛上有一种蓝色叫孔雀蓝，这个封面是张爱玲自己设计的，大家注意，张爱玲是有美术才华的，假定说张爱玲不是作家，她很可能是一个不错的画家。她的很多作品封面都是她自己设计的。包括《金锁记》《倾城之恋》中的许多插图都是她自己画的。她有美术天分。她高中毕业的时候，人家问她，最擅长的是什么？她没有说写作，而是说的绘画。结果后来她没有在这方面深入，而是去写作了。这个封面是她自己设计的，很特别，但后来我怀疑这个封面不是她设计的，可是始终没有找到第一手的证据，所谓证据就是张爱玲有没有提到这件事情。晚年她提到，她第一部小说的封面底色就是孔雀蓝。没有图案，只有黑字。不留半点空白，你们看看是不是不留半点空白？张爱玲使用了一个比喻："浓稠得使人窒息。"所以张爱玲文章的特点，行文的风格，你们看到下面就会知道，她的写作和我们的写作是不一样的。她有很多奇特的联想，这就很奇特，我们一般的作家不会有这样的一个画面的联想，启用她姑姑喜欢的衣服颜色，或深或浅的蓝绿色。张爱玲知道这个颜色她妈妈也喜欢。然后她有了其他的联想，她的联想是跳跃式的，她的联想幅度很大，她马上想到这就是遗传的神秘，遗传就是这么的飘忽不定，她想到一个很重大的问题，至今连科学家都无法解释的问题——遗传因子。你们有没有想过你们遗传了父母的什么？你们有没有想过这个问题？咱们在座的都是大学生，你们有没有想过我哪一点像父亲，哪一点像母亲？遗传是科学研究，生命科学最尖端的研究。

张爱玲从一个书的封面马上联想到遗传问题。她就认为她妈妈喜欢蓝颜色的衣服。衣服有那么多种颜色，也可以喜欢黄色或红色，但是她妈妈偏偏喜欢蓝色，这一点全都遗传给了她。她就觉得她妈妈把这个传给了她。张爱玲和她妈妈的关系很矛盾，她非常爱她的妈妈，但是她又跟她的妈妈关系非常紧张，一般情况女儿和爸爸的关系好，儿子和妈妈的关系好。张爱玲和她妈妈的关系非常紧张，这种紧张情况便写在了她的小说里，不断地在她作品里出现。关于和母亲的复杂关系，张爱玲那个年代的作家都不大写。她那个年代的作家都是宏大叙事，都是写战争，写和敌人斗争。但是，更深层的人与人之间的关系、亲人与亲人之间的关系少有人写。莎士比亚那个年代也不停地写关于人性的题材。子女与父母之间的问题就是人性的问题，遗传问题跟人性问题一样，张爱玲在这个问题中提出了很多问题，引起我们今天的思考。从一本书封面的颜色马上显现出了一个严重的问题，一个遗传的问题。从来没有一个作家这样处理，描写一个事物就描写一个事物，描写完了就完了，就到此为止了。但张爱玲不行，这个封面很有代表性，这本书出版以后引起了轰动，当时成为上海的畅销书，40天内全部卖完，然后重印，这本书的第二版她把封面改了，前面那本书的封面什么都没有，这一版封面有了奇奇怪怪的图案。

大家看右侧这个封面像什么？张爱玲

《传奇》第二版

《传奇》第二版的内容和第一版一样，但是封面改了，大家看这个封面像什么？发挥出你们丰富的想象。封面的图案里有很多月牙，如果你读了张爱玲的作品，会发现张爱玲的作品中大量地出现月亮，从她的第一篇作品到最后一篇作品都出现了月亮，已经有很多研究者研究张爱玲钟情于月亮的含义了。当时，在这个封面中也出现了月亮，但还有其他的。

我来把这个谜底揭开，因为张爱玲对这个封面有一个说明，一个文字的说明。注意！张爱玲有一个闺密叫炎樱，在香港大学读书。炎樱不是中国人，是斯里兰卡人。斯里兰卡是印度边上的一个小国家，来自斯里兰卡的炎樱是张爱玲在香港大学读书时关系最好的同学，张爱玲从香港回到上海，炎樱和她一起回来的。为什么呢？因为炎樱的爸爸在上海开了一间珠宝店，她爸爸也是斯里兰卡人，当时外国人能在上海开一间珠宝店说明他很有钱。炎樱到上海继续读书，直到毕业。张爱玲的这个封面由她同学打了一个草稿，她形容这个封面"像古绸缎上盘了深色云头，又像黑压压涌起了一个潮头，轻轻落下许多嘈切喊嚓的浪花。细看却是小的玉连环"。这个描写很生动。大家知道，京剧中有连环套，张爱玲的用词很特别，往往出人意料。"有的三三两两勾搭住了，解不开。"男的和女的勾搭在一起，这个词肯定是不好的；坏人与坏人勾搭在一起，这两个人肯定会干坏事。但这个"勾搭"用在这里肯定是正确的，没有贬义，全是褒义。"三三两两勾搭住"，她完全是用看似反义的词语表现了正面的意义，这就是作家。换我们写就很平淡，如果我写"有的三三两两就链接在一起"也对啊。"有的单独像月亮，自归自圆了；有的两个在一起，只淡淡地挨着一点，却已经时过境迁"，后面是破折号，后面那句话非常重要，"用来代表书中人相互间的关系，也没有什么不可以"。张爱玲在歧视我们，这个奇怪图案实际能代表小资之间的关系，那些人物之间的关系。是什么关系？那些小说中的人物，实际上不明不白，难堪生命的残缺，小说的人物关系就是这样一个人物关系，都是生活在被命运掌控的处境之中，我们看她的小说有时觉得特别压抑，但是，这个确实是写出了人生当中阴暗的一面，人心的阴暗的一面。她不给你光明，她就是很阴暗，所以有一个评论家说，读张爱玲的小说，一步一步地把你带入黑暗，这是她的功夫，其他作家达不到这样的功夫。在她的小说中我可以看到：人，是复杂的，非常复杂的。《传奇》的第三个封面，这个图案完全是形象的，之前的是抽象的，第一个封面没有图案，第二个封面是抽象的，第三个封面是形象的。

　　张爱玲在这本书出版的时候对这个图案有解释。图案是什么呢？仿佛是晚饭后

《传奇》增订本

家常的一幕，晚饭后一个家庭主妇在玩麻将，玩不是打，她就是一个人在那玩，一个奶妈抱着一个孩子在那看，那么有一个疑问，男主人在哪？男主人不在家，这是一个问号。第二个更大的疑问是什么？在这个女主人背后，女主人、奶妈、小孩都没有发现，在这个门背后有一个像人不像人、像鬼不像鬼的人形。栏窗外面是一个比例不对称的人形。比例怎么不对？像鬼魂出现似的，那是一个现代人，张爱玲给他下了一个定义，这个人不人、鬼不鬼的人形是现代人，很复杂、很可怕。你们注意到了没？这个像鬼魂一样的现代人他缺什么？五官、鼻子、嘴巴都是没有的。现实生活当中我们是看不到这样的人的。这个可能是我们中国古代小说当中描写的"鬼"，鬼才是没有脸的，如果晚上有像没脸鬼一样的人站在你面前，你想想有多恐怖，他非常好奇地偷偷往里面看。如果画面中有使人感到不安的地方，那也正是她希望造成的气氛。当然她小说里营造的这样一种使人感到不安的

气氛，使我们也感到很不安很紧张，为什么？因为我们会遇到很多意想不到的困境，这人生当中的黑暗，可能使我们没有充分的思想准备，是感到很吃惊很痛苦的。一本书的封面设计是这样专业。

小说《传奇》的第三个版本是在内地出版的。香港版本的《传奇》封面像一支点燃的香烟。她的小说在 1968 年 7 月份进入台湾，台湾出版的她的第一部小说就是《传奇》。这一版封面中的圆像月亮。她的小说当中大量出现月亮这种意象。

张爱玲的第一本散文集叫《流言》，这个封面的设计也很有名，上面画了一个女性穿了一个很奇怪的服装。注意！很多人认为这个就相当于张爱玲一个自画像。但是，这个自画像有一个问题，就是没有五官，并且穿着这种奇怪的衣服——我们所谓的奇装异服。张爱玲穿的服装很特别，是她自己设计的。她还专门写过一篇文章叫《炎樱衣谱》，也很特别，我们知道学音乐有五线谱、乐谱，到饭店里去请客吃饭，要点菜有菜谱，但是，没有想到穿衣服有衣谱。"衣谱"这个词，《新华字典》上你去查，没有这个词，找不到的，这是作家自己发明出来的。她发明得很好，作家往往会创造一些新的词语，这是评价一个作家的重要标志，许多词语进入了我们的日常生活，就是通过这样的方式。追究这些词语到底是谁创造出来的，如果你追究一下，你就会发现这就是作家的创造发明。《流言》这个散文集也有很多词语花了张爱玲很多精力。

《流言》进入台湾的时候是 1968 年 7 月。她的封面不管什么颜色，只要有圆的就是月亮。但这个月亮已经有点不像月亮了，这个

《流言》

背景比较暗，假设背景亮一点，我们说是太阳也可以，但是确实是月亮。好，我们来看张爱玲最有名的一部小说《倾城之恋》。这部小说改编过电影，改编过话剧，改编话剧的是谁？是张爱玲。张爱玲自己改编的同名话剧于1944年的12月在上海公演造成轰动。

这是话剧公演时候的说明书封面。话剧说明书的封面比较模糊，因为这个书时间比较久，遗憾的是，旧的书我们没有找到，我们只找到了张爱玲《倾城之恋》的一个话剧剧本。我们看不到话剧现场，不知道怎么改编的，这个非常遗憾，非常遗憾！这部话剧在上海演出时很轰动，但我们今天看不到这版话剧了。

《倾城之恋》话剧说明书封面

右图就是她的第一本长篇小说《十八春》。

这也就是我们刚才讲的，她的第一个长篇小说。后来，她在美国把这部长篇小说改写成了《半生缘》。小说中一对恋人最终没有走到一起，最后他们见面的时候女主人公说："我们回不去了。"这句很有名的话就是《半生缘》里面的对话。

张爱玲不仅是小说家、散文家，同时也是翻译家，她最有名的翻译作品就是美国作

《十八春》

家海明威的作品《老人与海》。

　　这里面有一个故事。1958 年，张爱玲决定离开内地去香港，这是她人生的一个重要的决定。我曾经到她住的房子里去看过，将来诸位如果有时间去上海的话，一定要去两个地方看看，一个是咖啡馆，另一个是常德公寓，即张爱玲故居。后来，她搬到了长江公寓。长江公寓曾经是上海最高的一个饭店，现在不是最高，当年二十层楼是最高的。你如果到上海，你问一下国际饭店在哪里，肯定就会有人告诉你，你到了国际饭店，站在它的背面，你就可以看到长江公寓在哪里。张爱玲住了几年，然后从长江公寓离开去了香港。

　　刚才介绍的《十八春》就是她在长江公寓写的。《小艾》也是在长江公寓里面写的。这两个地方是她很多作品产生的地方。一个是常德公寓，一个是长江公寓。张爱玲去了香港以后，遇到了一个难处，她到香港的理由是申请到香港大学继续学习，她之前在香港大学读书，没有毕业太平洋战争就爆发了，她回到上海。这次她去香港大学申请继续她的学业，香港大学的态度是：第一，欢迎你学习，欢迎你的回来；第二，奖学金取消了，没有奖学金了。没有奖学金，必须自己交钱，但她没有钱。接下来，她马上面临的生活困境是什么？住哪里去呀？你们可以想象一下张爱玲当时没有钱的难堪。当然，她也不愿意再回来了。正在走投无路之际，机会来了。当时香港有个英文报纸，当时香港这边有很多地下英文报纸，其中有一份英文报纸登了一个奇事，决定了张爱玲人生的第二个奇事。这个奇事是什么呢？海明威的《老人与海》当时刚刚发表，在美国一发表便引起轰动，一个月之内成为美国最畅销的书，并出版了单行本。这个非常厉害！张爱玲是1952年五六月份到香港的，1952 年 9 月份《老人与海》在《生活》杂志发表，同年 9 月《老人与海》单行本出版。当时美国驻香港总领事馆的新闻处，简称"美新处"，抓住时机第一时间获得了把《老人与海》翻译成中文的版权，这个中文翻译权由"美新处"得到，香港"美新处"马上在报纸上登了启事，征集义士来翻译。

张爱玲的运气来了，她看到了这个广告，她就说："哎，我中文好英文也好，我现在生活又无着落。"她就去应聘了，填了应聘表格。当时的主考官姓宋名淇，叫宋淇。后来就成为张爱玲最好的朋友了。宋淇是主考官，宋淇一看她的表格，名字张爱玲，他就问："请问张小姐，你就是那个在上海写小说的张爱玲吗？"因为同名同姓的人很多啊，我们华东师大有一个中文系的女学生也叫张爱玲，名字一模一样啊，对不对？张爱玲讲过她这个名字是很差的，这个很差的名字，因为是爸爸妈妈起的，她就没想去改。这个名字很普通的。张爱玲就回答："就是我啊，就是我写小说。""哎呀！"宋淇说，"太高兴了！我当年是你的作品的读者。"按今天的话说，我就是你的粉丝啊。对不对？宋淇就给张爱玲一段英文让她翻译。翻译出来一看，漂亮极了。宋淇说："OK！就录取你了。"

《老人与海》

　　张爱玲就是这样参加了《老人与海》的翻译，这是1952年9月份的事情。她的翻译工作很迅速，三个月以后，1952年的12月份这个中文翻译版的《老人与海》就出版了。上图是张爱玲《老人与海》中文翻译版的封面，注意，这个译者的名字叫范思平，张爱玲又换了一个名字叫范思平，这是我们现在知道的她的又一个笔名。值得大家注意的是，范思平这个名字，张爱玲生前自己没有做过解释，是我们考证出来的。笔名梁京，前面我讲过张爱玲做过解释，但范思平这个名字没有做过解释。而且张爱玲翻译的《老人与海》是世界上现存很少的一本书。

据我所知，全世界只有十本。福建有三本，香港中文大学图书馆目录上面有这本书，但是书库里找不到了。另外三本书在哪里？有两本也在香港，因为它是在香港出版的，一本在香港旧书店的一个老板手里，我跟这个老板谈过一次，我说这本书在你那里啊，能不能给我看一下。他说："不在这，在我家里。"我说："这个书很宝贵啊。"他说："当然，是我的镇店之宝。"另外一本在香港一个年轻的藏书家那里，我认识他以后，他非常热情，非常客气地说："陈老师，你要看这本书是做研究，我可以无偿地提供给你。"他给了我一个 copy（复制品），我是根据他给我的这个 copy 才完成了我的这个研究的，我很感谢这位藏书家，因为我的研究文章发表以后，台湾有一个人看到这个研究，记住了这本书。后来，有一次他在台湾街上的一个旧书摊上，看到了这本书。呀，竟然有这本书，赶快购买，台币就 100 块吧，相当于人民币 20 多块钱，他买了这本书高兴得不得了。他在微博通知我，买到了这本书，感谢我，因为我如果不写文章，他就不知道这本书，他不知道这本书，就买不到这本书。我说，恭喜你啊，你已经拥有了全世界第十本张爱玲翻译的《老人与海》。

很奇怪，为什么会印那么少，后来都找不到了？现在经过考证，可以证明《老人与海》第一个终结本是张爱玲翻译的。《老人与海》现在有很多中文译本。大概有十多位翻译，包括大家知道的台湾诗人余光中先生，他也翻译过《老人与海》。余先生翻译《老人与海》比张爱玲还晚了一点，余先生自己写过一篇文章，说他是第一个把《老人与海》翻译成中文的。后来经过我的研究，余先生不是第一个，张爱玲才是第一个，余先生屈居第二位。张爱玲译本出版的时间比余先生早。这里面是很妙的。张爱玲的出版时间是 1952 年 12 月份，但 12 月几号没有说，就是 12 月份。12 月份我们可以理解为 12 月 1 号，也可以理解为 12 月 31 号，都可以，都在范围之内。余先生翻译的版本，它不是出版的书，它是在台湾的报纸上连载的，连载的时间是从 1952 年 12 月 1 号开始，一直到 1953 年的 1 月 23 号才连载完毕。总共连载了一个多月,而此时张爱玲翻译的《老人与海》都已经出版了。那么,我们看,余先生连载,1号开始连载。假定张爱玲的书是1号出版的话,已经一次性完成了,但是余先生的连载没有完成,而是刚刚开始。余先生应该是1953年的1月23号翻译完毕的。但是,这个时候张爱玲比他提前至少23天已经出版了此书。所以根据这样一个分析,我得出的结论就是:最早译出终结本《老人与海》的还是张爱玲,余先生比她晚了至少23天。《老人与海》还有其他译本。张爱玲译本的封面设计很有名,设计者叫蔡浩全,是香港的一个非常有名的美术家、封面装帧设计家。这一版《老人与海》的封面是一个敢于跟大自然搏斗的老渔夫;封面还有一条大鱼,老人在船上要抓住这条鱼。《老人与海》台湾版的封面,也是借鉴香港版的。

右上图是张爱玲翻译《小鹿》的封面。

《怨女》是她在美国用中文写的第一部作品,封面上面也有一个月亮,注意,也有一个月亮。《怨女》是根据《金锁记》改写的。

《小鹿》

《怨女》

《张看》

《红楼梦魇》

　　《张看》是张爱玲在香港出版的第一本散文集。为什么叫《张看》呢？张爱玲自己有个解释，张看就是张爱玲的见解或者反馈。注意，封面上有一只眼睛，看到了吗？有一个成语叫作慧眼独具或独具慧眼，它就是一只眼睛，不是两只眼睛，是一只眼睛。大家请注意，这个封面是张爱玲自己设计的，这是张爱玲晚年设计的一个封面，她自己设计的《张看》的图案。封面几个线条，三种颜色，黑色、粉红色、金黄色，很简单。

　　大家也知道，张爱玲的小说创作也受到了《红楼梦》的影响。她最喜欢读的中国的古典小说，一个是《红楼梦》，一个是《海上花列传》，还有一个就是《孽海花》。张爱玲把《海上花列传》翻译成英文，名为《一朵花》。

　　《红楼梦魇》是她写自己对《红楼梦》的研究。封面也是张爱玲自己设计的，用京剧的脸谱，很特别。我还是没弄明白，她为什么把京剧的脸谱作为《红楼梦魇》的封面呢？这个是她晚年设计的第二个封面。我最近才刚刚知道，她还设计了一个封面。第三本书我还没有拿到手，我正在托台湾的朋友寻找。她还有一个封面，就是我刚才介绍过的《流言》台湾版的另一个封面，我给你们看的《流言》的台湾版，是一个月亮意象的图案，但是，它还有张爱玲自己另外设计的一个封面，这个书也出版了。这个书我一直不知道，很多人都不知道，最近有一个朋友提醒我，说我漏了这个封面，就是另一个台湾版《流言》的封面。我现在正在寻找当中，我也相信是能够找到的。《海上花列传》张爱玲把它翻译成普通话，大家都知道《海上花列传》是用"苏白"，即苏州的白话写的。我们中国的方言太多，我到了这里，有几位朋友讲的话我就听不大懂，《海上花列传》是用苏州话写的，北方的读者是看不大懂的，我们南方人还是能够看懂的。我虽然不是苏州人，但是我看这个《海上花列传》基本上是能够看懂的。张爱玲就是考虑到这一点。这么好的一本小说，我们很多不懂苏州方言的人看不懂，所以她把它翻译成了普通话。当然她翻译了很多书呀，如欧美小说等，所以我们今天讨论张爱玲，她不仅是小说家、散文家，同时还是翻译家。这里就跟我有关了，张爱玲小说《小艾》，虽然我发现了，虽然我的发现令张爱玲感到不高兴，但最后她还是同意把它放在《余韵》这个散文集里面出版。《余韵》是1987年5月出版的。

《对照记》是张爱玲生前所出的最后一本书。这本书是1994年出版的，1995年张爱玲就去世了。张爱玲去世时的年龄是75岁，年龄不算大，她1920年9月出生，1995年9月去世。她的去世也很特别，一个人在9月出生，在9月去世，

《余韵》

《对照记》

你想想看，很少有这样的概率，你想这样做都做不到，对不对？你出生的时间你不能选择，是你爸爸妈妈决定的，你去世的时间你也不能选择。你说我是 6 月出生的，我也选择要在 6 月去世，能办到吗？很难，张爱玲办到了。

张爱玲具体死的时间不确定，因为发现她的遗体的时候，她已经死了三四天了，我们不知道她到底哪一天死的。现在科学很发达，一般一个人去世，上面都会写某年某月某日几点几分去世的，可以精确到分，甚至精确到秒，但是张爱玲什么都没有，我们不知道她什么时候去世的，只知道在中秋节之前三四天，有人说是中秋节，其实不是中秋节，但是发现她去世的那一天应该是中秋节。1995 年的中秋节房东发现，这个老太太几天没出门了，怎么回事呀？但是房东自己不能打开，你不能随便进入房客的房间啊，打电话通知警察，警察来把门打开，一看，张爱玲已经死在那里了。你说到底哪一天死的？永远是个谜！

我前面给大家讲到我跟张爱玲的关系，张爱玲本人我没有见过，但是我见过张爱玲身边的很多人，她的亲戚，包括张爱玲的弟弟、张爱玲的姑姑、张爱玲的姑父，张爱玲在上海跟她相关的这些人，当然她还有一些更远的亲戚我没有见，她最直接的这几个亲戚我都见过，那么在这个见的过程当中呢，我跟张爱玲的姑父的关系比较密切，因为她的姑姑我见的时候已经生病了，后来见了两三次面，她的姑姑就去世了。她的姑父身体非常好。我跟她姑父一直有来往。她的姑父是张爱玲在内地的版权代理人。所以她跟她姑父一直有联系，有一次，我去看她姑父的时候，她姑父就问我："小陈啊！（当时她姑父已经90岁了）你知道我一直跟张爱玲有联系，你有什么话转告吗？"我说，没有什么话，我已经惹她不高兴了。而她的姑父说："没有关系的，我认为你做得很对，你放心说，我是她的长辈。"并且张爱玲在香港大学读书的时候，她姑父是她的监护人。我说："既然这样，我有一个要求，张爱玲能不能送一本书给我。《对照记》不是刚刚出版吗？能不能送我一本？"她姑父说："这个简单，没问题。"

过了几个月，果然，我收到了这本书，从台湾寄来的。外面有个信封套着，它放在一个牛皮纸的信封里，寄书给我的编辑，叫方丽婉，她对张爱玲很尊重，说张爱玲女士让她寄的。我知道，张爱玲自己年纪那么大，她不可能自己从美国寄书给我，她委托台湾的编辑代办，所以张爱玲去世后，提供给我写文章纪念张爱玲的材料就是张爱玲写的第一篇小说《不幸的她》。张爱玲送的这本书还在，但是那个牛皮纸的信封丢掉了。找不到我就不肯说了，因为这本书上面没有一点标记，如果人家问我："陈老师啊，你说这本书是张爱玲给你的，看来看去没有任何标记能够证明是张爱玲给你的。你说你有一个信封，那现在这个信封也找不到了，我们怎么知道？你在吹牛吧？你抬高自己身价吧？"所以我就不敢再说了。今天我在这里给你们说，当然，我是找到了新的证据，能够证明我讲的是事实，那证据就在这里。我去看张爱玲的文学知心人宋以朗先生，他就是宋淇先生的儿子。我刚才讲到了宋淇先生给她一个机会，让她翻译《老人与海》。宋淇先生的儿子年龄跟我差不多，我去看宋以朗先生，他那天很高兴，他说："陈先生啊，你来得正巧，我有一样东西给你看，对你很重要。"我说："什么东西？"结果是一个传真，这个传真一直保存到她去世以后，作为她的遗物从美国运到了香港，现在保存在宋以朗先生的手里，说台湾的编辑给张爱玲发了个传真说："陈子善、刘晓云、姚宜瑛等人已收到你托我寄的《对照记》了。他们已经回信，要我代转他们的谢意。"是张爱玲寄了一本书给我，对不对？我请那个编辑向张爱玲表示感谢，这件事我也忘得一干二净了，但这个文字充分证明这本书确实是张爱玲送我的，我现在有了这个传真就能大言不惭地说张爱玲送了这本书给我。否则，我不好乱说。

张爱玲的小说有很多改编成电影，改编成电影的小说中最新的一部就是《色戒》，我不知道你们有没有看过《色戒》，这部电影在内地也放过，是李安导演的。台湾出版张爱玲小说的那个皇冠出版社抓住时机出版了一本书——《色戒》限量特别版，这个书的封面不是很理想，但是，它的内容很重要，重要的是什么呢？它发表了张爱玲的手稿——《色戒》这本书的手稿。

我们研究一个作家，不仅要研究她的作品，还要研究她的手稿，这是从事文学研究，特别是文学史研究很重要的一个维度。这次我们贾植芳先生的纪念馆成立，也捐了贾植芳先生的手稿信札，这是我们很重要的研究对象。张爱玲的字是很清秀的，这是第一次把张爱玲手稿的研究提到日程上，所以很重要。张爱玲的作品在不同的历史时期受到读者的欢迎，同时也出现一个很有趣的现象——她的伪作的出现。在《张爱玲小说集》的"序"里面，张爱玲写过这样的一段话："我写的《传奇》与《流言》两种集子，曾经有人在香港印过，那是盗印的。此外，我还见到两本小说，作者的名字和我完全相同，看着觉得很诧异。"假冒张爱玲的名字出版，这个就是伪作，《自君别后》这本长篇小说署名是张爱玲，印在封面上，实际上作者不是张爱玲，跟张爱玲一点儿关系没有。《自君别后》出版时间是 1981 年 9 月，也就是说她刚到香港，伪作就出来了。

大家要注意，在中国现代文学史上，一些著名的作家都有伪作，包括鲁迅、茅盾、巴金、丁玲，这些作家都有人假冒他们出书。《自君别后》不仅是假冒的，还有盗印的，有香港的盗印版。这个伪作在海外包括美国的图书馆中都有。还有一本张爱玲的伪作，小说《笑声泪痕》，这是假的，不是张爱玲写的。我到美国哈佛大学访问，哈佛大学大名鼎鼎的哈佛燕京图书馆，这本书编录的就是张爱玲著，我跟他们说这是假的，他们说："没办法啊，写不出两个张爱玲啊。"我说："你们可以注明啊，这是伪作。"张爱玲为这个事情非常生气，还写过一篇文章，叫《关于〈笑声泪痕〉》，她就提醒我们，说这本书是假的，你们读者不要上当，不要去买假的浪费钱。后来我也去买了一本，因为要研究啊，张爱玲急了，说你们不要浪费钱，你们要买买我的，你们不要买假的，你买假的我受损失啊，人家一看，写得那么差，实际却不是张爱玲写的。

　　台湾有三个女作家，姐妹三个，叫朱家三姐妹，朱天文、朱天心、朱天衣，这个可能大家知道，那么这个人呢，叫朱西宁（朱家三姐妹的父亲），是张爱玲的崇拜者，是台湾一个很重要的作家，他把自己写的一本书《破晓时分》送给张爱玲，这本书他是不卖的，是非卖品，是专门送给朋友的，他寄给张爱玲，这本书的封面呢，里面有一个他的题词给张爱玲：给张爱玲，朱西宁，1967年9月3号。封面左上角写着"HANNAN"，她的中文名叫韩南。韩南是一个著名的汉语学家，现在已经去世了，当时她是美国哈佛大学的教授。那么这本书的历程是什么样的呢？朱西宁把它印出来以后寄到美国，送给张爱玲，有他的题词为证，这本书张爱玲先是放在身边，后来张爱玲离开哈佛大学。她当年在哈佛大学女子学院做过研究工作，离开的时候，这本书没有带走，就留在哈佛大学，送给了韩南，韩南又退休了，退休前仍然没有把这本书带走，她送给了另外一个接任她的后任者，就是现在很有名气的李欧梵教授。我去哈佛大学的时候，在李欧梵教授的办公室里的书架上找到了这本书，我说："李教授啊，这本书对我很有用啊。"李教授一听我这话就明白了，他问我："你很喜欢对不对？"我说："对啊。""那就送给你。"这本书经历了从台湾到美国，再从美国到上海这样一个旅行的过程，这是张爱玲曾经收藏的一本书。

　　讲到这里啊，今天的讲座就结束了。谢谢光临，结束了。

【互动环节】

赵建国：陈教授，可不可以互动一下？

陈子善：可以，可以，如果大家有问题可以问。有没有，各位同学？如果不互动，我再讲个故事，张爱玲的电影的问题。我曾经看到一个香港的作家写的一本书，里面有一篇文章回忆他和张爱玲的交往。有一次，在一个偶然的场合他见到了张爱玲，他回去就向他的上级领导汇报说："我今天见到了张爱玲。"那个报社的老板一听非常高兴，说："张爱玲很有名气，我们的报纸创办不久，希望有大牌的作家给我们写稿，你赶快向张爱玲约稿。"

这个编辑就约张爱玲喝咖啡，张爱玲最终还是来了，喝咖啡的时候他就向张爱玲约稿，张爱玲婉言谢绝，说："我现在没有写小说，也没有写散文，没什么稿子可以给你。"这个编辑说："没有关系啊，你不是在翻译吗？翻译也可以，无论翻译什么作品，只要是你张爱玲的，我们照登不误。"张爱玲就给了他一篇翻译的小说，这篇小说还挺长的，翻译后在报纸上连载，今天登，明天登，后天登，连登好几天。第二天报纸上一登出来张爱玲就打电话说："你没有信用。"那个编辑吓了一跳，说："我没有信用？我昨天拿的稿子今天就登出来了，已经动作很快，第一时间刊登了。"张爱玲说："当时我给你讲了不要用我张爱玲这个名字，你随便用一个笔名都可以，就是不能用张爱玲三个字。"张爱玲很小心，她刚开始到香港，香港形势很复杂，她不愿意她的名字过早地公开，那个编辑说："是啊！我也是这样，我严格按照你的要求把名字改掉了，结果到老板审稿的时候说这怎么可以啊，我们要的就是这个名字，你用了另外一个名字，我怎么去吸引读者？不行的。"张爱玲说："这我不管，老板要怎么样，我不管，我现在就跟你说，你如果不把名字改掉，明天停止连载，否则我跟你没完。"那个编辑就说：

"好，你的态度我明白了，我再去向老板汇报。"第二天又登出来第二部分，改了，改了一个字，把张去掉，改为爱玲译。

张爱玲又打电话给那个编辑说："你这个不行啊，爱玲译人们马上就能想到张爱玲啊，这个不行，还是要改。"第三天，再次见报，改了，把爱玲译改为爱珍译，"珍"写得潦草一点就有点像"玲"，啊，可以蒙混过关，这样一改张爱玲就没有再打过电话了。

这个故事很好玩儿。张爱玲这人脾气很大，你必须要满足她的要求，否则的话她就很不高兴。

还有一个故事，张爱玲不爱和陌生人交往。她的小说当中始终对人生有一个戒备，她看人性的黑暗面看得很多，在日常生活当中，在正常的生活当中，她对很多人都很戒备，你要去找她，她很警惕。你到底想干什么，她捉摸不透。在美国的洛杉矶的加州大学中国研究中心工作时，她有个助手。她和助手一人一个办公室，这两个办公室连着，也等于是一个大办公室有两个门。张爱玲从一个门进去，助手从另一个门进去。她的那个助手跟张爱玲是不讲话的，有什么事情必须交代就写纸条，不讲话。而且呢，她们的作息时间是不同的，助手每天九点钟上班，下午五点钟下班。张爱玲白天不上班的，晚上来上班，所以你是看不见她的。一个白天上班，一个晚上上班。后来有一次她的这个助手发现张爱玲感冒了，这个助手实际上是张爱玲的粉丝，洛杉矶找这个药真难找，找不到的。她买台湾生产的中药，她不敢跟张爱玲讲话，就把这个药放在张爱玲的办公桌上，晚上，张爱玲来了看到这个，马上就明白肯定是她的助手给她准备的，别人不知道她感冒的。张爱玲当然也很感动，有人关心她。过了两天她的助手上班的时候发现她的办公桌上多了一样东西，一看是一瓶香水，香奈儿的香水。

张爱玲为了感谢她的助手给她买药，买了瓶香水作为回礼回给她的助手。两个人不讲话，仍然不讲话，这个非常有趣。生活中很少遇到张爱玲这样一个人，所以这个作家有时候怪怪的，但是你是不是可以得出一个结论：张爱玲这个人有时候不近人情，但她很有礼貌。你帮助了我，照顾了我，我要表示我的谢意，买了一瓶名牌香水，也许香水的价格远远超过了中药的价格，但人情要还，这是第一个。第二个是我亲身经历的，这个故事我也写过文章。但是，我想我这样讲出来的，可能更深入。我去宋先生家里，他说："陈先生你来得正是时候，有一件事情要请你帮忙。"我说："什么事情？"他说："我在张爱玲的遗物当中发现了一样东西，我无法处理。"什么东西呢？是一个钱包，钱包里面还有一封信，它是这样的，一个大信封，信封里面有钱包，还有一封信，我不知道信是写给谁的。信上的名字是晓云小姐。就是传真里面提到的，我的名字后面有一个叫刘晓云的。但是当时这个传真呢，还没有传出来，他也不知道有一个叫刘晓云的。他说："这个钱包，这封信，我不知道这个晓云在哪里，但是，这个是张爱玲遗物，我必须要给它一个合适的归宿。"他推测这个人跟张爱玲有关，我当时一看就笑了，我说："你找对人了。我可以给你解决这个问题。"为什么？就在我去宋先生家六个月前，这个刘晓云女士给我打了个电话，我当时不认识刘晓云。有一天我在家里突然接到一个电话，她问："是陈子善吗？"我说："是。你是哪一位？"她说："我叫刘晓云。"我当时还没有反应过来。我说："哪位刘晓云？"我脑子里没有印象。她说："你没印象了？我是李开弟先生的助手。"我一听才恍然大悟，李开弟先生就是张爱玲的姑父，我前面介绍过张爱玲的姑父。我说："我知道了，想起来了，李开弟先生向我介绍过你，他说他有一个助手帮了他很多忙。"但是这个人我始终没有见过，直到李开弟先生过世我也没有见过。刘晓云说："我今天打电话给你，不是因为李开弟先生的事，我是有一个事情需要你帮忙。""什么事情？"她说："我是养猫的。上海有很多莫名其妙的人虐待猫，我们需要呼吁，你能不能加入我们的呼吁？"她是养猫的，爱猫人士，动物保护委员会的。我说："可以啊，你需要我做什么，我就做什么。"她又说："我问你，你是不是收到过张爱玲的一本书？"我说："是。"她说："我也收到了。"

　　我记住了刘晓云这个名字，所以我跟宋先生说这个晓云小姐肯定就是刘晓云。她之前跟我通过电话，我的手机里还有她的电话号码。我跟宋先生说："你如果信赖我，我把这封信带过去给她，当面交给她。"宋先生就给我了。这个钱包并不是名牌钱包，我们经过研究一致认定它是韩国生产的钱包，女士钱包，很小的一个钱包。这封信很简单，张爱玲这封信第一点就跟刘晓云说她的姑父说需要什么东西，她已经寄给刘晓云了；第二点就说刘晓云帮了她很多忙，因为刘晓云帮李开弟先生忙就是帮她张爱玲的忙。她没有什么东西表示感谢，就送刘晓云一个小钱包表达感谢。就是一封很短的信，我带回来，我通知刘晓云，我说约个时间，什么时候在张爱玲的故居见面。那天上午十点，她就如约而至，我们坐在一个小台子上，一人一边，面对面坐着。她说："你找我什么事？"我说："什么事我不说，我给你看。"我就把那个信封里的钱包和那封信拿出来。我说："你自己打开看，我喝咖啡。"她看完以后哭了，当场就流泪了。把我吓一跳，她会感动，在我的预料之中，但是，我没想到她会当着我的面哭啊。当然还没有到号啕大哭的程度。我说："你千万不要哭啊。"因为大庭广众，落地的玻璃窗，人来人往都看到的。我跟她说："你一个女人在我面前哭算什么名堂。讲不清楚啊！如果有人拍个照放到网上去麻烦啊。你千万不要哭啊。"她说，她很感动，没想到张爱玲会给她写这么一封信，送她一个礼物。我说："这个很宝贵，你好好收藏。因为就在不久前张爱玲有一封信在香港拍卖，人民币六万块钱，后来拿到国内拍卖十万块钱。你好好保存。"后来她很开心，破涕为笑。过了不久，上海电视台知道她的这个事，请她把这封信、钱包带上到电视台去上节目。

　　好了，讲的到此为止了。

【结束语】

赵建国：谢谢陈先生！陈先生没讲之前，李辉老师用微信跟我说，陈先生口才好，今日一听，果然了得。陈先生从贾植芳讲到张爱玲，讲到张爱玲的作品，讲到张爱玲作品的封面，一个故事接着一个故事，娓娓道来，如数家珍，举重若轻。

陈子善：有张爱玲的全集，北京文艺出版社出版的，包括小说、散文、评论。所以，有兴趣的同学可以找找看。

赵建国：陈先生讲的一个个有关张爱玲的故事都是作品背后的故事，这些背后的故事都是陈先生深入挖掘得来的，文学史料是一点一滴地积累起来的，背后有着庞大的根源。陈先生讲得非常精彩，确实让人大开眼界，让我们用掌声对陈先生精彩的演讲表示感谢！希望陈先生有机会再来河西学院做演讲。

（本文字稿是根据录音整理而成，有删节和改动，由贾植芳研究中心赵建国主任整理）

| 第四讲 |

文学如何重返现实

【主讲人简介】

梁鸿，文学博士，中国人民大学文学院教授，致力于中国现当代文学研究。出版非虚构文学著作《中国在梁庄》和《出梁庄记》，学术著作《黄花苔与皂角树》《新启蒙话语建构》《外省笔记：20世纪河南文学》《"灵光"的消逝》等，学术随笔集《历史与我的瞬间》，文学著作《神圣家族》。2012年入选教育部"新世纪优秀人才支持计划"。

曾获第十一届华语文学传媒大奖"年度散文家"奖，2010年度人民文学奖，第七届文津图书奖，首届非虚构写作大奖"文学奖"等多个奖项。

梁鸿与贾植芳先生雕像合影

【主持人的话】

李辉：贾植芳讲堂今天请来了近年来非虚构写作的佼佼者、备受海内外关注的著名作家梁鸿女士，让我们对她的到来表示欢迎。梁鸿其实开始不是做写作的，她主要是做文学评论的，是一位非常著名的、锐利的文学批评家。她对整个河南作家群体的研究，包括她对叙述美学的研究，都引起学术界很高的评价。但是在六七年前，她开始进行一个非常了不起的写作，就是写她的家乡梁庄，《中国在梁庄》《出梁庄记》，还包括现在正在写作的其他作品，包括《上海文学》连载的《云下吴镇》，就是在非虚构和虚构之间，她在找一种新的结合。她的叙述是一种文学家的叙述，但是还有很多社会学的、政治学的甚至历史学的沧桑感融在她的笔下，融在她的作品中。这也是这几年她的作品为什么能深深地打动很多的读者的原因，包括很多地方的领导看完之后都很感动，因为她揭示了中国当代所存在的很多现实问题，而这些问题我们必须面对，而这种面对又不是倒回去回到老路，而是怎么面对新的农村的困境，应该怎么办？她写下了很多这种故事，而且她的每次采访都非常深入，她的叙述也既有节制又富有情感，也是因为她的作品有了其他的非虚构作家难以具备的那种综合性的表达的能力，所以她能够在很多的大奖中得奖。我们今天的讲座，她会用她很生动的故事和她的一种情怀向大家来介绍自己写作的体会。我希望我们，特别是我们的同学，听她的讲座时，会对你们的某一点产生一种触动，能让你们也想想你们应该怎么做，甚至是暑假、寒假回去就开始行动。像她一样，了解你们的村庄，了解你们村庄里的那些前辈和周边人的故事。所以我想，这个讲座不仅仅是一个学术讲座，而且是一个能够打动你们的，能够触动你们心灵的一个讲座，而且对你们未来的非虚构的写作会是一个很大的推动。这就是我们这个讲堂的第四讲，放在非虚构写作研究中心成立的时候，特别把梁鸿请来的意义所在。我们现在欢迎梁鸿女士讲她的创作体验。

【演讲正文】

首先确实是非常开心来到河西学院，也非常开心能够在"中国非虚构写作研究中心"的揭牌仪式上来讲梁庄，我也特别感谢李辉先生能够邀请我过来，也感谢这几天刘校长和学校的热情接待和安排。我这几天在河西走廊这样一个地方来回参观的时候，确实有非常多的感想：一个人或者说一个写作者、一个生活者，应该怎么面对自己的生活？怎么样思考自己的生活？有很多年轻人会说，哎呀，我没有生活呀，我的生活非常平淡，我也没有经历过战争，也没有经历过什么大的家庭困苦，也没有经历过爱情的背叛，我的生活太平淡了。但其实不是这样的，我觉得生活远比我们想象的更加深远，比我们想象的可能更加深层。就像我说的，在黄沙漫漫的下面有一层一层的历史，一层一层的人生，它等待着后人，等待着你去不断地发现。今天我们到黑水国遗址，走在上面感受到的不单单是那种瓦砾，不单单是那样一个废墟，其实你会想到，那样一些过往的生命都到哪里去了呢？他们所经历的，他们所穿的、所吃的、所爱的、所恨的都是什么？所以我觉得在每一片土地上，在每一种生活的背后，都有无数的生活、无数的生命可以去发现。我自己也是一样的，所以今天与李辉老师在商量题目的时候，我原计划讲的是"我写梁庄"，但后来我想，你们都是大学生，也都是搞文学的，不管是新闻学院还是文学院，可能都跟艺术有那么一点点关系。因为我们不单单去看生活，我们还要想怎么样去书写生活，怎么样去理解生活，所以就把题目稍稍做了一个变动，叫《文学如何重返现实》，也就是说，当你在思考文学的时候，它在哪种意义上跟现实之间达到某种沟通？或者说当你自己拿起笔的时候，怎么样能达到你所感触到的现实？当然我是以我的梁庄为例子来讲的。

梁庄一隅

我们先看上页这幅图，这是我站在我们村庄的一个二层小楼上拍的俯瞰的照片。这幅图我特别喜欢，我们可以看到最前面的是青瓦泥墙，这是最典型的20世纪五六十年代的中国北方农村的建筑，还有炊烟，也就是说，还有活生生的生活在里面，哪怕它已经到2000年以后。稍微远的地方，是一个白墙红瓦的楼房的建筑。这幅图我为什么喜欢呢？我觉得在这幅图里面可以看到传统与现代的中国，它在这样一个村庄，这样一幅图里面都被浓缩，既有传统的、过去的，也有现代的、面向未来的。这是冬天拍摄的。

我首先想稍微给大家讲一点理论的东西，就是文学与现实关系的问题。其实文学与现实是一个非常复杂的关系，不单单是文学反映现实。文学从来不能反映全部的现实，或者说，文学只能在某种意义上反映现实，因为现实是无穷无尽的，现实是复杂的、辩证的，所以它不单单是一个文学与现实之间直接的、对等的关系。

当你讲到文学的时候，当你讲到文学里面的现实的时候，这是一个特别要注重的事情。所以我觉得文学与现实，它是一种象征和审美层面的关系，不是一个客观的、朴素的关系。比如说，今天我们在这样一个场地，我在台上，你们在台下，这是一个客观的、朴素的关系，但是，这不是文学。但是当你用主观的心态来看我的时候你看到了什么？这是文学。所以说虽然是同一个生活场景，但是如果加入了你个人的某种视角，这样你的视角里面就有了某种象征，这才是文学。所以我觉得，文学是通过一种语言、一种象征来达到对现实的书写，所以它不是一种严丝合缝的、客观的书写。这跟新闻不太一样，我觉得即使新闻也只是尽可能达到某种所谓的真相。我觉得没有一个人能冲进现实，你只能说自己尽可能接近现实，尽可能接近某种真相，这可能是新闻要达到的一个基本要求。在我们要谈文学与现实的时候，要想到它是一个象征层面的关系，不单单是一个现实层面的关系。但是，这有一个基本前提，如果你真的要达到一种象征，达到某种审美，达到某种抽象意义的时候，那么你的前提就是你必须对你所写的生活，所书写的这片大地，有一个基本的了解。如果你没有了解的话，那么你的象征是一种假性的象征，你的象征是一个没有真实意义的象征，你也就没有办法通向现实。所以，我觉得文学是双层辩证的，你通过象征来书写现实，那么最终你的目的是达到现实，而不是达到某种象征。这是文学的一个最基本的理念，而这一点呢，也恰恰是我们今天所面临的问题。

一个作家或一个写作者，或者说一个文学者，你怎样去书写生活？怎样去面对我们所谓的广阔的大地生活？就在这几天，我们甘肃发生了一个母亲杀害自己孩子的事情。这对我们来说非常近，但实际上又非常远。一个生活在城市里的孩子，一个公民，你没有办法去想象，在那样遥远的一个山村里边的人的家庭生活和精神状况。我们在网上看到很多的议论，有人说她是杀人犯，也有人说怎么怎么样。看到的很多的议论，很多的评价，其实完全是隔离的，因为他们没有办法去理解她。我们今天的乡村与城市之间，我们今天的人与人之间，那样一种陌生化，那样一种碎片化，实际上是达到了一个非常深的地步。虽然今天我们处于全球化时代，好像是一个全息时代，我们通过手机、微信、新闻，可以随时随地了解这个地球上发生的很多很多事情，但是，你真的了解吗？这是我们经常要问自己的。你看到了欧洲，看到了德国，看到了法国，但是，你真的知道在法国难民事件背后，法国爆炸事件后，有什么样的最细微的要求和最最细微的生命的感受吗？其实，你是不知道的。其实恰恰是在貌似全球化的时代里，我们的许多信息反而是碎片化的，我们反而难去达到一种更为接近真实的了解。所以我经常说，我们看似掌握了许多信息，但是，我们并不能完全知道，我们不知道我们是哪个时代。所以，就中国而言，在城市与乡村之间，在市民与农民之间，当然更大来说，在传统与现代之间，我们发现我们彼此运行的是多重话语，这是一种反义的呈现：双重语或多重语的存在，经常有无数的矛盾、无数的悖论，我们像是在无数碎片里边游荡。这也是我自己经常有的一种感受，就是说，如果你想真的了解一种生活，你确实要面对它，你在书斋里边是很难达到的，尤其是你要写鲜活的现实生活，不是面对文献。比如说，你要写某一个乡村，某一个县镇，某一个街道，那么你怎么办？你在那想象是想象不出来的，所以我就想，"重返"是一个非常必要的词语，它是一个现实词语，它不是一个概念。那么所谓的"重返"，不是说你放假了回老家了就是重返，真正的重返是一种有意识的重返，是一种有意识的重新来辨析自己所要面对的生活，一种辨析，一种思考，某种判断，某种谨慎的怀疑，这是"重返"的基本前提。

下面我想以我的写作讲讲我为什么写梁庄，我要写什么，我怎么写。

其实我也在农村生活过二十年，我也是一个乡村的孩子，就是梁庄的孩子，后来由于不断地求学，成为一个所谓的大学教授，然后也写了很多论文，成为一个所谓的青年批评家。这样一条路后来也算是顺风顺水，但我觉得就我自己而言，我很难达到一种真正的满足，也就是说当你在做学术的时候，你经常感到一种精神的空洞，那种空洞，是一种物质所没办法满足的。而我自己恰好觉得，作为一个文学青年，觉得文学所表达的是一个最最丰满的现实，要表达的是对最最热烈的人生的敬畏。我觉得在我的写作里边，还没有达到与现实之间的勾连。所以2007年、2008年对我来说，是一个非常困顿的时期，当时我没有办法去实现自己，没有办法找到自己。我觉得每个人都会有这样一个阶段，可能十几岁的时候，可能20岁的时候、30岁的时候，可能40岁的时候，你还在寻找自己，你没有办法去满足你自己内心深处最深的那一点点要求。所以在这个意义上，我觉得我开始行动了。我觉得我还算是一个有一点点行动力的人。2008年暑假，我就背个包，带着我儿子回到了我的村庄。在这个意义上我是非常幸运的，就是我有村庄可回。一个人，当你苦闷的时候，你的第一愿望是什么呢？是我要回家！躺在自己熟悉的床上，吃你妈妈做的饭，什么也不想，放空自己。所以我也是非常自然的，我要回到老家，我的老家恰是中国北方的一个最普通的村庄，它不穷也不富，不大也不小，也不是特别偏僻，所以我觉得它是一个非常非常普通的村庄。但恰恰在这个村庄里，有我自己最深最深的生命的感受。其实我希望自己能够在这样的村庄来填补内心的某种空虚，但怎么填补我也不知道，我只是趋于本能地回到村庄。我觉得，一个人能够回到土地上，能够找到一点点归宿之感，那么，可能在这个意义上，家就不仅仅是家，它会带给人一个更深远的东西；那么故乡也不是我们今天所说的那种带一点小时髦的"故乡到处沦陷"这样的话语里的故乡，其实没有这么简单的，它能够带给人一种更深刻的思考。所以我有一种感受，就是"未经审视的生活是不值得过的生活"，这不是我说的，这是苏格拉底说的，就是说一个人你要审视自己的生活，审视自己的内心，只有审视自己，你的内心才会被打开，你才可能对你面对的生活有所审察。所以我觉得，一种有意识的回家和无意识的回家是完全不一样的。有意识的回家是突然间你的心灵打开，你好像看到了你亲人的生活。虽然之前我每年都回家，因为我爱回娘家，我每年都回家，每次回家也都会和我的叔叔婶婶聊聊天，说说话，打打招呼。但是我觉得2008年这次回家对于我来说是意义非凡的，因为我真的看到了某种东西，看到了那种山川河流跟自己的关系。山川河流我们经常看到，我们也都会出去旅游，但是，如果它没有和你之间构建一种关系的话，它是没用的。它是客观的，它跟你的生命之间没有产生一种真正的感受，但如果说有一天，你在山川河流之中找到了你自己的位置，或者说你试图找到安放你的这样一个空间、地点的话，那么在这个意义上，山川河流就不再是客观的，它是有生命的，它有痛苦，它蕴含着这种生命的某种悠远。就像我前两天去看敦煌的那个莫高窟一样，看到那样一朵花盛开在崖岩之上，已经过了千百年，那样一种生命已经去了，但是那朵花还在，所以你突然有一种特别悠远的感受。当然，这种感受还是浅层次的，它还不足以和你之间构成某种深刻的辩证关系。所以我觉得，一个人一定要跟你的生活构成一种辩证关系，一种谨慎的思考关系。我觉得这个与你无关的事物到最后变成一种有情的、和你心灵相通的事物，这个时候，写作开始了，你的思考也开始了。

《中国在梁庄》2014 年版

　　上图是我出的书，叫《中国在梁庄》，这是 2014 年再版的封面。这本书里我也写了整个梁庄的一个状况。我下面以图片来展示我写梁庄的基本想法。我对梁庄的老人、妇女、儿童和梁庄的自然环境有一个基本的考察，当然也包括文化结构，一些伦理结构、道德结构，中国传统乡村存在的意义等的考察，都有一个基本的想法。

　　下页图中的房子是我家，我家前面就是连绵的废墟。这个家庭我觉得很有意思的，就是我刚刚为什么会说有意识的回家和无意识的回家是不一样的。其实我每年回家肯定都要到我家老屋看看，当 2008 年寒假的时候，我回到老家，站在老屋的门前往前面一看，我突然发现一片连绵的、广阔的废墟，后来我和我的父亲开始数这片废墟里到底有多少户人家。有十几户人家都不在了，他们到哪里去了呢？他们到路边盖了新房子了。我们知道中国的村庄大多数是以姓氏为中心，梁庄也不例外，梁姓是梁庄的一个大姓，这是一个圆形结构，依族而居。但是你会发现，这样一拨梁姓的人已经变了，他们不再依族而居，他们依经济而居。因

梁家老屋

为我们知道能在路边盖房子的往往都是有点钱的，出门打工挣了一点钱，然后路边可能会有商机，就盖了几个门面房，但是门面房也长期锁着。这样一个房屋的前面，一个梁姓的家族其实在村庄的内部已经变成空心的了，就是我们所谓的空心村，但是我不愿意以这样一个名字来定义它。

下页这幅图是我们村中的坑塘，我小时候曾在那里游过泳，还差点被淹死了，那个时候里面确实是有莲花、莲藕的。所以也有人说你看你美化了 20 世纪 70 年代的村庄，美化了中国的乡村。但是这个我确实没有美化，也许情感上我有一点点美化，因为这毕竟有一个人的回忆在里面，但是，20 世纪七八十年代中国的乡村确实不是这样的，如果今天你再到我的村庄里面去看的话，这个坑塘已经没有了，因为距我照这个照片的时间又过了八年，这个地方被填平，被盖上了房屋。我们村庄大大小小有六个坑塘，现在可能就剩一个小三角了，那个小三角堆满了苍蝇，满是那种绿色的浮藻、那种发臭的味道，整个村庄已经完全改变。所以我在我的《中国在梁庄》里面就说："黑色的淤流，黑色的死亡，黑色的气息，让

村中坑塘

人莫名地害怕,而在它的周边是一座座新房。我的族人在这里打水、呼吸、吃饭,经历着人生的悲欢离合。一种发臭的难闻的生活垃圾,各种各样的尘粉都在里面。"

右图中这个人是我书里面一个非常重要的人物,我的《中国在梁庄》和《出梁庄记》中都有写他。在《中国在梁庄》里面,我说他是刀不离身的人。他是管我叫姑的,是一个关系稍微远一点的姑。这个人很有意思,他年轻的时候,被我们曾经的老支书欺负过,然后精神上产生了一些问题,所以有一天他突然拿了一把人弯刀,就满村追着这个老支书,把这个老支书的头差点砍掉,老支书老婆的胸也差点被掀掉。但是这位老支书没有死,他生命力特别旺盛。老支书是我小时候的噩梦,因为我们是邻居,我们两家经常吵架,我

带刀村民

们家五个女儿，他们家三个儿子，他又是村支书，所以就形成一个巨大的对抗。他瞪着比牛眼还大的眼睛，特别可怕。当然那个老支书的故事也是特别好玩的一个故事。这个年轻人后来得了精神狂躁症，他拿刀砍人之后被诊断为精神压抑的狂躁症，后来就没有被判刑，但是他回到村庄后每天都在磨这个刀，大家问他："你干吗呢？""我没事干，我就磨一磨。"我是2008年7月5号早上到家的，他就在村头站着。因为前天下暴雨，我们去看我母亲的坟怎么样，他就站在路口，我就跟他聊天。他因为精神有问题，天上已经在下雨，地下也有积雨，他也没反应。后来我就说我给你照张相吧，我就非常自然地去拿他的那把刀，那时候他眼中突然凶光一闪，非常可怕。然后我的哥哥就赶紧拉着我说："你千万不要碰他那把刀，他的刀是从来不离身的。"我后来照相的时候他的刀插在腰里，鼓鼓囊囊的。这个人的命运是令人非常感慨的，我去年春节回家的时候，他已经被关在牢房里了，过了四年之后他的命运完全被改变了。

　　下图中的人是我《中国在梁庄》中另外两个人物，这是一对父女。1998年，也是一场暴雨，我去给我母亲上坟，他们说在这个村庄公墓的后面有一片平地，有一家人在那儿住。这一家人就是我们梁庄（梁庄是一个大的行政村）另外一个小村落的人。然后我就去看他们。五口人，就在一个小窝棚里面住，这个窝棚只有一点点是干的。我到现在都不明白他们怎么样住着，因为前一天晚上大雨如注。里面住的有他，他老婆，图中这个女儿，他还有个大女儿，以及一个流浪汉。你不知道他们是怎样住的，因为那个茅屋已经快塌了。后来我们给他们买了几样东西：塑料，食物。他这个女儿当时正在发高烧，已经昏

梁庄父女

迷了，感觉已经活不了了，因为我的哥哥是乡村医生，就拿了退烧针给她打。我十年之后见她的时候，这个女孩非常非常健康。所以生命真的是非常坚韧的。我看到她真的特别特别开心。这个女孩是不识字的，她曾经出去打过工，因为不识字太艰难，所以又回到我们镇上去做一个服务员，一个月 500 块钱。但是我看到她时我真的太开心了，她长大了，还这么健康。

  这个老头是非常有意思的，我去看他的时候，旁边是他开的荒，正在锄地，然后我们聊天，他在下面，不愿意上来，他说话非常艰难，完全内向的一个人。后来我说给他一点钱，我拿了 100 块钱。这时候他有个小动作我觉得特别感动，让我知道人的尊严在任何时候都是有可能呈现的。他头发非常乱，纠结着，当我说给他钱的时候，他突然往手上吐了口唾沫，在头上抹一下，把头发梳成大背头的形状，梳得非常光滑才上来接过我的钱。我觉得在那一刹那，他不再是人们眼中被嘲笑的、与世隔绝的一个人。

  这是我的第二本书——《出梁庄记》。2008 年暑假回家两个月，寒假回家一个月，包括第二年的暑假前后五个月的时间，我在村庄里面跟我的叔叔婶婶，包括其他人每天都在闲聊，聊各种各样的事情。后来就写了一本书叫《中国在梁庄》。当然一开始没有起这么大的名字，后来因为出书，才改了这么一个名字，后来也觉得有它的价值所在。在这样一个小村庄里面，会发现中国很多的问题，中国很多生命的状态，尤其是乡村生命的状态都有所呈现。在这样一个村庄里面，有寂寞的老人，有特别特别小的孩子。我的一个婶婶，因为是会计，所以算是我们这个村庄里比较有钱的一个家庭，我当时带着我的儿子，我的儿子 3 岁，她的孙子

《出梁庄记》

5 岁，我们在坑塘边聊天。她的孙子下了坑塘，那个坑塘特别特别脏，里面有苍蝇乱飞，当时是夏天，我本能地制止我的儿子，不让他下去，我那个婶婶会心一笑，我当时特别特别羞愧，因为我突然发现我好像回到了村里，跟她们在一块儿，但其实我还是有一点高高在上的，我不愿意我的儿子跟她的孙子一样在泥土里去爬。当然，后来我的儿子干什么我也就不管了。我们在坑塘旁边聊天，我的那个婶婶，她有点知识，她跟我聊天的主要内容就是说她的孙子。

她的儿子在新疆打工，在校油泵。河南的校油泵是一个很大的产业，而我们县校油泵厂数我们乡里又最多，所以干这行也是发了财的。我在跟孩子聊天的时候，我婶子就说她的孙子每天吵着要去看他的爸爸，但她不愿意去，因为新疆太热太热了，受不了的，突然有一天，她发现她的孙子不提这个事情了，然后她就问他："你怎么不说去看你爸爸了？我啥时候带你去吧。"然后这个五岁的孩子就说："奶奶，你不要再说了，你再说我就去跳坑塘，我不活了算了！"当时，我的婶婶说的时候是非常自然的，她没有任何的悲怆、哭喊，但作为一个局外人，我突然间特别震惊，这样一个 5 岁的孩子，和我的孩子差不多大，但是我的孩子打死他也不会说这样的话，因为他没有伤痛，因为他没有经受过父子的分离。但是，我最最感到触动的是我那个婶子的表情。我们经常会说，农民麻木、农民愚昧，农民的感情不够丰富，但是，我们有没有想过为什么？当看到我的婶子说她孙子的时候，她眼中的慈爱是不弱于任何人的，她的溺爱，她的那种保护，她对他全身心的热爱，是有感情的，但她为什么很平常地来说这句话呢？在这样一个乡村世界里面，她只能用坚韧来对付软弱，她没办法每天哭，她也不可能去每天哭，因为生活每天都是这样的。"那有什么办法呢？留守老人嘛，留守儿童嘛。"她也会用这些词。现在像"留守"这样的属于社会层面的符号化的词语，已经被乡村的人拿来形容自己了，这是一个非常值得人思考的问题。所以，这五个月我是有一个非常大的震动在里面的，我觉得中国的乡村不谈它是该走还是该留，这是另外一个问题，我们就只谈乡村的生命经受了什么。我们中国发展得非常快，但是盛世之下，一个普通的生命到底在经历什么？他可能也有饭吃了，他可能也解决了温饱问题，但是他经受了什么？那种父子的分离。在乡村哪怕是房屋崭新，哪怕是电视也有、微信也有，所有的都有，但是你看到真的只有老人、小孩。我不知道西部的乡村是什么样子，最起码在中国的北部，河南那片是这样子的。这种落寞之感，这是值得我思考的。我经常说，梁庄写的不是贫穷问题，它写的是一个精神的困顿问题。所以，也有人考察说，甘肃的这个农村妇女不是绝对的贫穷，所以她没有被纳入低保什么的。但是，我觉得当我们的社会发展到现在，如果我们还仅仅以贫穷来衡量乡村的事件，那么，我们这些人都是不公平的，因为我们已经是用第二眼光在看待他们了，这是不公平的。我曾经在一个地方做讲座，有一个老头，他可能还是中国社科院搞农村社会发展的，他站起来就说，国家发展必须要牺牲一部分人。当时我也很生气，我也很不客气，我说，凭什么牺牲农民？凭什么当我们说到农民的时候，就说"解决了温饱问题你还想干吗"？就好像农民解决了温饱问题，已经是非常非常了不起的一个事情了。我们已经发展了这么多年，还这样来讲，恰恰说明我们的社会意识出现了很大的问题，这就是我们所要思考的。所以我这个梁庄里边有很多问题，因为梁庄里边已经没有绝对平衡的问题了，所以你确实看到很多那样的悲欢离合，它跟精神的撕裂是有很大关系的。

2011年，就是2010年出版了《中国在梁庄》之后，在社会上可能有一些反响，有很多报纸报道，不管是社会层面的，还是政务层面的，都有一些影响，但是我觉得我的写作还没有完成。其实在梁庄走动的时候，你会发现在梁庄的那一头，还牵动着我。梁庄的欢乐与外面是一致的。比如说在外打工的梁庄的人回来了，梁庄一片欢腾，吃啊，喝啊，玩呀，打牌呀，然后这么过了几天，又走了。有一个汇款单回来了，有一个电话过来了。梁庄的欢乐跟在外打工的那拨人的欢乐是一致的，是频率相近的。所以我一直在想，只有把在外打工的那一拨梁庄人在城市怎么吃、怎么住、怎么爱、怎么恨、怎么流转写出来，梁庄才是一个完整的梁庄。在家的和在外的梁庄人在一起，才是一个真实的，或者说才是一个大的、真实的乡村的生活图景。所以 2011 年，我做了一个比较傻大胆的决定，就是准备沿着梁庄人出去打工的足迹，写梁庄人在外打工的故事。当然这个任务是非常艰巨的，我就因为这个事情又回到梁庄，然后找电话，我才突然发现，梁庄人几乎就是中国的吉普赛人，除了上海没有梁庄人，中国其余的城市全都有，甘肃就不用说了，新疆、西藏、云南都有梁庄人的足迹。然后我觉得非常感慨，中国那么小的一个村庄，村里的人竟然分布在整个中国的图景里。所以，我当时觉得这个任务太大了，但是后来，我也算努力完成了。我为了采访走了十几个城市，采访了大部分的梁庄人，最后写了一本《出梁庄记》，就是梁庄最朴素的农民，怀着一种美好的愿望，到城市打工去寻找美好生活。如果说《圣经》里人们就寻找这个奶与蜜的流淌之地（《出埃及记》里对最美好之地的向往），那么梁庄人到底找到了什么？他们在城市里找到了奶与蜜没有？这是非常大的一个疑问。这个书出来以后也引发了非常大的讨论和争论。

带刀村民　　　　　　　　　　　人群中的带刀村民

　　上面左图是刚才介绍的那个拿刀的人。我 2012 年春节回家的时候，看到他，他已经是一个乞丐了。然后呢，我每次一回头看他，他都在跟着我，不远不近的，也不跟我说话，就不远不近地跟着。他喜欢看热闹，我一回头看他，他马上把眼睛避开了，也不看我。看上页右边这幅图，我觉得中国的村庄，是一个非常有意思的载体，如果说它是中国最基本的一个村庄单位的话，那么它意味着什么？就是这样一个人，他在村庄里边被抛弃了，被梁庄抛弃了，毫无疑问。但是，梁庄又容纳了他，因为他到每一家都会给他一口饭吃，他不用担心饿死，他跟城市里的流浪汉不太一样，他没有那么大的陌生感。所以我觉得，梁庄既抛弃了他，又容纳了他。村庄跟海绵一样，它们是有弹性的。在梁庄，他的眼神是平和的。就这样一个乞丐，这样一个被村庄遗弃的人，他对于梁庄到底意味着什么？或者说梁庄对于他来说到底意味着什么？2015年我回家的时候，又发现了一个大的事件：他跟我们村庄的另外一个单身汉（也是我书中的一个重要的人物）之间发生了巨大的冲突，因为他精神有问题，他把那个人杀死了。所以这也是另一个问题：在中国的流浪汉中精神病人是一个非常大的问题。后来他就被关进了监狱，再也没有出来，我也没有再见过他。另外一个也已经死掉了，都是我们梁家的人。他的命运让我想到很多。

右图中的人是我到南阳采访的一个算命者，是我书中另外的一个重要人物。我们看这样的一个算命者：戴着眼镜，非常儒雅。我希望大家如果读《出梁庄记》的话，一定要读"南阳"这一章。就是这样一个算命者，他既是传统的又是现代的，他既对那些五行、八卦、《金刚经》非常熟悉，

算命者

他信奉这些杂学，但同时，他的家里边又挂着金光闪闪的毛泽东同志像，所以他是一个特别混杂的信仰者。但是，他的眼睛是非常平和的，他的家庭是有信仰的，

是有多种空间的，他有一种超越世俗的存在，我觉得在他身上，你可以看到一种遥远的光亮，一种来自中国传统的神秘文化的光亮。他具有某种功能，所以在这一章里边，我重点写了中国传统的一些东西在民间生活里边的存在。

内蒙古的校油泵厂　　　　　　　　　　　　　在校油泵厂打工的年轻人

　　这是我在内蒙古采访校油泵的群体时拍的照片。右图中的年轻人，我在书里边就有一章写的是关于他怎么相亲的。我不知道咱们的学生有多少是来自乡村的，中国北部乡村的春节，就是一个巨大的相亲市场，那样一些在外打工的年轻人，都要在短短的二十天内完成从相亲到订婚到结婚，然后到两个人离开家乡出去打工的过程，所以都非常忙碌。我不知道西部的你们是不是这样忙碌。他们每个人都肩负着巨大的相亲任务。为什么呢？因为这二十天过完后他们就要走了。他们要从家里找一个，因为他们担心在外面找的话，两个人离婚了，谁也不知道谁了。所以中国的乡村真的就是……如果大家读这本书，你读到这一章，会发现这个相亲的年轻人用非常幽默的语言给我讲了他从腊月二十八回到村庄，正月十五离开村庄，怎么样完成了他的相亲过程、怎么样完成了他的婚姻这样来来回回的过程。我觉得背后确实有特别多值得思考的东西。所以今天我们看似一个非常现代的时代，但是对于乡村的青年来说，变得如此地仓促，没有爱情，真的是没有爱情，爱情是一种奢望，是很难去实现的。他们是非常现实的，直奔目标的。你能说他们愚昧吗？不能说。你能说他们不知道现代爱情吗？他们知道。他们看各种各样的电视剧，知道的与你相比一点都不少，但是他们的空间、他们的时间、他们的情感是被压缩的。所以在这里面有非常多的现实问题。我采访一个照相馆的老板娘，她指着一个婚纱照说，这个孩子18岁，年头来我这儿结婚，年尾来我这儿再照再结婚。为什么呢？因为他离婚了，他又找了一个女孩子。所以就是非常有意思的一个问题，你也可以说这是一个巨大的社会问题，当然你也可以说这是一个巨大的生命与情感的问题。

右图是我在东莞采访时拍的照片。东莞的每一扇门后面都是一个小的加工厂，全是全国各地去的年轻人。我的一个堂哥在那里，他是个小老板，他给我讲金融风暴怎么影响他，讲当年汶川地震的时候，怎么样花了6万块钱买了一车物资去

东莞的加工厂

救援。我当时非常感动，我都不知道这件事情。也就是说，中国的农民工不是我们想的那种农民工。所以，在这本书的后记里面，我花了很大的篇幅在写：当我们在说农民工的时候，我们已经把农民工这个名称符号化了。我最大的愿望就是希望你看这两本书的时候，知道他是一个鲜活的生命，你不能用"农民工"这个词来涵盖他，他是有各种各样要求的，他有父母，他普通，他有尊严，他有他内在的一种做人的基本要求，他不只是一个农民工！所以当年我看了一个电视节目，

就是有一群孩子站在台上，然后主持人说，我给你一个礼物。什么礼物呢？大家猜一猜。然后他的母亲父亲上来，从背后蒙住孩子的眼睛，说猜猜我是谁。为什么中国农民的孩子，要把他的父母变成礼物给他，而不是日常陪伴他？所以略加思考，这里面有太大问题。那些孩子都哭了，然后我们这些看客满足了。我们可以想象这个场景，可能小孩非常感动，但是我觉得这里面包含着一种对生命的不平等，没有把孩子、家长作为一个人，他们就是被展示的对象。

左图是这个工厂里面最小的小孩儿。我跟他在一块聊天，在书里面有我们一段详细的对话，特别有意思。他给我背诗，然后反问我说："你会几首诗？"我逗他说我不会。结果他说："我说你们大人好骗人吧，光骗人。"非常好玩。在这个工厂里，他非常活泼，非常可爱，既坚韧又乐观，但工厂生活条件非常差。

东莞加工厂里的孩子

在我的书中青岛这章当时我花了很多工夫，李辉老师说在这两本书里面，都有很多情感的故事，我下面稍微讲一下我的写法的基本问题。就是说一个村庄里面到底有多少个故事，其实我们从一个故事里面就会感受到很多。我在《中国在梁庄》里面，写了我的五奶奶的故事，我的五奶奶是我们村庄里面一个特别乐观的老人，像"地母"一般，黝黑的脸庞，白色的头发，非常有风度，经常哈哈大笑，每天都非常乐观。她的家也是梁庄的"新闻发布中心"，梁庄所有的媳妇，推着小孩，在她家里饭前饭后聊天说话，说各自的家庭事件。因为她离我们家有两户人家的距离，所以我每天在五奶奶家聊天说话，跟各种各样来往的人说话。有一天中午，我的五奶奶就谈到她的孙子，她的 11 岁的孙子当年在我们村的大河里淹死了，她说话声音非常大，非常乐观的，但她谈到她孙子淹死的时候，她的声音突然飘忽了。她讲她正在家里做饭，突然有个村里人说，赶紧去，你的宝儿在河边出事了。她把勺子一扔，就开始往河边跑，因为我们的村庄在河坡之上，沿着河坡往下走，有大的灌木丛，有刺，她的腿被扎破流血她也不知道，然后到了河边，她的孙子就仰面躺在沙堆上，脸是青色的，那么她的孙子就是被激死了。为什么她的孙子被激死了？就是因为我们村边这条河流里边有一个个大的旋涡。为什么会有大的旋涡？我们稍微猜一下。挖沙机，大家对这个东西陌生吗？每条河流都有挖沙机，因为我们要建设要发展，所以这是非常矛盾的事情。有些东西需要思考：我们的发展到底有什么代价？我采访我们县委的副局长才知道，挖沙是要取到黄泥层的，那么怎么取黄泥层？一层一层挖沙，挖到最后，见到泥了，不要了。这样，汛期来的时候，河里就会出现一个个大旋涡。这些孩子又不懂事，就非要到河里去游泳，这样，因为旋涡很深，一下子就会被激死掉。但是找谁呢？谁负责任呢？没有人负责任。这是最基本的环境问题。如果我们一定要归结为社会问题的话，这是环境问题，这是留守儿童的问题。

这个孩子的父母就是在青岛生活的，所以 2011 年，我去青岛找这个孩子的父母，也就是五奶奶的儿子、儿媳，我的堂叔、堂婶。这是另外一个大的故事。一到青岛我发现，我的堂叔、堂婶是在青岛的电镀厂工作的。大家知道什么是电镀厂吗？我们戴的首饰要镀金、镀铜、镀银，镀金、镀铜、镀银的中介物就是氰化物，大家知道氰化物吗？剧毒，一个小火柴头大小的氰化物就可以毒死人的。这些氰化物都要溶在水里面，这样就可以把金属镀上去。也就是说，在这样一个大的电镀厂里边，有各种各样有色金属的蒸汽，还有有毒物品的蒸汽，而他们的工作条件非常非常差，我写的那篇叫《幽灵》。我是偷偷进去的，因为工厂老板不让进。我一进去，那种巨大的蒸汽就令我呼吸困难。然后你在工厂里面一看，全是白色的蒸汽，我的老乡们，他们的脸庞若隐若现，你定睛一看，慢慢才能看到他们的脸，半张脸，因为根本看不到他们的眼睛。但他们神色自若，他们非常正常，不停地在捞首饰，举高看有没有金属光泽。而另外一边的是我的那个堂婶，在一旁挂那个首饰。后来那个老板来了，我就赶紧逃出来了。我就问我的那个堂叔，我说你们怎么都不戴口罩呢？我的堂叔哈哈大笑说，只有那些新手才戴口罩，为什么呢？因为金属都是湿的，口罩戴上之后太重了，根本呼吸不上来。所以我堂叔说，我们是拿命来换钱呢。这里面又是一整套的故事。我一开始讲我就讲生活是什么，生活不是在我们面前的，它一定是有待发现的。这个电子厂里面有翻译（因为是韩国工厂），我堂叔他们曾经去向厂工会反映过，但是被打回来了。然后，老板又鼓动我堂叔他们去揭发老乡里是谁起头去的。后来我的那几个老乡又差点被打死。非常复杂。

在这一章里面，我又写了另外一个人，就是我的堂弟。我的堂弟我们俩同岁，当年非常亲密，后来我16岁去读书，他16岁去打工，两人走入了完全不同的生活。所以这一章里面我也做了一个非常严厉的自我反省，就是说我作为一个写作者，好像成了回到家乡来写家乡的所谓的知识分子，我真的做到了吗？每个人内心都有很多的东西，我在这两本书里面把我这个人也放了进去。我的那个堂弟有一天上班，突然倒地了，之后，把他送往老家，这个过程中他的胃完全腐烂了。后来我查了查百度，这个就是氰化物中毒的迹象，一咳嗽就喷出血，发腥发臭。后来虽然他的兄弟们给他凑了钱治病，但是他还是死掉了。因为他死在家里，不是死在工厂里面，所以也没有办法得到赔偿。我的堂弟回到村庄治病的时候，我也回到老家，我哥哥就说："哎呀，小柱快不行了。"但是不知道为什么我没有去看他，其实我离他十几步就走到了。但是没有去看他，他死了之后我非常伤心。我为什么没有去看他？我就是没有去看他，这就是一个现实，其实可能我们的生活中都有这种现实，就是你没有去看他，后来他去世了，你突然意识到你没有去看他是有问题的，但是生活里面有很多时候，我们是意识不到这个问题的，就是这种曾经的亲密，因为我们生活道路不同，然后形同陌路。

我和堂婶，在青岛住了九天时间，我跟堂婶睡一张床，到了第三天、第四天，我就说堂婶我们俩聊会儿天吧。因为她每天晚上一动不动地抱着她的小儿子睡觉，因为他大儿子已经去世了，又生一个孩子。然后，我觉得她没睡着，她把她小儿子抱得非常非常紧，她穿得特别干净，你能够看出来大儿子的去世给她造成了巨大的影响。她说行。她说的第一句话是什么呢？她第一句话就说："自从我的宝儿死之后，我12点之前从来没睡过觉。"我跟我父亲一块去的，我们去了有四天时间，前四天我的父亲和我都没有提到她的宝儿，她的丈夫，就是我的堂叔也没有提到他的孩子，但是在夜深人静的时候，这个农村妇女就好像等着有人来问她，她第一句话就是"宝儿死之后，我12点之前从来没睡过觉"。我当时就觉得那种悲伤在心里面翻滚，她好像就等着我来问，她来说。她就只有在这样一个夜深人静的时候才找到机会诉说。后来她跟我讲，当年宝儿死的时候，她有预感。有天晚上她睡觉的时候，发现黑压压的一层蚊子落在蚊帐上，她说："坏了，家里要出事了！"然后又过了几天，她在工厂里干活，干着干着突然就晕倒，她就说家里一定出事。果然过了几天，家里打电话让他们赶紧回去。然后我的堂婶就晕倒了。本来家里就买了冰棺，想让家长见最后一面，后来我的堂叔就赶紧打电话说，先把孩子埋了吧，因为怕万一回家我堂婶出什么事儿他就受不了了。后来我的堂叔堂婶就买了火车票，千里迢迢地赶回去。她给我讲了一个细节，火车上人非常多，她就说："死了算了，这么紧。"就是那种完全支撑不下去的状态。回到家里面孩子已经埋了，我的堂婶就非常生气，就打我的堂叔，说你这么狠心，不让我见我的孩子。这里面有个细节，我到现在还没有办法说出来，就是我的五奶奶，因为你给人家看孩子，看着看着给看死了，有很大的内疚。我的堂婶给我讲，说我的五奶奶过来抱着我婶子的腿，说对不起。这是一个非常非常普通的农村家庭，我的堂婶也盖了房子在家里。但就这样一个故事里包含了中国社会很多的社会问题：留守儿童、留守老人，还有环境问题，还有在这个电镀厂里打工的工人的权利问题，然后就是这个伤痛的问题。当然，我觉得最重要的是谁来看到他们的伤痛。你看他挣到钱得到补偿了，但是这个补偿能够弥补他内心的伤痛吗？是不能弥补的。所以，我的堂叔堂婶非常爱他们的小儿子。就在那样大的一个厂区里，是好多个厂区在一起的混合厂区，有2000对夫妇，只有一对夫妇的孩子在那留着，就是我堂叔堂婶的孩子。这是我堂叔去向老板求情，说大儿子已经死了，家里面实在没人看孩子，自己也不能离开孩子，求情说让他的孩子留下。但是堂叔为什么要向老板求情，这就是个问题。为什么呢？要知道工人赚钱都是要靠加班来赚钱的，我们经常会说，工人工资不少，一个月三四千块钱，但是我经过了解才发现，中国很多工厂的工资都是按照国家规定的最低工资标准发的，一天工作八小时，一个星期工作六天，原来是890元，后来是1050元，再后来是1150元，我去的那年涨到1250元，也就是说每天你干到八个小时就能挣到1250块钱一个月，那另外一千多是哪来的？是靠加班来的，早七晚七，早七晚九，那你要加班，孩子怎么办呢？孩子上完幼儿园，放学五点多钟的时候，就只能放到门卫室里边，你当然得给老板求情了。你要放到门卫室外面，安全谁来负责呢？后来有些老乡就如法炮制，就说老板让我孩子也来吧，那老板就说："滚，谁管你呢？我凭什么要管你孩子？"那我们就想一想：在那个厂区里面有2000对夫妇，那1999对夫妇的孩子在哪呢？都在各自老家，跟着姨啊跟着叔啊，跟着爷爷奶奶、外公外婆生活。跟我堂叔堂婶在一起住的那家就有两个孩子，他们都是在老家。所以我就觉得生活就在我们面前，你稍微走得近一点点，就有无穷无尽的真相、无穷无尽的细节扑面而来。这些细节里面蕴含了无数的东西，这些都是文学要表达的东西，都是文学所要关注的。它们可能不够客观，但它也不是虚构，所以我经常说，什么是"非虚构的真实"？非虚构就是面对着无穷无尽的内部的真实，不单单是外部的客观的真实，因为内部的真实是跟生命直接相联系的，它跟每一个你看到的生命都是相关联的。生命的细节是无穷的，你可以发现很多很多。

因为时间关系，我就不再讲太多，我就简单讲一下。这里面有很多的细节，因为《出梁庄记》是比较大的、很庞杂的一本书，涉及很多职业。下面我稍微说一下这两本书的写法。

什么是写法呢？因为我觉得非虚构也罢，虚构也罢，都必须有一种写法，就是你怎么写的问题。当年在写《中国在梁庄》的时候，其实找了很多个写法，因为回家嘛，可以抒情，所以沉思体、日记体，我都尝试过，但是有一次，我在整理我老乡录音的时候，突然发现，他们说的话比我说的好得多，就是农民话语的内在的丰富性，那种大地性，那种气候性，那种地理性，是你想象不到的，太丰富了，我到现在都不会说，虽然我整理了那么多。我们说的方言，是与一个地方的历史相联系的，它是一个地方的文化密码，它跟那个地方的气候相一致，跟那个地方的历史相一致，甚至跟那个地方的空气相一致。所以说，如果你能把方言很好地转化过来，那么可以说，你就进到了这个地方的深处，你就触碰到了这个地方的那种地温。所以我当时就在想：我该怎么办？后来我就采取了一个四不像的文体，以主人公"我"回到家乡为基本线索，"我"既是梁庄的女儿，也是一个所谓的归乡有一点点想法的知识分子。当然"梁庄的女儿"是首先的，因为我跟他们有直接的情感关系，我只是承担一个线索性的工作。我回到梁庄，来到五奶奶家，五奶奶是什么样子，我做了基本的描述，然后就是五奶奶讲的故事，是用五奶奶的话来讲的。所以这两本书的主体，都是梁庄人的自述，但我又保留了"我"，因为我觉得"我"作为一个现代青年，一个有城市背景的青年，"我"与梁庄之间构成一种张力，既有对视，也有审视，也有思辨。所以这两本书里也都保留了"我"的一个基本的存在。虽然这个"我"也受到了很多人的批判，觉得"我"太主观了，但是我也经常说，如果这两本书没有"我"的话，可能就不是这个模样了，也恰恰因为有了"我"，它才是一个充满情感的村庄，它才是一个有生命的、有内在的气息的村庄。我喜欢这样，因为它就是我的故乡，我写梁庄不单单是因为它内部包含着巨大的问题，更重要的原因也是它包含了我的情感，它是跟我息息相关的。所以当我写到五奶奶的时候，写到小柱的时候，我觉得我的内心是充满一种特别复杂的感情的，我也愿意把这种复杂写出来，因为我觉得我也可能是你们中的一个，也可能是那些读书的人中的一个，可能我们梁庄人永远不会读梁庄，但是如果一个喜欢文学的读过梁庄的人，你可能会想到你的村庄，你可能会把"我"渗透进去，我想这就是"我"的一个功能。所以我自己也特别高兴，也特别希望很多人在读到梁庄的时候想到他自己的村庄。我有一个朋友，我这篇文章一开始是在《人民文学》杂志上发表的，然后我那个朋友给我打电话说："我看到你这篇文章了，我明天就背着包回家。"果然第二天他就背着包回到自己的村庄住了十来天。我当时真的是非常非常感动。我觉得如果你读完梁庄，你想到的是你自己的李庄，你自己的王庄，你自己的那个镇，你自己的那条街道，我想这就是文学的功能。因为它具有某种普遍性，它具有一种感染力，它具有激发个体内在情感的功能，这是文学最基本的一个功能。所以我在这两本书里投入了非常非常深厚的情感，当然对我来说也是非常独特的，可能我以后不会去写李庄，也不会去写王庄，因为只有梁庄是我的。但是它为什么又是非虚构呢？这里面会不会矛盾呢？我一开始就说文学的真实不是一个客观的物理的真实，它一定是一个主观的真实，所以，当我们看到一朵花在盛开，那么"花朵在盛开"是一个客观的描述，但是当你说"我看到了一朵花在盛开"那就不一样了，文学是要写"我看到花在盛开"，它不单要写花要盛开这件事情，所以我觉得文学一定是关于主观的一个东西，它有内在的某种自我的投射，所以它是有价值观的。这是我想说的话，文学是有某种价值观的，只不过一个作家有的时候是把它隐藏得很深，有的时候是没有隐藏，有的时候是把它隐藏在事件里边。一个作家还是有自

吴镇　　　　　　　　　　　吴镇的河

己的看法的，他不是没有看法。

去年我又写了一本书叫《云下吴镇》，后来出书的时候又改为《神圣家族》。我是回到我们镇上，写了一个个人物，写了我们小镇的十二个边缘人物，有流浪汉，有坐轮椅的老妇女，有百货店的美女老板，都是特别有意思的人物。这本书相对轻松了一点，我想把场景缩小。但是即使这样，我依然回到了吴镇，我又回家了，至少七八次，每次至少也住了七八天，我把吴镇的每一条街道重新考察了一遍，但是我是把它打碎了用在了我这本书里面的。因为梁庄是一个整体，不可避免地有整体性，但是写吴镇的时候我想把它打碎，我希望人物有土地感，但是再把土地感隐藏起来，这是我写吴镇的一个基本的想法。

上面左图是我们吴镇的一个基本的场景，右图是我们吴镇的一条大河，南水北调的一条大河，大家都知道南水北调工程。我这本书里面有一篇文章叫《到第二条河去游泳》，这篇文章我特别喜欢，写的是一个农村妇女自杀。前两天发微信，我把它重新又发了一遍。我特别有感触。中国的农村人自杀是一个特别大的社会问题，但是我们通常把它作为一个社会问题对待，我是不想把它作为社会问题来对待的，我想把它作为一个人来对待。所以在写这篇文章时，我是以农村妇女的独白为写法，写她怎么去寻死，因为她的母亲是自杀，她给她母亲烧完纸后，她就骑着车到河里去寻找自杀的地方。但是我们吴镇那条自然的河流——湍水，就是淹死那个小孩的那条河，已经不能淹死人了，因为挖沙，它已经断流了。然后她突然发现这条大河是可以死人的，于是她把她的车放好，把她的衣服叠好，然后跳到河里面。我的文章的主题是写当她跳到这条河里，她发现她漂起来了。她正在漂着，然后突然发现她同伴过来了，然后有另外一个人。一群人就在河里漂着，相互聊天，说你为什么死，我为什么死，大家就相互聊天，各自讲自己为什么死。其实这个故事是我听来的，是一个农村妇女，我回到家里面无意间聊天，她就说她的姐姐自杀了，她的外甥女自杀了，她的前夫也自杀了，然后她说："哎呀，有一天我也就死了。"她讲这些的时候我特别震惊于她的语言的平常，她不是呼天抢地，也没有悲怆。我觉得恰恰是在生活的最平常的地方你要看到问题，这才是文学。文学是把我们所熟悉的生活陌生化，让它能够重新触动你，能够重新感动你，让你重新发现它的一个内在的丰富性，这就是文学的一个基本作用。

《神圣家族》

所以对那个农村妇女的那种自述的口气，我觉得原来自杀如此平常，原来生命如此虚无。所以我就以这样的方式来写。

这是我写的《神圣家族》的封面，就是马克思的神圣家族的 12 个门徒，但是我的书里的 12 个门徒不是神圣的，他们恰恰是卑微的，是琐碎的，是没有实用价值的，但是我觉得在他们的身上，恰恰有某种人的光亮在里面，所以我的书里面有一个人叫圣徒德全，写的是一个流浪汉每天拿着《圣经》到处救人，但是每次都是救错人被人打一顿，所以这个人是特别好玩的。这是我书里面的一些基本的内容吧。

最后我想说的是文学如何重返现实，怎样重返现实。我们现在经常说如何讲述中国故事，但是我觉得中国太大了，我们讲好我们身边的故事就可以了。如果我们能够把我们的邻居，把我们的父亲，把我们的爷爷，把我们远方的某个亲戚写好，那么已经是非常非常好的中国故事了，我们没有必要去发现离自己很远很远的故事，因为我们的生活无处不在，生命也无处不在，每一个生命都是有尊严的，都是值得书写的。我觉得文学恰恰应该关注最普通的人、最普通的人生，同时，如果你要进入非虚构的书写，我觉得你不单单要写好故事，你还要去关注那些人生命的背景，比如那条河。你说："哎呀，我看到这幅图，这幅画挺好的。"你根据这幅画写一个人，那不可以，为什么呢？因为你要真的站在河边，你能够感觉到风怎么吹过来，风怎么去吹那个枯草，那个漩涡、波浪是怎么流动的，在这个意义上人才能够立起来，你才是一个非虚构的人。所以我觉得：一个非虚构的写作者要拥有一个社会学家和人类学家的观察力和见微知著的能力；你必须要有这个能力，你必须要观察到这个人的表情，最最细微的表情。最后，我觉得，创作者要拥有一颗心灵，要时时知道你作为一个写作者，你要匍匐在大地上，你要深入到大地里面，你要在灰尘里面，这样你才能够发现真正的人、真正的人生，才能够真的感受到那些人的心灵，才能够感受到自我的心灵。所以我写梁庄，对于我而言，不是我怎么挽救了梁庄，而是梁庄对我来说意义太大了。我觉得以后我再做其他什么工作，再写其他什么题材，梁庄的人，我那四五年的行走，有千百个人在我的头脑里面同时活着，我觉得我是非常幸福的，我能够有无穷无尽的写作的动力在那里，我也能够去对真实生活的境况、社会的境况有某种辩证的思考。

谢谢大家，我的讲座就到这里。

【结束语】

李辉：谢谢梁鸿，她半天不喝水我都心疼了，讲了一个小时连水都不喝。我想今天各位听梁鸿的讲座一定不虚此行，她讲她写梁庄的作品不是一种责任，而是一种情感。我记得有人说过这样的话：情感决定一个人能否对你生活的土地、对你的故乡有一种爱。你已经离开了家乡，但你对整个家乡，每个人的命运依然在关注，这样你才能认认真真地去思考，去跑遍全国采访，才能写出他们这样一个群体。所以，梁庄不仅仅成为梁鸿的一个符号，而且是我们中国这几年写农村的一个非虚构写作的符号。大家从她刚讲的各种故事，能感受到中国文化的流失、农村的这种隔离，现在这种情况越来越严重，那么在这种情况下就特别需要更多的人来关注故乡，关注你的村庄，来写更多更好的故事。所以，让我们再次对梁鸿女士的精彩演讲表示热烈欢迎，非常感谢她给我们提到很多关于怎样写、怎么结构调整等，我觉得这是一种技术性的东西。其实技术性的东西，它也是一种文学内在的东西，因为我们往往把技术看成一个层面，其实它和你的情感，和你对事情关注的程度是融在一起的，当你融在一起的时候，你才能够找到这个突破口，才能写一些别人没想到、别人写不了的东西。所以我希望这个能够对在座的大学生们有一些启发，你们回到你们的家乡，回到你们的村庄，也能够写一点点梁鸿老师讲到的这些道理、这种体会，去寻找你们的故事，写你们身边的人。我想，这样能更好地延续这个讲座。

感谢大家，可能也想提问，但是梁鸿已经很辛苦了，所以今天这个提问环节就不让大家提问了。如果有对梁鸿作品感兴趣的，就赶快去图书馆抢着看她的作品吧。

谢谢各位老师，谢谢各位同学，讲座到此结束，各位晚安！

（本文字稿是根据录音整理而成，有删节和改动，录音由贾植芳研究中心孙玉玲老师整理）

第五讲

我与观复博物馆

【主讲人简介】

马未都，出生于1955年3月22日，祖籍山东荣成，汉族。全国第一家私立博物馆——观复博物馆创办人。马未都曾于1980—1990年任职于中国青年出版社，十余年里他发表小说、报告文学等上百篇，并结集出版。1980年开始收藏中国古代艺术品，藏品包括陶瓷、古家具、玉器、漆器、金属器等。1997年他的《马说陶瓷》一书，被许多读者视为传统文化的启蒙读物；接着他还写了《明清笔筒》等文物鉴赏、研究的专著和上百篇文物研究论文小品文章，并参与编写《中国鼻烟壶珍赏》。马未都的另一部专著《中国古代门窗》，于2003年获第六届国家图书奖、第二届全国优秀艺术图书奖一等奖。近年，马未都笔耕不辍，出版有《马未都说收藏》（共五册）、《马未都说》（共三册）、《坐具的文明》、《百盒 千合 万和》、《茶当酒集》、《醉文明》（共七册）、《玉之器》、《都嘟》（共两册）等文化艺术类图书。

1997年1月18日，马未都创立了新中国大陆地区第一家私立博物馆——观复博物馆。2002年，马未都创办了全国首家博物馆分馆——观复博物馆杭州馆。2005年,马未都创办了观复博物馆厦门馆。2008年1月1日,马未都登上中央电视台王牌节目——《百家讲坛》,讲授中国文物及其背后的历史、文化知识。这是《百家讲坛》首次推出此类节目,也反映了当今国家重视文化、重视历史的潮流。2009年,由马未都发起的北京观复文化基金会成立。观复文化基金会致力于传播中国传统文化,支持观复博物馆的发展,资助文物研究与保护项目,搭建公益文化平台,发扬和引导公众"公益慈善,文化赞助"的精神。2015年10月,观复博物馆上海馆开始试运营。

刘仁义院长为马未都颁发河西学院特邀教授聘书

【主持人的话】

李辉：我们现在欢迎马未都先生走到我们前面来。现在有两个环节：第一个环节是马未都先生带来他的一些签名著作送给河西学院，马未都将赠书交给刘校长。……第二个环节，特聘马未都先生为我们河西学院的兼职教授，由刘校长颁发聘书。……第五讲现在正式开始，请观复博物馆馆长马未都先生演讲《我与观复博物馆》，大家欢迎。

马未都在贾植芳讲堂讲课

【演讲正文】

各位教师、同学，晚上好！尽管有些人不是同学是老师，但我觉得在学校里最亲切的称呼就是同学。我的演讲有两小时，后半个小时留给大家提问。初到张掖，我没想到张掖有这么一个漂亮的大学校园，刘校长多次给我介绍学校的规模。这些年我去过很多大学，年轻的时候没有机会上学，走南闯北走过很多路，看过很多乱七八糟的书，好像每一本书都不是很重要，但是每一本书对于人生来说又很重要。读书越多，可能对你未来的发展就越重要，我通过读书获得《我与观复博物馆》这个命题。

我做博物馆其实是个偶然，年轻的时候喜欢文学，以为文学是一生的事情。

20世纪80年代刚改革开放,我将写的小说寄给当时的《中国青年报》,那时候不像现在有网络,想发表东西直接甩网上就行,有没有人看是另外一回事,你总是有发表的欲望。我们那时候要想把一个手写稿变成铅字,就要投稿。每个作家都有投稿的过程,我很幸运,投稿的第三篇就发表了,第二篇被叫到报社聊了聊天,诚惶诚恐,我的责任编辑现在都已退休,我按国家标准也应该退休了。

小时候作品发表的时候并没有通知我。记得有一次,我在工厂干活,有人过来就说:"你是不是在写小说?"我不大好意思回答。因为那时候发表文章都是偷偷摸摸的,当时我们强调的是要安心本职工作。你在工厂做一个工人,却偷偷写这个小说,好像不是太好的一件事。我没有承认,我说:"谁说的?"他说是在《中国青年报》看到的,一篇小说占一个版面,上面有我的名字,因为我的名字重复率小。

所以我看到那张报纸的时候,觉得我的人生就有很多改变,在《中国青年报》发表73篇文章后,我调到了中国青年出版社的文学编辑室。编辑室的所有编辑都是"文革"前的大学生,主要是77级和78两级,我是全出版社400多人里最年轻的一个。我每天的任务就是提前上班打8壶开水。我每天都纠结这件事:是8壶开水一次拎上去,还是分两次拎上去?现在的年轻人很幸福,办公室都有饮水机。

做了文学编辑以后,工作很繁重,自个儿的文学梦就放下了,写作就变得很少。那时候正是文学兴旺的时候,我的小说发表以后,他们叫我到报社去开会讨论。我当时就下了个决心,谁给我写信,我就给谁回信。第一天就收了两麻包,最后就为这一篇小说接了大概一卡车的信。你不可能一一回信,你根本无法看完这些信。那时候人的文学热情就这么高,这些事以后,我由一个工人就变成了出版社的一个文学编辑。

在编辑室里,我见到了你们熟知的有名作家,比如刘震云、苏童、莫言、王朔等。当时我们的杂志叫《青年文学》,所有喜欢文学的作家都会向这个杂志投稿,每一个作家的稿子都是自由来稿。我印象最深的就是苏童,苏童的稿子跟别人不一

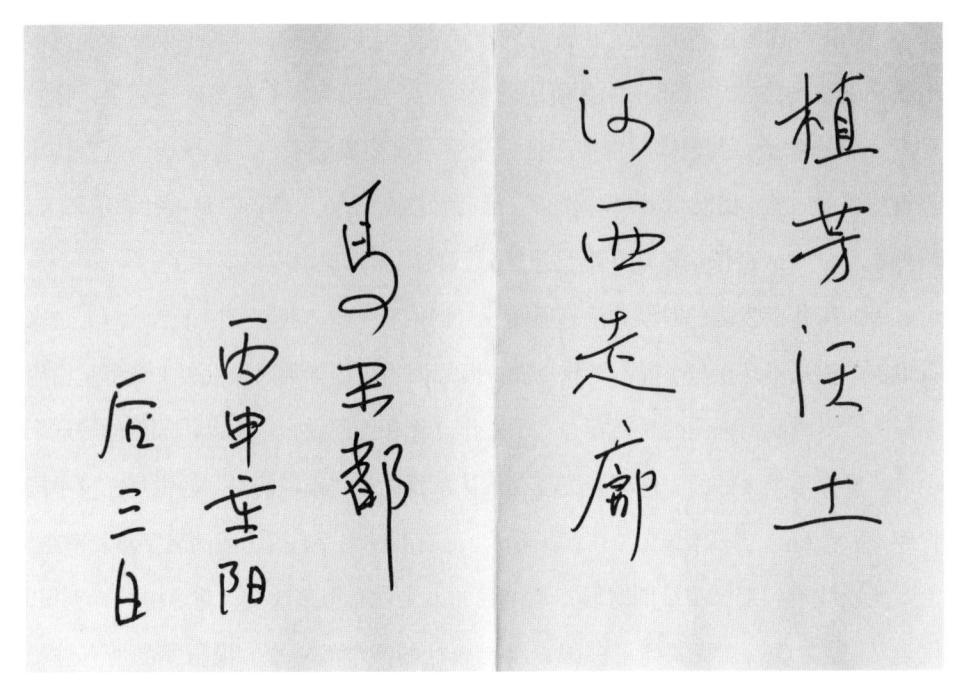

马未都题词

样，题目是《一个白洋湖男人和三个白洋湖女人》。我们小时候接受的小说名字都是大而空泛的标题，比如《红岩》《红日》《红旗谱》《青春之歌》《林海雪原》等，像这么具体的名字就很少。我印象中大致还能记起第一句：我们白羊湖的男人无论走到哪里，都会让女人牵肠挂肚。这是开篇，他就跟别人的表达不一样。当时苏童在北京师范大学读大二，我写信让他来找我。他是一个长得帅气的小男孩儿，颜值很高。人的相貌，40岁以前是爹妈给的，40岁以后一定是自己修来的。所以长得难看不重要，慢慢修啊！

我在出版社做了10年的文学编辑，没有时间观念，永远都在上班的状态。在工作中，我逐渐开始喜欢文物，我喜欢收藏，就是一个私人的爱好。那时候，中国的文物最不值钱。我在那种情况下喜欢文物，因为我觉得文物有很多东西无解。现在这一代人,你想去学中国陶瓷,就有无数种书指引你的学习。可我那个时候,中国只有两本书,一本是冯先铭先生主编的《中国陶瓷史》,另一本是中国硅酸盐学会主编的《中国陶瓷史》。就这么两本书,我读得津津有味。就是靠这两本书,我开始了解中国的陶瓷。

我们所有的艺术最后一个背景,一定是这个社会的政治、文化。如果你能把它撩开,就能多看一层,多知道一层。这一层一层的幕布,对于我们所有学史的人、学具体文物的人都非常神奇。在这种情况下,我开始收藏文物。每获得一件文物,我就希望真正了解它的成因,所以我在《百家讲坛》讲了52课时,谈文物的成因、样子。

后来我又写过一些准专业的书。我老说自己不是学者,写不出非常专业的书。我很希望我们的民族都能喜欢我们自己的文化,能够了解我们自己的文化。我们这么大的一个国家,有文字以来,也将有4000年的历史,我们的祖先记载了无数有价值的知识。我们怎么能够破译它?怎么能够从残存的这个文物中破解前人留下来的密码和信息?我们就希望通过文物来了解这个国家的历史。

我是通过这样的一个想法喜欢上文物的,当收藏到一定的程度,办个展览,让大家看看。办展览的时候,我就发现有人开始感兴趣,我就想把它固定下来,不就是博物馆吗?25年前我向政府申报私人博物馆,政府说这是国家的事,你们不要来捣乱。4年以后,政府突然来找我说,你不是想办一个私人的博物馆吗?现在有个机会,你赶紧报材料。所以我就很积极地去报材料,1996年10月份获准通过,到今天整整20年。在我之前,其实还有很多人做过,比如上海有些人做过筷子、算盘博物馆。但是他们都没有注册成一个法人,我就成了中华人民共和国成立以来第一个私人做博物馆的人。历史给了我一个机会。

博物馆这个概念,英文名为museum,并不是我们最先形成的。我们博物馆概念的形成是非常非常晚的。2000多年前在古希腊就形成了这个概念,它的字根就是缪斯女神的字根,负责历史、艺术,负责这个历史的价值,所以博物馆这个名称就诞生了。

　　大家熟知的最早的博物馆应该是大英博物馆，当时是私人医生的一个个人收藏，象征性地收了 8 万件东西，收了政府 8 万英镑。跟伦敦市政府提出了交换条件：只要有利于我文化的传播，我就把这东西让给你。250 多年来，大英博物馆就在这 8 万件文物的基础上，发展成为今天全世界首屈一指的大博物馆。大都会博物馆是一个后来的博物馆，是一个商人办的博物馆。一堆商人发了财就觉得他们这个国家没有文化、没有历史，于是他们花钱买下了一个地方，建造了一个今天全世界知名的博物馆。这个博物馆很有用，只要你带着所有的问题进入这个博物馆，就一定能得到解答。我们有的博物馆做不到这一点，你带着问题进去，依然是带着问题出来。

　　世界上最知名的博物馆是美国的华盛顿史密森尼博物馆群，如果你没有去过，一定要找机会去一次，到美国华盛顿留出三天去看看这个博物馆群。史密森尼博物馆群有 19 个单位，包括弗里尔博物馆、萨克勒博物馆，是英国人史密森捐的。他是个英国人，却捐献给美国人这样一个博物馆群。他捐献的时候，跟美国政府达成一个协议，就是跟大英博物馆一样，只要有利于文化的传播，我就把它捐给你。大英博物馆和史密森尼博物馆免费开放。大都会博物馆建立共票制，需要花钱。史密森尼博物馆群落成后，史密森终生没有踏入美国一步。既然没有去过，那为什么把一个东西捐给美国人呢？史密森认为美国人太土了，一点文化都没有，一定要捐你个"文化"看看。

　　1905 年，中国清末的状元张謇创立了中国第一个博物馆，名字叫南通博物苑。张謇是中国丝绸纺织业的开创人，今天南通纺织业依然发达，跟 100 年前张謇先生打下的基础有直接的关系。他捐了一个博物馆叫南通博物苑，比北京故宫博物院早 20 年。20 世纪 80 年代，我怀着崇高的心情去看南通博物苑。我觉得那是中国人办博物馆的鼻祖，我到了，博物馆却没了，改公园了。我在公园里寻找当年我们的先人走过的足迹，寻找他们做过事情的痕迹。看到公园里搭着一个大帐篷，我感到非常悲哀。2005 年，南通博物苑恢复了，在 100 周年时举行了一个仪式。

可以说，中国的博物馆也有 100 多年的历史了，到今年已经是 111 年；故宫博物院到今年有 91 年的历史。那我们的博物馆为什么要叫博物馆呢？是因为我们所有的文物证明了我们历史文明的标杆。我们看到的每一件文物，证明我们曾经达到过这个高度。如果到敦煌看石窟中的历朝历代佛像，就能感受到我们先人的精神寄托，找到我们先人的强大的精神力量的来源。现在我们就缺失这些东西，所以我们要做博物馆。我一开始认为，就是我个人的一个乐趣，没有什么高尚，后来逐渐演化成一个责任。当你背上这个社会责任的时候，你就必须负重前行。

当你有机会出国的时候，不要总去商业街，不要总买一些没用的包，找机会把世界的博物馆都看一看。看博物馆的时候，一定要静下心来，看见不懂的东西不要急于走开，一定要想办法把它搞懂，你的人生就跟别人不一样。我们一生中学习无非就两件事，第一是知识，第二是经验。你的人生比别人精彩就需要这两个方面。要在学校里花费大量的时间去获得知识，一定要靠自己去积累经验。人一定要在博物馆度过一个漫长的时间，才会获得乐趣。

我给我的博物馆起名为"观复"，这个词语出自老子《道德经》十六章。"万物并作，吾以观复。夫物芸芸，各复归其根。"老子说这个万物都在同时生长，万物分为有生命的和无生命的，不管是植物，还是动物，还是事物。"万物并作"就是所有的事物都在同时生长。"观复"这两个字在《易经》中观卦有复卦，懂《易经》的人都知道这两个卦象不错。所以我就选了这样一个名字，"观复"本义也很简单，就是看。博物馆就是来看的，观复就是重复。一个东西让你反复地看，你就有喜欢和研究的意思了。

2002 年，我在杭州做了一个地方馆。杭州市人民政府请我去，我说我先做 10 年，先签 10 年合同，10 年很久远。10 年以后，市政府说要将地方馆卖给我。我当时没有买，以后我想买也买不起了。人的一生中会错失很多机会，如果我当年买下来，现在价值就巨大了。2005 年，我在厦门做厦门馆。厦门馆在厦门的菽庄花园，100 年前厦门的鼓浪屿云集了中国最有钱的人，形成一个万国的建筑博物馆，有英式、德式、法式，还有东南亚式的建筑。当时一个叫黄一祝的人，把他的家产卖给我，说只能用来办博物馆。他们家的子孙后代有 4000 多人，如果要继承这份财产必须人人签字，有一个人不同意你就分不开，所以他就没法去拆这份财产。黄一祝盖的房子主楼旁边有四个楼，他们家总面积有 40000 平方米，有全中国第一个足球场，所有的装修都是意大利的。材料从意大利运过来，上面刻满了刮脸刀、胡须刷、推子，全是稀奇古怪的东西。因为黄一祝只身下南洋的时候就是一个剃头的，他曾经给一个客人理发的时候，客人说你剃头一辈子也发不了财，要想发财就去做生意。后来这个客人借给了黄一祝一些钱，黄一祝就这样破釜沉舟做生意去了。

黄一祝是做生意的天才，一战以后就成为亚洲首富，他是民国三大发钞银行其中一家的董事。有一次，他回国后的第一件事情就是给老妈过一个奢侈的生日。就在广场上搭棚，在路途 4 个角设了 4 个大木桶，里面灌满了红水，扔满了银圆，每个路过的人都可以下手捞一块银圆，确实很大方。

就这样的一个人，在万国建筑博物馆给我找了一个地方，让我做了一个博物馆。你们有机会去厦门菽庄花园的时候一定要看一下。这里有一栋中国第一高、世界第二高的上海中心大厦，我过两天就要去出席这个大厦的落成仪式。这个楼有多高？黄浦江浦西向西 1 公里的路上盖着民国所有的大银行、大建筑，把这些大银行、大建筑竖起来，就是这个上海中心大厦建筑。全欧洲最高的建筑是英国奥运会前落成的碎片大厦，有 310 米高，全欧洲资本主义倾注 200 多年的实力盖了一座 310 米高的楼。我们这个楼 632 米，翻一个跟头还多出 12 米。这个楼的体量是英国碎片大厦的 5 倍，这个楼正常运转，大约需要 30000 人。30000 人在里头工作、学习，它不能是单一的业态，需要有博物馆。所以在第 37 层公共层上给了我一层，我就做了观复博物馆的第 4 个地方馆。这个月的 18 号新楼就落成了，你们有机会到上海的时候可以看看。

也许你们会问，这么大的地方，需要摆多少东西呢？东西从哪里来？我说一个实例你们就知道了。北大比清华的文物多100倍，清华多是理科，工科不买这个。当时北大有一位老师要处理东西，我就去高价收购。我的女儿对其中一个柜子情有独钟。他的女儿说小时候柜子上刻有很多纹饰，我仔细一看，的确是这样的。过去我们没那么多的方式学习，现在可以通过学校、手机、网络等去学习。那我们的精神和文化是怎么传下来的？母亲抱着孩子告诉他柜子上的花草；孩子大一点，告诉他这是山水，这是人物；孩子再大一点就会告诉他这是《水浒》，这是《三国》。我们的文化就是这样一点一点传播的，所以这就是文物的作用、文化的作用。我们离开我们熟悉的文化背景就会产生强大的心理割舍，这是文化在起作用。

在我25岁到35岁的时候，中国的文物保护意识没有现在强烈，有的文物根本不要钱。记得那时有一个很要好的朋友，每次到他们家，我就喜欢帮他们卖大白菜。我帮他们干活也有私心，因为他们家有好多老式瓷器，干完活就能坐在他们家的沙发上抱着瓷器看，后来还能厚着脸皮要一些。

你知道盗墓的人都有一些特殊本事，北京有个地方叫崂山，紧挨着八宝山。崂山是今天奥运会摩托车赛的赛场，摩托车声音大，所以那里很少有人居住。考古学家考察完了，就说这地方没有什么大型的汉墓。俩盗墓高手一看就说有一墓。他们昼伏夜出，挖了换，换了挖，垒了许多土堆。有个老太太早上散步，心里纳闷，怎么这么多坟堆？说不许土葬，怎么还土葬？回去就告诉了派出所。两兄弟从底下钻出来的时候，派出所问俩人干吗呢，俩人就说盗墓呢。挖了20天离主墓室还有60厘米被逮着了。考古所一听就高兴了，一敲就进主墓室了。还如龟山的两个墓道用激光吊着线，两个墓道之间互相看不见。我没法理解这些事儿。

两千年前中国人做的玉器，洁白如玉，每一件文物都是国宝级的，就是漏下的一块也能成为一个博物馆的收藏。这些都吸引着我不停地往前走。还是有很多文物不被别人重视，我们今天重视的往往都是一些比较艳俗的、比较容易理解的文物。但文物有很多东西非常难以理解。我们只凭借后来的经验去揣测前人的意图，很难达成共识。我们跟古人沟通看古代文献就可以了，所以我们很幸福。在文字出现之前，所有的文物解释都显得非常乏力。每个人都按照自己的认知去解释这个世界，所以在学习中不一定非要设立一个权威，凡事多想一步不需要多想两三步，比别人多想一步你就比别人走得稳。我们的文物浩如烟海，最辉煌的还是西周到汉朝这一个时期，有很多东西我们今天理解起来都觉得有差距。我们去看明清的漂亮文物时都觉得很简单，因为在 2500 年前，中国就诞生了许多思想家，如孔子、庄子、老子、墨子。诸子百家每个人的思想都绽放光芒。汉朝以后独尊儒术，当思想不发生碰撞的时候艺术也就不发生碰撞。因而我们现在看战国时期的很多文物，就无法理解那时候人的很多想法。

　　我自己一直在说，我不是读书人，因为在我年轻的时候要到农田干活，要去农村插队，要做普通工人。我喜欢读书，却没有更多时间去读书。现在学习条件很好，一定要多去一去图书馆，专业理论的书不可不读。古人读书的三个阶段，现在的人差不多都荒废了。5 岁到 15 岁就是诵读，你背下来就是英雄，"四书五经"全都要背下来。古人认为，你只要把经典背下来，将来有一天你会懂，这就是古人的教育方式。古人读书第二个阶段是指 15 岁到 25 岁，叫学贯，学会贯通是一个非常大的能力。就是说读书一定要读专业以外的书，我在年轻的时候特别喜欢读杂七杂八的书，对每一本书都怀着极大兴趣去读。比如我读《冶炼史》，它里面包含了很多很多内容。古人读书的第三个阶段在 25 岁到 35 岁，叫涉猎，就是什么样的书都要读。学会读各种各样的书或貌似无用的书，说不定哪天就有用了。如果 35 岁后你还是觉得什么都不行，那我劝你还是算了。没关系，不读书也能快乐。我在大学里不应该说这句话，但是我告诉你不读书依然快乐，不过它是一种浅层次的快乐。

　　有人问我读文学书有什么作用，我说它能让你的情感更丰富。当你文学书读到一定量的时候,你的感觉就变得非常细腻,这就是读书的好处。为什么要读哲学书?读哲学书可以使你有个全局的判断而不至于犯大的错误。为什么读史学书?因为历史上有重大的事件供你参照。你读书越多,这个书对你帮助就越大,所以我老说历史没有真相,只残存一个道理。

下面我们讲一下博物馆中的一些家具。为什么要讲家具?因为我曾经有一个很好的想法,希望能够展示中国家具演变的过程,有实物就搁实物,没有实物就搁复制品,让你们感受我们起居文化的变革。比如起居习惯,我们原来是坐在地上的。今天站在这块国土上看东南西北四邻,东边日本、朝鲜及韩国,北边蒙古国,南边泰国、孟加拉国,西南印度,正西有哈萨克斯坦。别看他们在办公室坐在桌子旁边,回到家里都在地上坐。而我们现在坐在椅子上,彻底告别了席地而坐。我们残存的大量的文化证据大都在词汇当中,你们知道我们现在为啥叫桌子吗?是因为过去人们坐在地上,这个东西高,卓然而立,所以叫桌子。桌子的名字就是这样来的。"桌"字在古代文献里,就写成卓越的卓,后来宋代才写成木字底。

我们今天说卓然而立、卓尔不群,都是高的意思。出席、宴席、主席,这些词语跟早期的席地而坐都有直接的关联。当我们高高坐起,思路也得跟上,所以我们的家具也发生了变化。我们的服装过去都是大襟,汉代人跪着坐,裤子没裆,露着不好看,所以跪着时需要将前面遮住。所以祭坐就是跪着坐,是最文明的。如果你去日本最重要的场合,一定是祭坐,我去过所以我知道。我去过最高级的茶馆,里面的人都是跪着,我也只好跪着。5分钟以后我就受不了了,说我这膝盖实在受不了只好盘着腿坐,盘着腿坐在过去是一个很低的坐法。祭坐是最文明的,箕坐是最野蛮的。两腿冲前是最野蛮的坐法,因为服装改了,我们会胡服骑射啊。

我们吃饭的习惯,到了明朝还是分餐制。比较牛的人就是一个人一张食案,我吃过这种饭。吃饭的厅比这里的讲堂舞台还大,主人将食案搁在一个大台子上,一人一个。我们的吃穿住行都是从古人那里继承来的,但是我们不够坚守自己的文化，就说是宽容。但是我认为甭管什么文化，只要到这儿，都是咱们自己的。麦当劳、肯德基，全世界上万家全都一样。你去印度，去土耳其，最多加点咖喱，没什么新鲜的。在我们中国开的肯德基、麦当劳，都开始炸油条、熬豆浆、做蛋花汤了。100年后，估计全世界所有的麦当劳、肯德基都效仿了，这就是中国人融入别人、改造别人的能力。世界其他地方的肯德基、麦当劳都没炸过油条，就中国有。这就是我们逼着它改，最后就成我们的习惯了，这就是我们的文化能力。

我原来还想写一本书《中国的床》，就是中国这种架子床，冬天挂纱帐，夏天挂蚊帐，中国这种床有好多的好处。为什么中国传统乡村结婚有闹洞房的习俗？就是允许你捅破窗户纸往里看，让你看也看不见，人家两人在帐子里。你总不能捅破了窗子，还拿个杆子把帐子挑了吧！所以文化的形成有一定道理。中国人发明了非常实用的架子床，前面有一个浅廊，左边是马桶，右边是梳妆台，还挂着两层帐子。早上起来该上厕所的上厕所，一室一厅一厨一卫，全都齐了。

给你们讲个例子，潘金莲结婚，西门庆花17两银子买了张床，潘金莲嫌不好。17两银子，按当时的市价来计算，所有的价钱都是明末时实物的价钱。买1个丫鬟是5两银子，这张床值3个丫鬟的价钱；买1个上灶的丫鬟是7两银子，就是有点本事能炒炒菜。潘金莲爱折腾，西门庆愿意被折腾。折腾这个床还不行，西门庆又跑到南京，花了50两银子买了一张床，50两银子在当时是一个巨大的数额。这床和西方文化完全不同，它是单面上下三面没东西。单面上下有先后、有主次、有尊卑，太太睡在里边，老爷睡在外边。太太要起夜，按照规矩要把老爷拍醒，老爷起身，太太要从后边过去，从老爷身上跨过去没礼貌。现在规矩全没了，爱怎么跨就怎么跨了。我跟外国人说这个床有很多地方可以让你用力，外国人问我用力什么意思。我说，你平时床上不使劲吗？他明白了。我们有很多不可言语的好处就藏在文化里面，你不亲身体验是不知道的。

我们天天在家，早上一睁眼，看看屋里挺好。如果让你睡古代的板床，早上醒来还不舒服。你总希望你的卧室大，由 7 平方米到 17 平方米。如果给你一间礼堂大小的卧室你就恐惧了，所以古人就发现了这个问题。明代，房子高 6 米是正常的，挂帐使人有极强的安全感。我们生活中最重要的一个感觉叫安全感，说不出来，也道不出来。欧洲也用蚊帐。他们在房顶上钉个钉子挂成圆形，挂得非常艺术。可以挂上好几层，有漂亮的帐钩，曲线感较强。如果一个美人坐在这样一个曲线纱帘前，那你是什么感觉？坐在光板床上，你又是什么感觉？这就体现了文化的重要性。古人就是通过这样的文化符号传播文化。今天我们大部分的文化传播都需要书籍，通过实物了解文化的机会很少。

关于陶瓷，我写了三本书，第三本还没写完，我捐赠给了河西学院，大家有时间可以看看。

第一本《瓷之色》，讲的是颜色，每一种颜色古人都有追求。为什么有这个追求？我举个例子。我们瓷器中红、黄、蓝、白四种颜色都有，还有一个绿色。瓷器中最重要的是青色，瓷器中的所有颜色都是客观的颜色。红色，血液的颜色；黄色，土地的颜色、秋叶的颜色；蓝色，天空的颜色；绿色，植物的颜色。唯独青色是中国人主观创造的颜色，所以中国人叫青色。瓷器中有绿釉、青釉马上就不一样了，在所有的釉色中，青釉是中国人创造的最庞大的一种颜色。这个主观颜色传到西方时他们没法表达，为什么？西方表达颜色用类推，我们说的黄色，有橘皮黄，西方人说是狗屎黄，用的是类推。中国古人"如初凝之牛血"；西方人类推，"就跟刚宰了牛的牛血似的那种深红色一样"。青色发往欧洲以后，欧洲人没有这种颜色就没法类推。所以今天品茶，茶青色这个单词叫"slategray"，是从法语中来的。因为当龙泉青瓷发往欧洲的时候，法国正在演一场歌剧《牧羊女》，男主人公塞拉同穿着一件青布长衫，所以今天，全世界管龙泉青瓷叫"塞拉同"，这就是我们创造的主观颜色的文化价值。

第二本书《瓷之纹》。瓷器中所有纹饰有其成因与追求，这是我对过去认知的一个总结。比如元青花，元青花大量的人物画片在博物馆里，其中，元青花鬼谷子下山图罐，创下了当时中国艺术品在世界上的最高拍卖纪录。唐诗、宋词及元曲中，元代戏曲发达，元青花中凡是画有纹路的瓷器都很重要。朱元璋就在景德镇发动鄱阳湖大战，神奇的一箭把陈友谅射了。要是不把陈友谅射了，估计明朝叫大汉，从明朝洪武年间开始，到永乐年间，近60年，全中国乃至全世界的任何瓷器上都找不到一个人。因为没有人画人，再也不画人了，奇怪吧。有记载称洪武二年朱元璋下令：所有的草台班子一律不许唱戏，只有国家的班子能唱戏，唱错一句割上唇。在强大的政治压力下，不允许任何人唱戏，历史上有很多这样的记载。不允许唱戏，导致瓷器上没有人物。洪武年间到永乐年间这近60年的时间里，全世界找不到一件戏剧片儿的瓷器。到了宣德年间，瓷器上开始画小孩儿、仕女，因为觉得这些图案不会太惹事。为什么在中国的绘画史上，记载世界的绘画作品非常少？这样一说你就明白了。《清明上河图》记录着一个世界，但更多的内容是山水、花鸟，跟政治无关。中国人最爱画瀑图：老头拄着一拐杖，侧身观瀑图；旁边画一棵松树，听松观瀑图；沏上一壶茶，就叫品茗观瀑图。《清明上河图》为什么这么画呢？回避政治、历史上我们不知道的压力，所以我们从文物中可以找到蛛丝马迹来解释这件事。

第三本书《瓷之形》，讲瓷器的形状。为什么有这个形状？为什么形状跟现在的不一样？为什么能够存在？但是我还没有写完，第二本写完以后给自己放假1年，这一休息就是4年，写作是一件特痛苦的事。我现在要动笔写作，我用手机打字写出来，然后交给助手打出来，我修改一遍就完了。原来在出版社做编辑的时候，要誊抄一遍。一个人一天写1万字，写完基本上就"残废"了。《瓷之形》这本书，我只能在人多的时候说几句鼓励自己写完的话，要不然我没有压力就不想写了。

观复博物馆参观人次总计已经超过5000万。最近，我每天做做饭，平时就见见访客。有时候出国，我会做一些教育性的讲座，做电视节目、出版物及社会教育，并向社会开放。每个月中有一两天作为社会开放见面日。有一次，下午 5 点多有人提着东西要我鉴定，我说不行。因为鉴定是一个很严谨的过程，我们现在鉴定有多角度的摄像，就跟医生看病一样。有些人承受能力弱，首先得叫 120 在旁边准备着，不然有人心理承受不了，就虚脱了。这样的事情我碰到过很多次，记得有一次逛市场，有个女的拉着我，让我看一眼她拿的东西。我说这个东西是新的，还没说完就挨了她丈夫一耳光。所以我不在公共场合随意鉴定。不是我不去看，而是我们很强调社会教育和社会公益。

我做博物馆 20 年了，唯一的希望就是博物馆能够永久生存，不因个人变故而变故。我想把它完整地捐给这个社会，年迈的时候自己到门口买一张票，那该是多么有意思的一件事情。我希望捐献后，博物馆能比我现在办得更好，我的事就算做成了，我的心愿就算达到了。2000 年以后，全世界的博物馆都有了一种新的姿态。许多世界级的博物馆都在改造。比如，20 世纪 80 年代贝聿铭，在法国罗浮宫前面建造了一个玻璃的金字塔，大英博物馆内院的路边，现在也被玻璃罩住。现在很多博物馆都不希望陈列电子物品，很多博物馆开始回归到初始的状态。这对于我们国家来说，就是一个前所未有的机会。现在博物馆的增长速度非常快，我做博物馆的时候，全国有 1000 多家博物馆，现在有 5000 多家。20% 左右是民办的。人均比例要达到美国的标准，我们大概还要做两万个博物馆。尽管现在有很多地方政府说我们要做博物馆一条街。有个朋友误打误撞买了张名画，就想做博物馆。我说可以，就叫"一张画博物馆"。我希望未来的观复博物馆能够以品牌的方式运营。

现在全国各地的人都会到观复博物馆来参观，我也喜欢跟他们聊聊天。现在观复博物馆不停地注入资金开发商品，发挥每个商品的品牌价值，反哺博物馆。如果我们未来社会是安定的，文化的需求肯定会变为刚性需求，我们对物质的需求也将越来越淡。比如吃、穿，已经变得不那么重要。我们的国家能够强大，依赖的就是我们灿烂的文明。

李辉：马先生的讲座是我们这五讲以来最生动、最幽默的一次，包含了很多的文化信息，比如考古收藏、文物密码、教育、阅读、中国古代文化等，非常有意思，我们再次感谢马未都先生精彩的演讲。观复博物馆的微信公众号，有兴趣的师生可以关注。

【互动环节】

提问者1：老师您好，我在视频和音频平台上关注您很久了。我记得童年种地的时候，挖过很多碎片，当时就在揣测一个问题：如何能具备辨别文物的知识？

还有一个问题，我们前一阵子，开展了第一届水陆画文化论坛。有关水陆画这一块，张掖民乐县有一个博物馆，老百姓如何在馆内做文物的甄别？

马未都：第一个问题是说你挖到了瓷片应该怎么办。我们通过一个瓷片基本能知道大概，这个对于专业人士来说不是很难的事情。中国商代的原始青瓷，脉络清晰，从无间断。到了宋代顶峰时期重现了8大窑系，其中南方4个、北方4个。这些窑系，每个都有自身的特点。如果你想知道它的所有信息，建议去读专业的书，当你读了足够多的专业书的时候，随便拿来一个东西，你就能做出一个基本的、趋于真实的判断、鉴定。

第二个问题你说水陆画。水陆画就是过去挂在庙堂里的东西，带有宗教色彩或神话色彩，这种水陆画大部分是人像的。我们中国的绘画，在艺术表达形式上有一个很大的特征，就是它不大愿意画跟社会、政治、民生有关的内容，不愿意承担社会责任。所以《清明上河图》《韩熙载夜宴图》就成为国宝级的了。所有的大诗人都写过安史之乱，却没有一个画家画过。如果今天能够有一个画安史之乱的画，必定会是国之重宝。

和社会生活发生直接关系的是唐诗。诗人以他的笔触，留下了流传千古的诗篇，不可不读。宋词开始回避。汉赋来了，《诗经》的形式就死了；六朝骈文来了，汉赋就退居二线了；唐诗出现了，所有前面的文学形式都变成了一个文物。为什么宋词可以替代唐诗？因为唐诗不写情节，宋词开始写情节了。元曲直接就写故事了，明清小说就跟着出现了。汉赋、骈文、唐诗、宋词、元曲、明清小说，一路就下来了，所以，你就必须读唐诗。唐诗读上100遍、1000遍，还可以看，而且每次看都不一样。

水陆画是我们非常独特的绘画表现形式，不是专业人士，不一定能理解，它就是一种狭隘的意识表达。比如他在庙堂里画一些跟佛教有关的人物或者跟祖宗有关的人物，这种很狭隘的表达作为一种研究的载体，就非常有用了。有些东西是带有人名的，就无法形成中国画的主流。中国画的主流一定是"花前月下"，所以中国画家特别多，老干部一退休就去学画，自娱自乐。

提问者2：马老师，关于盗版侵权这件事，我想问问，你是怎样看待知识产权的？

马未都：我们简单地说，中国知识产权的意识比较弱。1640年左右，英国颁布了世界上第一部专利法，就是制定的东西不能抄，中国人最不适应这个。李约瑟这个研究中国科技史的专家、世界级的专家，有一道难题向全世界发问："尽管中国古代对人类科技发展做出了很多重要贡献，但为什么科学和工业革命没有在近代的中国发生？"它叫"李约瑟难题"。没有任何人能回答这个问题。后来，我说我回答这个问题，就是中国人不重视知识产权。中国人认为这个法律很小气，别人发明个东西凭什么大家不能共享，非要赚钱？英国资源匮乏，就是利用这样一部法律成为"日不落帝国"的。发达国家中，最后一个颁布专利法的是日本，日本在100多年前就颁布了专利法。我们的专利法到今年才颁布30年，也没有很好地实施。中国人如果有一天能够向世界发达国家那样注重专利，能够把专利当作人特有的创造与发明，我们国家就会更加强大。

提问者3：我有两个问题。第一个问题：您如何看待西方文化对我国传统文化的冲击？第二个问题：您对我们当代大学生有什么寄语？

马未都：西方文化对我们的冲击不重要，我们历史上也冲击过别人。比如，我们曾经在文化上输出。20世纪整个欧洲都刮中国风，你如果到欧洲凡尔赛宫，去枫丹白露宫，就能在墙上看到中国纹样的壁纸。你去瑞士的街头，就能找到一个有中国元素的亭子。文化侵略是全球性的，关键是你的经济是否强大，强大就能够抵御这种文化侵略。但是有一点不可否认，中国文化有极大的包容性和交融性。

第二个问题是对大学生的寄语。有一回我到一个非常有名的小学，那个小学校长说，我们有个小记者代表团，希望采访你，你能不能屈尊？这小学生代表团第一个问题这么问的："请问马老师，您是怎么走上文学之路的？"我说："我是用脚走上的。"那孩子当着我的面就哭了，认为我戏弄他。我是让他感受语言的错位，他用一个非成年人的语言向成年人发问，我只好用儿童的语言向他回答，就这么简单。所以你是什么年龄段，就问你切身的问题，而且要具体。你说我有什么寄语，我给你说的八字方针有用吗？我在优酷上有个节目叫《观复嘟嘟》，曾经讲过我人生有八个信条，第一叫自信，自信怎么来的？一定是你学来的，你腹中空空就没法自信，只要有知识，什么时候都可以自信。第二是坚强，每个人肯定在人生中都会遇到各种艰难困苦，不要认为你遇到的那个麻烦就是世界上天大的麻烦,比这麻烦的事很多,每个人遇到这种情况内心一定要坚强。坚强就是平时的一个磨砺,你不要认为我一生一帆风顺,我遇到过各种各样的麻烦。第三是认真,做事一定要认真,这是你做事的一个前提。所有的细节以及你的这种认真精神决定你的未来。第四是宽容,认真是对自己的要求,宽容是对这个社会的要求。社会是为所有人设计的,不是为你一个人设计的,你个人不适是很正常的,我今天依然有很多不适的地方,有的问题也解决不了。自信、坚强、认真、宽容就算我对你们的寄语了。谢谢大家!

提问者4:马老师您好,我对青铜器很感兴趣,有个酒器上面的边牙有两个耳朵和两个小酌,那个是做什么用的?还有一个您说的"斝",就是上面两个口,中间一个秃宝盖,下面一个斗,是这个对吗?酒器有很多种,在青铜器里边酒器太多,罍、斝、爵、杯、樽,上面的装饰有什么作用?

马未都:我不是青铜器专家,所有的问题不能准确回答你。每个人的知识是非常有限的。青铜器中有礼器、酒器、石器等各种分类,我们现在的人有时候很难去理解这个事。因为古代的酒都是酿造的,有证据证明明代的时候肯定有蒸馏酒,就是高度白酒。元代应该就有了。因为高度白酒一定是蒙古人给我们带进来的,古代小说中描写的喝酒基本上都是米酒,"十八碗不过冈",那都是米酒。商周时期的酒酒精度就更低,所以有肉林酒池,那个酒随便喝。至于酒器装饰,如果没有实用的功能,那不用问,肯定是装饰。

提问者5:酿造酒跟蒸馏酒是两种酒吗?

马未都:酿造酒跟蒸馏酒是两种酒,我们今天不能陷入具体的事情中,我们的酒文化历史虽然非常长，但是它有一个确切的界限。就是爵杯的爵，在这个汉字中写阕，那个东西现在可以视为装饰。它跟你喝酒没有关系，没有功能就是装饰，我们对古代的没有确切文献的物件的含义，基本上都是揣摩，或者用旁证的方法去求证它。

提问者6：您从事了10年的文学编辑，先是一个文学青年，后来又走向了博物馆之路。我想知道，文学或史学对您的人生有什么影响？如果把文学和史学用一个更确切的物象来比喻的话，您把它比喻成什么？

马未都：把所有的学科强行排序，它会呈金字塔状。最底下这一层，往往是你们想不到的。科学是垫底的，不论什么深奥的科学它一定是垫底的。

上面一层是文学，文学可以培养我们的情感，让我们有别于走兽。跟文学在一个层面上的还有史学，文学上面有美学，美学上面有哲学，哲学上面有玄学。上面这一层学问可以解释下面这一层学问，我们用哲学解释美学，用美学解释文学，这就很容易解释。但反过来你很难解释，我们能用物理、化学的语言告诉你文学是怎么回事，美学是怎么回事吗？但是我们可以用美学的语言来证明《红楼梦》为什么写得很精彩。这就是学问的一个构成。

【结束语】

李辉：谢谢马先生的精彩回答，让我们再次领略了马先生知识的渊博和演说的精彩。

（本文字稿是根据录音整理而成，有删节和改动，由贾植芳研究中心傅彤老师整理）

第六讲

国际关系与国家安全

【主讲人简介】

熊光楷，中国人民解放军原副总参谋长，上将，教授。1939年生于上海，1956年参加中国人民解放军。历任参谋，副武官，总参情报部副局长、副部长、部长，中国人民解放军总参谋长助理、副总参谋长等职。国防大学、国家行政学院、北京大学国际关系学院、清华大学、上海交通大学、中山大学等院校兼职教授，中国人民解放军国际关系学院博士生导师，上海交通大学国际与公共事务学院名誉院长。

曾出版专著《国际战略与新军事变革》《国际形势与安全战略》《国际关系与国家安全》，散文集《藏书·记事·忆人》《藏书·记事·忆人：印章专辑》《藏书·记事·忆人：书画专辑》《藏书·记事·忆人：签名封专辑》《藏书·记事·忆人：节目单专辑》等。

刘仁义院长为熊光楷先生颁发河西学院特邀教授聘书

【主持人的话】

李辉：各位老师、各位同学，大家晚上好！今天是贾植芳讲堂第六讲，我们很荣幸地邀请到熊光楷上将做关于国际关系与国家安全的一个讲座。

我们知道熊将军是将军，是军人，但其实他还是一个文化人。我跟他认识也是因为文化的缘分，他是上海市延安中学和解放军外语学院毕业的，精通多国语言。他最喜欢藏书，还喜欢写书。最近10年，他做了一个很大的项目，就是写了一系列的"藏书·记事·忆人"。他收藏了很多国内外政治家、元首的签名本，还喜欢收藏戏单、明信片，甚至名片，他都要让你在后面签个名留下，所以他是一个很有文化情怀、很有意思的军人。也就是因为这个原因，我才能跟一个将军有了联系。不然的话，我作为一个记者，一个做文化的，怎么可能跟部队有联系呢？主要是文化的缘分，他的一种文化情怀让我们很感动，从他那里我们可以感受到军人的另外一面，就是儒将的一面。所以，今天我们非常荣幸地邀请他来到河西学院做讲座。他的行程很紧，来到张掖，就是为了跟我们河西学院的老师、同学见个面，做个交流。现在，让我们以热烈的掌声欢迎熊光楷上将。

【演讲正文】

我听说各位老师在这儿都是站着开讲，虽然我78岁了，但也不能例外，所以我也站着讲。

我从军60年了，一直在行伍里生活。在大学里讲课，虽然次数也不少，但是面对这么多学生，次数不是很多。最近一次是给中央财经大学2000多名军训的学生讲课，但那次不是在这么灯火辉煌的礼堂里讲，而是在一个广场上讲。所以在你们这里讲课，我感到特别兴奋，特别高兴，谢谢大家！

我是一个军人，但在骨子里头，我实际上是一个学者。一个美国人很早就发现这点，他是美国著名记者、《美国新闻与世界报道》主编朱可曼。朱可曼送给我一本美国原国务卿鲍威尔的自传《我的美国之路》。在扉页上，朱可曼写道："这本书来自一个将军，他的心灵深处是一个政治家；送给一个将军，他的心灵深处是一个教授。"从这个角度说，我今天是能够理直气壮在这里给大家上课的。

我是一个教授，我们家是一个教授世家。我的外祖父是清华学堂的国文老师，我的祖父是上海商学院的兼职教授，我的父亲是上海交通大学的教授，我的哥哥是清华大学的教授，我现在也是北京大学、清华大学包括国防大学等院校的兼职教授。

今天，我来到这里，是要尽我的责任。因为我是一个老兵、老共产党员，我有责任把自己经历的事、学到的知识给后来的人讲一讲，希望他们能够推陈出新，

熊光楷

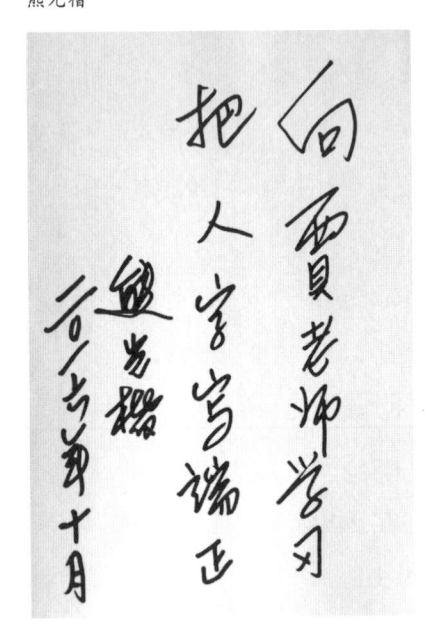

熊光楷题词

创造更加灿烂辉煌的未来，为祖国、为人民也为自己的家庭、为自己创造更美好的未来。这是我作为一个快 80 岁的人的心灵深处的想法。另外，我也是一个懂得感恩之人。我之所以能够站在讲台上跟大家谈论文化，是因为我和文化人的关系比较密切，而这离不开李辉同志的帮忙。是《人民日报》把我介绍给了全国的广大读者，李辉刚才说，我曾经写过几本"藏书·记事·忆人"的书，我一共写了 5 本，而这 5 本书在《人民日报》上都有介绍。最近一次是在 2014 年 11 月 16 日，大家可以查一下那天的《人民日报》，文艺版将近 1/5 的版面，刊登了我的《藏书·记事·忆人：节目单专辑》的序言。我原来的题目很直白，就是《我的文化之旅》，和鲍威尔的《我的美国之路》有点像。李辉先生和他们《人民日报》编辑部里有高手，比我的文采好多了，他们把我的文章标题改成什么呢？今天，这里有文学院的老师和同学，请你们想想。《我的文化之旅》在《人民日报》发表时，文章的内容没改，但标题改成了《单薄中的厚重》。一张节目单是很单薄的，但是蕴藏着得真善美的艺术价值，是很厚重的。把单薄和厚重对应在一起，形式上是单薄的，内容上是厚重的，是不是很有哲理？所以说李辉先生和《人民日报》文艺版的编辑部里有高手。特别是李辉先生，他是贾植芳先生忠实的学生，开设了贾植芳讲堂。我今天来到贾植芳讲堂，就是怀着这一份感恩之情。我不是把感谢挂在嘴边上讲，而是采取实际行动，就是讲课。

今天，我原本拟定的讲课主题是"国际关系与国家安全"，那是我的本行，计划讲一个半小时。但李辉先生是文艺人才，思维非常活跃，他突然间提出来：你是不是花 2/3 的时间讲你的正题，谈谈国际关系与国家安全，再花半个小时，讲讲你的藏书的体会？所以，今天，我就用一个小时讲正题"国际关系与国家安全"，算是严肃音乐；然后再用半个小时来讲我的收藏故事，算是通俗音乐。

先讲正题，主要讲三个部分：第一部分是国际关系的大调整，第二部分是国家安全观的大拓展，第三部分是军队建设的大改革。归结为"三大"：大调整、大拓展、大改革。

　　首先讲国际关系的大调整。这里我主要讲两个问题：第一是国际形势大变动，第二是国际关系大调整。

　　国际形势大变动。一个标志性的历史事件，1991年12月25日，苏联红旗从克里姆林宫撤下来，苏联不存在了，世界上原先存在的二战后苏联和美国、"华约"和"北约"两极政治格局结束了。在这之后，世界到底该向哪个方向变化呢？我们和美国的看法不一样。美国想独霸天下，苏联过去也想这么搞，想把世界变成单极世界。我们的看法，世界是向多极化方向发展的，从邓小平开始就是这么看的，最近习主席也是这么讲的。2015年12月16日，习主席在浙江省桐乡市乌镇召开的第二届世界互联网大会上讲话时，就说到世界多极化、经济全球化、文化多样化、社会信息化，把多极化放在第一位。所以，国际形势大变动的方向是世界多极化。现在的世界不是美国一个国家所统治的，不是美国一个国家说了算的，尽管如此，我们也不要狂妄自大，中美关系非常复杂，但绝不是中美共管世界。同样地，虽然G20（二十国集团）能在国际事务中发挥很大作用，对世界发展有重要影响，但世界也并不仅是G20。所以总的说来，世界是朝着多极化方向发展的。

　　国际关系大调整。第二次世界大战结束以后，我们建立中华人民共和国。毛主席和周总理在主持外交工作时，提出国际关系应该朝着和平共处的方向发展。但那时，人们还都担心世界大战会再次爆发。经过将近半个世纪的变化，冷战期间的两极格局结束了，世界上能与美国抗衡的国家之一苏联已经垮掉了，"华约"也没有了，只剩下美国一家，所以世界大战在很长时间内打不起来了。所以，在和平共处的基础上，邓小平强调和平发展，提倡世界的主题是和平与发展，再到江泽民、胡锦涛和我们现在党中央总书记习近平，提出了"和平发展、合作共赢"。

　　归结起来，为了防止战争，我们要强调和平共处；世界大战打不起来，但小的战争和冲突还是不断，就更需要和平发展这样的主题；现在不但要强调世界和平发展，而且要提出国家间更加积极地合作共赢。习近平主席就明确提到，世界的潮流是"和平共处、合作共赢"这八个字。请大家记住，中央没有说世界主题改变了，这是很明确的，世界主题仍然是和平发展，关键是怎样顺应世界潮流。实际上是要摈弃冷战思维和零和博弈。什么叫零和博弈？就是，如果有两个对手的话，那么只能一个是正一个是负，两个加起来等于零，又叫作零和游戏。现在我们强调"WIN-WIN"，就是在强调共赢，参与这个游戏的两个或多个成员，加起来的结果不应该是零，不应该有赢有输、非此即彼，而应该尽可能都是赢家。我们现在又有新的发展，不仅提出共赢、双赢，还进一步提出多赢。这是国际关系的一个重大调整。在国际关系中，在全球化面前，为了提倡和平发展、合作共赢，习主席又强调了人类命运共同体，要建设人类命运共同体，因为我们是一条船上的人，是一个村子里的人，我们想珍惜，要共存，要同舟共济。这是因为世界还没有天下大同，我们还有很多问题没有解决，还有很多矛盾，我们要朝着合作共赢的方向去努力，朝着人类命运共同体的方向去努力。

请大家记住，我讲的第一个问题国际形势大变动，就是要加速世界多极化发展；国际关系大调整，就是我们主张和推进的和平、发展、合作、共赢，以此为核心构建新型的国际合作关系。我们要跟美国营造不冲突，不对抗，相互尊重，合作共赢的新型大国关系。我们曾经一度和美国发展建设性的伙伴关系，但现在我们不提伙伴关系，提出不冲突，不对抗，相互尊重，合作共赢。中美之间有分歧，但可以合作共赢。我们跟其他许多国家建立了合作伙伴关系，包括战略合作伙伴关系。但请大家记住，我们讲的伙伴关系、战略伙伴关系包括全面的战略伙伴关系，绝对不是结盟。我们是不结盟的国家，结伴不结盟。

第二个问题讲国家安全观的大拓展。

国家安全观的发展，应当从第一代国家领导人毛泽东同志讲起。中华人民共和国成立初期，中国主要面临的是生存问题，还不是发展问题。生存首先遇到的是国防安全问题。抗美援朝的胜利，维护了亚洲和世界和平，大大提高了中华人民共和国的国际威望，巩固了中华人民共和国政权。改革开放以后，邓小平看到不仅是武装侵略、武装暴动可以影响国家安全，颜色革命也可以改变一个国家的政权，特别是东欧剧变、苏联解体更是对中国的警示。所以邓小平同志就提出要把国家的主权、国家的安全始终放在第一位。从那以后，国家安全不再只是国防安全的概念，邓小平同志提出了更大的国家安全的概念。可以说，我们党最早提出国家安全概念的是邓小平同志。从邓小平同志开始，江泽民同志、胡锦涛同志一直到现在的习近平同志，都在使用国家安全的概念，而且在不断扩大国家安全的内涵。江泽民同志曾经把国家安全的概念概括为至少六点：政治安全，经济安全，国防安全，信息安全，金融安全，粮食、石油等国家战略物资安全。胡锦涛同志概括为五个方面：政治安全、经济安全、文化安全、信息安全、国防安全。

习近平同志进一步扩展了国家安全的内涵和外延，明确提出了总体国家安全观。习近平同志讲，总体国家安全观的内涵和外延在时空领域比历史上任何一个时候都要宽广，对外因素比历史上任何一个时期都要复杂，必须坚持总体的国家安全观。总体国家安全包含政治安全、国土安全、军事安全、经济安全、文化安全、社会安全、科学安全、网络安全、生态安全、资源安全、核安全。

在国家安全问题上，习近平同志高度关注海洋、太空、网络空间的安全。我们国家的大陆安全意识比较强，但实际上海洋安全问题很多，如南海问题、东海钓鱼岛问题等，所以海洋安全问题是非常值得关注的重要问题。太空安全方面，美国宣布2030年要将宇航员送至火星轨道，我们也不甘落后，也要到太空空间站去。习主席还强调，我们要把握太空及网络空间的主动权。为什么呢？网络空间是跟计算机和因特网联系在一起的，由于这些技术都发源于美国，硬件、软件都是美国居于世界领先地位，所以我国网络安全防护很难做。现在我们中国的计算机发展很快。国防科技大学的"天河二号"曾经六次被评为全球超级计算机500

强中运算最快的，是第一名。2016年6月份，我们的"太湖之光"无锡的神威计算机成了世界上运算最快的计算机。最主要的是，"太湖之光"使用的芯片，我们有自主产权。过去我们大量使用英特尔芯片，但在"太湖之光"上我们用的是神威芯片。这样就可以比较好地维护网络空间安全了。

在这些安全问题中还有一个问题要跟大家讲，就是2001年的"911事件"，这是一个引起大家关注的问题。今年是"911事件"16周年。传统的安全观念中，安全问题就是战争与和平问题，就是打仗。20世纪曾经爆发过两次世界战争，那是一个战争与革命的时代，不是战争引起革命就是革命引起战争，这是当时的名言。两次世界大战中，出现了两次重大的革命，一次是苏联的十月社会主义革命，一次是建立中华人民共和国的革命。在这之后大战虽然没有打起来，但是小战没有中断过。整个冷战时期，每年新发生的局部战争和武装冲突，大概有四到五起。1991年12月25日两极格局结束以后，世界是怎样的呢？大战看起来很长时间是打不起来了，但是小战和局部冲突有增无减，每年新发生的局部战争和武装冲突大概八到十次，比过去冷战期间翻了一番，所以天下并不太平。尤其是从1991年的海湾战争，到后来1999年的科索沃战争，2003年的伊拉克战争，一直到现在的叙利亚战争等一系列战争，这些战争的技术含量很高，是现代条件下高技术信息化的战争。这些战争使战争形态有了很大的演变。这些战争提醒我们不要忘记传统安全威胁仍然存在。

总之，我们国家安全的拓展，要从单一突出国防安全扩展到包括政治安全在内的国家安全层面，一直到现在习主席提出的总体国家安全观，既要关注传统的也要关注非传统的国家安全问题，同时对海洋、太空、网络空间安全问题要特别加以关注。

第三个问题讲军队建设的大改革。

在2015年9月3日中国人民抗日战争胜利纪念日的阅兵仪式上，习近平主席宣布我军要裁军30万，这意味着我们军队深化改革的序幕拉开了。这次改革绝对不是简单的减人，或者说不能把它理解为减少我们的国防力量。相反地，我们要通过精兵之路把国防力量进一步增强，以适应世界新军事变革的步伐，适应我们强国就要强军的梦想的实现，适应我们国家2020年要全面建成小康社会的目标中包含的要有确保安全的军队的支撑的内容，以及到中华人民共和国成立100周年的时候实现军队现代化的建设、拥有一支世界一流军队的目标。强军改革，最主要的是要理解并抓住习主席提出的三句话，即听党指挥、能打胜仗、作风优良。听党指挥是强军之魂，能打胜仗是强军之要，作风优良是强军之基。要坚持走中国特色的强军之路，就要按照上述三位一体的要求来全面加强部队的建设。

军事技术发展会带来战争形态的演变。现在人类经历过的战争形态，第一个阶段是冷兵器阶段，第二个阶段是热兵器阶段，第三个阶段是机械化战争形态。第二次世界大战就是典型的机械化战争形态。现在我们正在经历的和我们军队要适应的是信息化条件下的战争。当然我们讲的不是世界大战，而是信息化条件下的局部战争。这是我们可能要面临的。要建设能打这样战争的军队，我们要有很大的进步。比如说空军，过去主要是防御型的空军建设，现在提倡的是攻防结合。我们的飞机发展很快。我们完成了中国自己制造的歼-10战机，还有双发动机的歼-11战机，以及航空母舰上的歼-15战机。现在第三代、第四代战斗机的说法不一样，有的文章把我刚才提到的先进战机说成是第四代，现在要发展的是第五代。第五代主要是隐身的战机，美国有F-22，美国的F-35也是隐身的。在这个问题上，我们要看到我们的差距。外电宣传说中国在发展歼-20隐身战机怎么怎么的，但美国的隐身战机F-22已经使用好多年了。F-22有很多缺点，美国现在主要发展F-35来代替，美国有空军使用的F-35A，也有海军使用的F-35B，还有海军陆战队使用的F-35C。F-35这种战机的最大优点是隐身。而我们现在使用的战机以及俄罗斯的战机苏29、苏27等都不是隐身的飞机。所以我们要看到，我们的战机与世界最强国家的战机还有明显的差距。要打赢信息化条件下的局部战争，还需要做很大的努力。怎么努力？就是要减少兵员，用有限的经费建设一支更加精锐的军队，同时在军队的结构上要做出重大的调整。

世界新军事变革的趋势大概有这么几点：第一点是武器精确化，1991年的海湾战争的一个重要特点就是武器精确制导；第二点是指挥要高度自动化，把指挥和情报用计算机、网络结合在一起；第三点是战争至少要在五维空间里进行，因此需要陆、海、空、天、电，天指的是太空，电指的是电磁，包括网络。告诉大家一个常识性的知识：100公里以下叫天空，100公里以上叫太空。将来作战，不光是在陆、海、空100公里以下，还必须同时在100公里以上，甚至几百公里、上千公里、上万公里的太空较量。我们的卫星就是要在太空上来帮助我们作战指挥，引导发现目标。有人说美国的卫星在阿富汗战争时期就能够把一个人的脸都看清楚，这是根本不可能的。我们雷达成像卫星的分辨率已经达到1米左右，可见光的分辨率可以达到0.5米，这虽然不是世界最先进的，但已经比较先进了，距离看清人脸还有很大距离。虽然如此，通过卫星，我们还是可以分辨出火车、飞机、舰艇，或者是大队人马的。

要适应世界新军事变革，我们必须在加强党的领导的同时，在编制结构上进行改革，在武器装备上进行提高，这是我们改革强军的重要内容。现在已经看得很清楚了，经过改革，我们的编制体制有了很大的变化。过去，我们实行的编制体制基本上是解放军在中央军委领导下总部管理的体制。过去，我属于四总部中的一个总部，就是总参谋部。我过去的称呼现在已经不存在了，叫中国人民解放军副总参谋长，我当时不是中国人民解放军总参谋部副总参谋长，而是解放军的副总参谋长。现在呢，我们要明确，军队不再有总部体制，而是军委机关各部门里有联合参谋部，有政治工作部，有后勤保障部，有武器装备部，有训练管理部等。现在，军委机关各部门就是军委的参谋机关、执行机关、服务机关。同时，过去我们实际上是大陆军体制，因为我们的七大军区司令员都是陆军的，他们主要管的是集团军，18个集团军。现在，军区体制不存在了，陆军像空军、海军一样，成立了陆军总部，同时成立了5个战区。那么军种和战区是什么关系呢？请大家记住三句话：军委管总，战区主战，军种主建。

至于此次军队改革的核心，我给大家解释一下，将来无论你们从事军事工作，或者从事地方工作，都有必要知道。请大家记住，中国人民解放军是军委领导的，刚刚讲到总部改变成军委的机关部门，讲到战区主战、军种主建，就是要突出军委管总，因为这也是我们国家的宪法规定的。1982年，邓小平还在的时候，由彭真同志组织全国人大修订的宪法被称为1982年宪法，其中讲到，中华人民共和国中央军事委员会领导全国武装力量。实际上，中华人民共和国中央军事委员会同时也是中国共产党中央军事委员会，二者是合二为一的关系。过去我们的宪法写的是领率全国武装力量，我理解，领率突出了打仗时领兵，而实际上，中央军委对全国武装力量，包括平时在政治思想上，在作风上，也包括在军事指挥上，各个方面都要管，所以改为领导是比较全面的。1982年宪法中，下面还有一句话，许多人都没有注意，"中央军事委员会实行主席负责制"。中央军委有主席和副主席，但并不是主席、副主席分工负责，而是副主席协助主席，因为军队是一个武装集团，军队要保持高度集中和党的绝对领导，军队实行中央军事委员会主席负责制，就是要求军队保持高度集中统一。强调主席负责制，就是强调军队要坚决服从习主席的统一指挥领导。例如，习主席检查过联合指挥部，联合指挥部的总指挥就是习主席。

这是我要讲的关于中国军队改革的情况，连同前面讲的国际关系和国家安全，这三大点归结起来就是：国际关系大调整，就是要在多极化加快的情况下，争取摒弃冷战思维，建立以和平发展、合作共赢为核心的新型国际关系；国家安全观大拓展，要从单一的国防安全拓展到总体国家安全观，尤其要注意海洋安全、太空安全和网络空间安全；在军队建设大改革方面，要记住习主席的三句话，就是听党指挥、能打胜仗、作风优良。尤其要体现军队是一个执行政治任务的武装集团，要在中央军事委员会主席负责制的领导下，成为一支能打赢现代技术特别是信息化条件下局部战争的世界一流军队。这一点，我们军队的同志要努力，也需要全国人民的支持，把它作为强国梦的一部分，即强军梦，在实现强国梦的同时，实现我们的强军梦！

【演讲续文：将军趣谈收藏】

接下来再讲一讲我的收藏故事。

2010年，我曾经被国内20多家媒体评为2009年影响中国收藏界十大人物之一。但是，我这个收藏呢，应称为异类收藏，和马未都的收藏不同。我的收藏没有什么"含金量"，我的收藏，里面有文化、艺术、人文的价值，但缺少经济价值。在2010年那天的颁奖会上，在北京的梅地亚中心，我讲到了我的收藏理念，我说，我的收藏没有什么市场价值，我专门收藏签名的书，大概有几千本，中国人的、外国人的、现代人的，也包括过去的名人，他们去世了签不上名，我就想办法盖上他们的印章。我不但藏书，还要看书、要用书，藏了半天不看不用，那就等于是一堆废纸，藏了书既看书又用书，才能发挥它的作用，这样才是书中自有黄金屋。这就是我的收藏理念。在那个颁奖会上，我的收藏理念打动了不少听众。

我有时候会说，我的收藏有可能是中国第一，也可能是世界第一，我的口气可能是比较大的，因为我的确收藏了一些珍贵的图书，创造了一些奇迹。

中华人民共和国成立以来的5位领导人，毛泽东签名的书是拿不到了。虽然在1959年国庆十周年的庆典仪式上我见过毛主席，那时候，我是一个翻译，陪同一位巴基斯坦的将军，参加了大会堂的宴会和阅兵活动，但当时根本没有收藏签名书的意识，即使有这种意识当时要得到毛主席的签字或盖章也不可能。但在开始收藏之后，我就成了有心人。有一次，在湖南韶山参观毛泽东纪念馆的时候，我发现纪念馆柜子里放着毛主席的印章，而且确实是毛主席用过的，因为上面沾着印泥。当时陪同我们的是湖南省的省长杨正午。我就让秘书赶紧买了一本《毛泽东选集》，跟杨正午同志讲，我有这么个爱好，能不能请他跟纪念馆的同志讲一讲，让他们打开玻璃柜擦灰的时候，给我盖个章。我的身份是副总参谋长，他知道我不会滥用这些印章的，于是就真的请馆长这样办了。一个多礼拜后，我就收到了纪念馆送来的盖好印章的《毛泽东选集》，而且附了一张说明，馆长签了名。但现在，这个印章已经盖不成了。后来，我和夫人又去韶山毛泽东纪念馆，专门把盖在我的书上的毛泽东印章的边款、印面、材质、尺寸等要素记录下来，因为在此之前没有那么细心。我看到，这个印章已经用玻璃胶封在玻璃展柜里了，成了韶山毛泽东纪念馆的镇馆之宝。你们以后有机会，也可以去参观，但即使有再大的本事，恐怕也不能盖章了。

说了毛泽东同志盖章的书，话又说回来，其实最早激发我收藏签名盖章书的却是邓小平同志的《邓小平文选》（第三卷）。那是1993年，在邓小平90岁生日之际，我得到了一本签名的《邓小平文选》（第三卷）。因为我在过去的工作中为邓小平同志提供过服务，所以才有幸得到这本签名书。那签名真是字如其人，刚劲有力又绵里藏针，体现了原则性与灵活性的结合。

在江泽民同志担任总书记的时候，我先后担任总参谋长助理、副总参谋长，有很多机会见到江泽民，请他签名就比较方便。记得江泽民担任国家领导人后出的第一本书是《江泽民论社会主义精神文明建设》。当时他在北戴河，我就请他签了名，而且，我还问了当时在他身边工作的同志，知道还没有人找江泽民签名，因此，我就自认为这是江泽民签名的第一本书。

胡锦涛同志担任总书记后出版的第一本单行本是《胡锦涛同志在"三个代表"重要思想理论研讨会上的讲话学习读本》。刚出版的时候，正好我们在召开武官会议，我曾经在部队里分管武官工作。当时，胡锦涛要在怀仁堂会见全体与会代表，我提前到场，等到我把胡锦涛引进会场坐下之后，我就拿出单行本说，锦涛同志，请您签个字。他签了之后，我又问跟随胡锦涛的参谋人员是否有人找他签过字，他们都说没有，所以我又可能是第一个。

那么，我收藏的习近平同志的签名书是怎么得到的呢？2007年，我在上海交通大学讲课，当时他刚从浙江调到上海担任市委书记，高级干部们对此都非常拥护，知道他当了上海市委书记，将来就要到中央工作。这样，2007年，借着他请我们这些讲书的人吃饭的时候，我就找到了一本他在浙江工作时出版的《之江心语》，然后设法得到了他的签名。现在再想得到习近平的签名书肯定不是很方便了。但在当时，吃饭的时候顺便签个字，就比较自然方便。所以我在2007年就得到了习近平同志的签名书。

2009年，中华人民共和国成立60周年之际，我准备搞一个签名书展览，想到了1949年中华人民共和国成立时的"五大书记"毛泽东、朱德、刘少奇、周恩来、任弼时。当时，毛、朱、刘、周的签名书我都有了，唯独缺少任弼时的。我不甘心，就想方设法找任弼时的孩子，问他们有没有任弼时的图章，我想买本书请他们盖个章。他们都说没有，都交给中国人民革命军事博物馆了。要到那里盖章，就不容易了，要按手续来办，要经过批准。我脑子一转，又找到任弼时的孩子们说，你们作为任弼时的子女，你们想办法申请，一定容易一些。他们果真去申请了，中国人民革命军事博物馆的人就上报了这个情况并且得到了批准，同意给任弼时的孩子们在《任弼时文集》上盖章。这样，我通过任弼时同志的孩子也就得到了盖章的《任弼时文集》，这样中华人民共和国成立时中央"五大书记"的盖章书我就都有了。

刚才讲的是我收藏中国领导人签名盖章书的故事，我还收藏了许多外国领导人的签名书。由于工作原因，我在这方面比较有优势，我自称世界第一，也主要体现在这些方面。比如说，俄罗斯，从叶利钦总统到普京总统的签名书我都有；

美国，从打开中美关系大门的第一个总统尼克松到奥巴马八位美国总统的签名书我都有。

另外，我还有许多名人的签名书。比如，莫言得了诺贝尔文学奖，其实得奖之前我就得到了他的签名书。我跟他很熟，他原来是个军人，是从军队转业的。莫言获奖后，在国际上的地位很高。在国内，不能忘记的还有德高望重的王蒙同志。王蒙在80多岁的时候还得了茅盾文学奖，我也请他在获奖作品上签了名。还有不久前获得了"国际安徒生奖"的曹文轩，我也请他在他的书上签了名。科学家方面，很多院士的签名书我都有，包括钱学森的。我是怎么得到钱学森的签名书的呢？我知道，钱学森同志因骨质疏松长期躺在家里的床上，我不能随便麻烦人家。我曾经有一本他的盖章书，因为当时他还健在，我就想办法搞到他的签名书。我认识当时的一位院士，是北京301医院的医生，负责给钱老看病。我就找到这位院士，问她能不能在给钱老看病的时候，请钱老签一本书，我用自己的盖章书和她换，她答应了。这就是我收藏的钱学森签名书的经历。后来，钱老去世后，我还到他的家里吊唁。

我收藏霍金签名书的经历也很有趣。我们知道，霍金是不能写字的，因为他是一个肌肉已经僵硬的人。霍金两次到中国来讲课，我都参加了，我的一个目的，就是要得到他签名的书。你们知道他怎么签名吗？最后我得到的是一本印着他的手指印的《时间简史》。可见，外国人跟中国人一样，可以用手印作为身份的证明。这和印章是一个道理。印章是刻在石头上的，如果用高分辨率的放大镜把印章放大的话，每一个印章的刻痕都不一样，所以印章很难伪造。手印上的指纹就更不好伪造了。签名、印章、手印都不好伪造，都具有证明身份的功能，都同等有效。霍金留在我收藏的《时间简史》上的，就是他右手大拇指的指印。

虽然我的收藏那么丰富，但在李辉先生面前，还有所不如。为什么呢？他最近出了一本书《藏与跋》。看了他的书，我发现，我收藏的几千册签名书，很多上面只有签名，要是当时请作者再写一两句话就好了，一两句话也许就是书的灵魂啊，可惜很多这样的机会都丢掉了。在这一点上，李辉先生就做到了。受到李辉的启发，我开始改进我的收藏活动。最近若干年，我不仅收藏签名书，遇到机会还让人家题跋。而且我不仅收藏书，还收藏各种各样其他的签名东西，包括名片、节目单等。像今天，我应李辉先生的邀请来这儿讲课，我就请他题句了。他是这么写的："文章真处性情在。"对于我而言，书面的文章也好，口头的讲话也好，讲到尽兴处，都能暴露我的真实性情，你们可以看到，我是属于情感很丰富的人，一讲起话来，血压都可能升高了。李辉先生题写的第二句："谈笑深时风雨来。"我今天和你们谈笑，应该说谈得比较开，讲得比较深，有句话叫谈笑风生，实际上，谈笑之中蕴藏着时代的风雨。希望你们能体会李辉先生的这个题词，它是很有寓意的。

我常说，要读书，要用书，通过读书、用书扩展眼界。今天我在这里只是讲了个开头，关于读书、用书的故事还有很多很多。不久前，我和夫人寿瑞莉去了我们的母校上海市延安中学。当年，我们是高中同学，我们一起考北京大学，她考取了化学系，我考数学系应该说也合格了，但是解放军要培养外交官，所以提前把我送到中国人民解放军外国语学院读书去了。今年是我们毕业60年，我们想纪念一下，同时也为我们的藏书找一个归宿，所以，我们就给我们的母校捐赠了1000多本带有作者签名的书，在学校的图书馆里立了一个专柜。我的秘书张钊还在上海《解放日报》发表了一篇文章，题目是《一位上将，一个甲子和一千本书》。今天，来到河西学院，我没有那么多书可以送给你们，只带来两本我自己出的书，我签了名，希望赠送给你们的图书馆，你们如果有兴趣，可以借来阅读，增加对我的了解。谢谢大家！

【结束语】

李辉：这是一个非常有意义的夜晚。我们听了太空、大地、网络，这些都是非常宏大的话题。熊将军的这个讲座，是第一个主题和文化不直接有关的。他讲到的政治、军事、国家安全等问题，开阔了我们的视野。这些内容，我们未必知道，但我们需要了解，了解国际形势的变化趋势，包括高科技军事等。相信我们学校的很多学生也是军事迷吧。他在讲国际形势的时候没有放开，因为这些都是严肃的话题，后面讲到收藏，讲到文化，就越来越放开了。让我们为他的精彩演讲表示感谢！

（本文字稿是根据录音整理而成，有删节和改动，由贾植芳研究中心朱建宏老师整理）

| 第七讲 |

我所经历的美国总统竞选

【主讲人简介】

曹景行,凤凰卫视言论部总监、《时事开讲》节目主持人,凤凰卫视新闻评论员。历任暨南大学客座教授,清华大学新闻与传播学院访问学者、客座教授,清华大学高级访问学者。曾任凤凰卫视资讯台副台长、《亚洲周刊》副总编辑、《明报》主编、中天新闻频道总编辑。著作有《香港十年》和《光圈中的凤凰》。

刘仁义院长为曹景行颁发河西学院特邀教授聘书

【主持人的话】

赵建国院长：老师们、同学们，欢迎大家来到贾植芳讲堂。经过短暂的停歇，贾植芳讲堂今天下午继续开讲。李辉老师不辞劳苦，在一个学期里面四次来到河西学院，邀请七位专家学者来为大家讲座，而且今天他还有点感冒，算是带病来到我们河西学院，邀请曹景行先生给大家做演讲。

曹先生是著名的媒体人，著名的时事评论家。前不久，也就是在2016年11月底，曹先生刚刚获得第四届"全国范敬宜新闻教育奖"。下面，我们隆重请出贾植芳讲堂特邀主持人、著名作家、《人民日报》高级编辑李辉先生，大家欢迎！

李辉：各位老师、同学，下午好！一个月前不到，我说："也许，2016年年底还会有一次讲堂。"果然，我们请来了很多人都熟悉的曹景行先生。11月上旬，我到上海去，与曹先生见面。他说："第二天要飞美国。要带上海外国语大学的21个学生，现场跟踪报道美国的总统竞选。"我说："那太好了！你能不能回来后，到我们河西学院讲一次呢？"曹先生当场说："我看看时间。"从美国回来后，他看时间正好，这几天能腾出三天时间，所以我们昨天过来，今天讲，明天离开。曹先生所在的凤凰卫视，大部分老师和同学应该都看过，因为他做媒体人很多年。

我想，曹先生跟我其实也挺有缘分。我们都是复旦的，他年龄比我长了9岁，是我老哥。但是很不幸，我是77级，他是78级，我是他学长。

有时候就是很巧。那么，曹先生和张掖的渊源，要讲这个内容，后面他会讲。我要说的是，曹先生一家是中国现代史上非常重要的一个家庭。他的父亲曹聚仁先生是非常有名的社会活动家、政治家、作家，也是媒体人，也是跟我一样，编副刊的。他上的是浙江省第一师范学校，是在五四运动前。他的老师是李叔同，就是我们现在大家都知道的弘一法师。

曹先生在20世纪30年代编上海《申报》的副刊《自由谈》时，就和鲁迅有了密切的交往。鲁迅的一些杂文，晚期杂文，发表在《自由谈》上。曹聚仁先生和鲁迅往来的44封信，都由曹景行先生和他的兄妹捐给了鲁迅博物馆。这是了不得的，这是精神财富。按经济财富来说也是了不得的。现在，鲁迅的八个字都卖到了一百万，大家可想而知。曹聚仁对中国文化做了很多很多的贡献。周作人晚年的回忆录的全部手稿，都寄给了曹聚仁先生，让他在香港找地方发表。1000页的手稿，由曹家完完整整、干干净净地捐给了北京的现代博物馆。大家想想，1000页！大家都知道，周作人的手稿现在也是了不得，这就不多说了。

曹聚仁在海峡两岸是个关键人物。20世纪50年代，50多次，由香港飞往北京，毛主席单请他，还有周恩来也多次请他。他专门负责两岸文化的沟通，是了不起

156 写好一个"人"字
贾植芳讲堂 2016 年演讲实录

曹景行

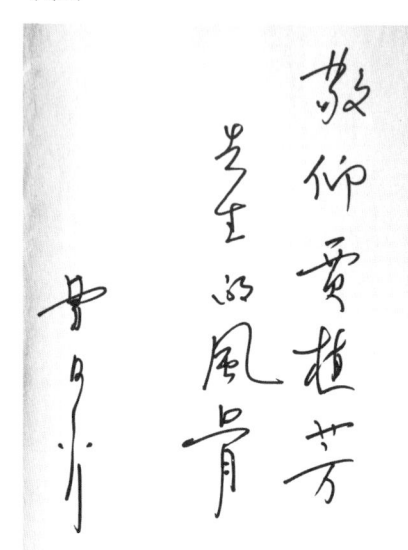

敬仰贾植芳先生的风骨

2016.12.18

曹景行题词

的人物。他自己创作的作品有几千万字，今天的图书馆有很多曹聚仁先生的书。所以，我们有幸请来曹景行先生，来讲他和张掖的一些缘分，还有他亲身经历的美国大选的过程。那么，曹先生通过他的采访和他对美国民众的了解，还有美国大选中发生的各种各样的问题，和大家一同认识特朗普，认识美国大选，这一定是非常精彩的。所以，我们现在以热烈的掌声欢迎曹景行先生来给大家做讲座。

讲座之前，还有我们例行的环节：

第一个环节，曹景行先生带来了他的著作和他父亲的著作。因为曹先生已经是快70岁的人了，不能带太多，所以带来几本薄一点的书，送给河西学院作为贾植芳讲堂的礼品。请刘校长代表河西学院接受！

第二个环节，请刘校长向曹景行先生颁发我们河西学院兼职教授的聘书。

我想，每一个来我们这里讲座的人，都是我们河西学院新的成员。有的人来过一次，而且很多来过的人都说还想来第二次、第三次，我说："太感激了！"那么，我们以后还想再次听到马未都先生、熊光楷先生、梁鸿女士、曹景行先生来我们贾植芳讲堂的讲座，我们再次欢迎。

下面，我们就把时间留给曹景行先生，听他的精彩演讲。

【演讲正文】

谢谢，谢谢大家！

很高兴能有这张聘书，这就意味着今后可能还会再来，能够跟大家继续交流。刚才讲到我父亲和我们的一些事当中，我再补充一点。《知堂回想录》，这是周作人晚年的回忆录。这本回忆录的手稿，当时知堂老人周作人先生是在北京用毛笔一个字一个字写的，大概写了1000页，然后带来出版。

一、周作人和《知堂回想录》

此书出版的过程非常复杂,因为是 20 世纪六七十年代,那样的一个特殊环境里面。出版以后,我父亲就跟当时的一个左派报纸合作了。我们在香港喜欢讲左派右派,左派就是《大公报》,还有一个报纸叫《新晚报》。《新晚报》的总编辑叫罗孚,也是一个非常重要的文化人。一起合作以后,我父亲就跟罗孚先生说:"你喜欢老人的东西,这本书的手稿你就来收藏吧。"这本书是 1970 年出的,我父亲是 1972 年去世的。书出了以后,这本书的手稿就转到罗孚先生手里。当时,我父亲还在信里说了一句话,说:"这是留给后人的,后人会很看重这份手稿的。"罗孚当时还有点悲观,说:"未必吧!"因为当时处于"文化大革命"那样一个特殊的环境。但是,形势变得很快,"文化大革命"结束以后,整个环境都变了。中国大陆改革开放了。在这个时候,罗孚的经历也是非常坎坷,他回到香港整理自己的东西的时候,拿出了这份 1000 页的手稿。这份手稿,一页不缺,非常认真地被保护了下来。当时罗孚已经 80 岁,拿到北京,捐赠给了中国现代文学馆,所以这是属于公共的财富。各位如果是研究周作人的,你可以到北京看这份手稿。这份手稿如果在市场上,可能拍卖几个亿。但是作为公共的财富,我想,我父亲,还有罗孚先生,他们的心愿就是希望能够保留下来给后人。出书为后人,保留这个稿子也为后人。所以,现在浙江大学可能明年就会把这个稿子出成文献本,很大很厚的,我想如果是图书馆有一本的话……就是看这些文字,你别去读它的字,就看他的稿子上的一个个非常工整的毛笔字,那都是一种享受。这是就刚才李辉堂主讲到的这个事,我做一些补充。

二、曹家人与张掖的关系

下面再讲一个,也是李辉先生刚才讲到的,我家和张掖的渊源。实际上,我们的地方相差很远，我是浙江人，浙江金华兰溪市的。大家知道义乌，很熟，义乌翻座山就是兰溪。原来兰溪的文化挺发达的，但是义乌的商品发达起来以后，兰溪就不怎么出名了。那我们家，我们那边的曹家的人怎么和张掖有关系呢？

我从小就知道张掖，比如说我在读小学、初中的时候就知道张掖。因为我们曹家，我有个堂哥，他们全家就是在张掖。当时，他要回浙江的老家，每次都要坐三天的火车先到上海。然后，就在我们家待一两天，再到老家。回去的时候，也到上海，再买一些副食品、日用品。当时上海的这些东西可能都是西北紧缺的。然后再坐三天火车过去。所以，我从小就知道张掖这个地方。

在当时的情况下，在我的心目当中，张掖到底是个什么样的地方呢？应该是比较远的，这么长的路，而且生活也不会好到哪儿去。而这次，是我第一次来张掖。我想我的堂哥他们一家都搬走了，我在这儿也没有什么联系的。但是今天早上，张掖市这边的图书馆馆长黄岳年先生就拿来了这本书，这本书是张掖当地的一位农民诗人王登瑞的书，叫作《王登瑞诗存》。看了以后，我很受触动。一个经历很坎坷的农民诗人，他去世的时候也就是我这个年龄，在张掖留下了这么多的诗和词，而他和我在张掖的堂哥，他们是好朋友。我堂哥的儿子，今天在深圳，我刚才还和他通了电话。他说，他当时中学毕业以后下乡，"文化大革命"时期，到了王登瑞那个大队，就跟着王登瑞学武术、学中医。王登瑞是个怎样的人，我到今天才知道，他经历很坎坷，我的堂哥他们经历也很坎坷。但是王先生直到去世还在这儿写他的诗，我的堂哥他们后来就回老家浙江去了。改革开放初期，有的去了深圳，然后在那边发展，有的还出国。所以，改革开放，对我们，比如说对我堂哥这一家是很大的一个影响。所以，刚才李辉先生说，在我们家身上，实际上我觉得在中国的每一家身上，都可以看出过去一百年，或者是中国近代史发展留下的印记。我家可能比较特殊一点，我自己的经历也比较复杂一点，但是每一个阶段的变化都是时代的变化所造成的。所以，我今天看了这本书以后，真的很受触动。上海离张掖这么远,但是就有这些关系把它们牵连起来。

王先生,我从来不认识他,但就是这样的关系把我和他联系起来。所以我们在座的每一个人,你们的每一个家,实际上就是一部中国近代史和当代史长河中的一个水滴,但每一个水滴里面都可以反射出太阳。所以这是我要补充一下的,谢谢大家!

三、关于美国的总统竞选

1. 和上海外国语大学的一个项目

下面我就讲关于这次去美国的一些经历。

这次去美国,是我和上海外国语大学新闻学院的一个项目。该项目从 2008 年开始,现在变成全校的一个项目——就是到国际上重大新闻的发生地去进行现场采访。而且,现在已经发展到了多语种,去年去了法国,今年是美国,明年还是法国。我们还希望能够到世界各地去。这个项目本是我们自己开发出来的,因此许多事情都要自己去创造。

对我来说,我做新闻做了很长时间。我在大学里读历史,美国史是我的重点。离开大学以后,在上海市社会科学院我研究的是美国经济。到了香港,我做平面媒体和电视媒体,只要是美国的重大消息我都会经手。美国大选我写了好几个 cover story,就是封面的报道。我也做了好多次直播,但是我没有机会去那儿。我很想我能够有机会,但是我已经退休了。然而,直到我退休我才有机会,这就是我自己寻找的机会。我和上海外国语大学商量,我说,你让我去教课,那不如我们开一门就是到新闻现场去采访的这样一门课程。他们的学生也很有才能,尤其在外语方面,在中国已经可以和北京外国语大学相提并论了,甚至有的方面更好一点。这样素质的学生,能够在重大新闻发生的时候,到新闻的现场去采访应该是很有意义的。

从 2008 年，那一次是奥巴马，美国第一个黑人总统，那时我们就在现场。后来，2012 年时又组织了一次，2014 年我们加快了频率，那是美国的中期选举。美国的中期选举和大选有点不同的是，大选选总统，中期选举不选总统。美国两年就要选一次，这次特朗普选上了，两年以后又要中期选举。那时候选的是国会的全部众议员，一共 435 个，都要重新选举，只当两年。然后呢，100 个参议员里有三分之一又要选掉，这次也选掉三分之一，下次又要选掉三分之一，六年一个循环。所以 2014 年是中期选举，我们又去了一次。去年法国遭受恐怖袭击，我们到了现场。明年是法国大选，4 月底 5 月初我们也要去，这个模式是不是各地都可以用，不知道。但是有一点，做新闻的，学文科的，实际上像我们所有大学生都应该去实践。你除了课堂，还应该到实践中去。这个实践有可能就在你身边，也可能在我们中国各地，有能力的也可以去跑世界。我觉得这是跟课堂同样重要的，正因为有这个意义，所以我们就把这个课程一年年办得成熟。刚开始人数比较少，现在我们每次去 20 个大学生，3 个中学生（上海有一所中学也参加），然后加上我们老师，就是这样一支队伍。而且每次效果都很好，除了报道新闻，我们自己还拍了纪录片，这个纪录片在上海电视台都能播。这个纪录片对我们来说是很重要的。那么，对我自己来说，这就是我创造的机会——能够到美国的大选现场去采访、去报道、去观察。所以今年，特朗普当选，可以说我们是看着特朗普当选的。就像 2008 年，我们看着奥巴马当选一样。

2. 特朗普竞选美国总统

那么，下面我就要谈一下特朗普当选到底是怎么回事，到底有什么意义。

美国大选到底跟各位有什么关系？看起来挺远，张掖离上海都挺远。我们从上海过来都要大半天，北京过来也是大半天，这个时间跟到美国去差不多一样的时间。但是，美国的事情到底跟张掖有什么关系？跟各位有什么关系？跟河西学院有什么关系？实际上，我觉得我们已经感受到了。

如果各位同学当中有想出国读书的，你的费用就会比以前贵，你要到美国读书，你花的钱就要比以前多。你如果在那边读书了，还想打工，会比较困难。这都是特朗普当选以后的影响了。如果你爸爸妈妈有买股票或者基金的，我不知道同学里面有没有，但父母里面可能有。这两天金融市场的波动实际上已经影响到了我们。但是更长远地来说，如果中美关系未来的走向，不管走向好与坏，现在各种说法都有，乐观的，悲观一点的，这个走向，同现在各位的生活、就业、读书都有很直接的关系。

美国大选 11 月 8 号投票。为什么 11 月 8 号投票，大家知道吗？那天是星期二。别的地方，其他国家都是星期六、星期天投票的，美国就是星期二投票。美国投票是 11 月的第一个星期一之后的星期二。很绕口啊！但是它有它的道理。美国每年这个时候差不多就秋收完了，这是因为美国早年是个农业社会。对农民来说，秋收差不多完了，然后可以投票，可以选举去了。不然，大家忙秋收顾不过来。然后为什么是星期二呢？这是因为星期天人们要上教堂做礼拜，做完礼拜以后，可能还要花一天时间走路或者骑马。反正人们要到投票的镇上还要花大半天或者一天的时间。所以人们要在 11 月的第一个星期一之后的星期二投票。今年比较特别的是平时都在 11 月第一个星期二，今年不是，今年第一个星期二是 1 号它就不算，要第一个星期一之后的星期二，就是 8 号才可以。所以说这个事情有它自身的规定，而这个 8 号投票到现在已经一个多月了，我们看到，好多事情还是在发展。

大家关心的第一个问题是，特朗普当选到底会不会翻盘？重新点票以后会不会重新点出一个结果来，就是特朗普不当选换了希拉里？现在看来是不可能。从一开始我就觉得不可能。重新点票，有三个州想重新点票。但是呢，第一个州已经点完了，就是威斯康星州。但是点下来，希拉里多了 1000 多票，而她整个是输了 2 万票。所以没用，没有什么效果。还有另外两个州。即使你全部翻掉，你也改变不了整个选举的局面。所以你要三个州全部翻掉才有可能，但是现在一个州已经不行了。还有就是现在重新点票，谁提出你得自己付钱，得花钱。除非是整个州里面自己认为要重新点票，如果是谁提出要重新点，那个钱是贵的，几百万美元呢，那也是个问题。所以，现在看来靠三个州重新点票来翻盘是不大可能。那么以前发生过重新点票的事情，就是2000年，我们知道小布什，就是发动伊拉克战争的小布什，当时和民主党的戈尔。戈尔是上一任的副总统，克林顿的副总统，他们两个在竞选的时候，最后在一个州，就是佛罗里达州，最南边的。结果咬得很紧，民主党说："差几百票，我重新点。"但是这个点票工作非常之复杂，结果后来美国的最高法院说："你们都别点了，我认为是谁，就是谁。"那一年，最高法院说是小布什当选，就是小布什当选。所以美国的体制有它的特殊的地方，这个特殊的地方根源于它的国家的特殊的地方，就是我们从每一个环节都可以看到，最后是由最高法院来决定的。那么这次既然点票翻不过来了，其他有没有可能翻过来呢？

这两天有一个新的动向，就是关于俄罗斯有没有帮特朗普的忙。两个原来是藏起来的敌手，但是特朗普和普京之间没有什么不好的话互相骂来骂去的。而且就是特朗普当选之后，他任命的国务卿蒂勒森和俄罗斯的关系还比较好。奥巴马1月20号就要卸任了，今天是12月20号了，他还有一个月就要卸任。特朗普在选举中提出的口号，很多是要把奥巴马这八年做过的事情否定掉。所以，奥巴马在选举的后期，亲自出马去帮希拉里助选，不只是为了希拉里，更重要的是为了自己。他这八年做了这么多事情，特朗普上台了，就会全部给否定掉。所以他当时非常卖力地到全美国跑，特别是拉黑人的票，希望能够阻止特朗普当选，但是没能够成功。如果俄罗斯帮了特朗普，你特朗普当选以后也是一个很大的软肋，一个很大的问题。这件事情还在发展，未来一个月，在特朗普宣誓之前会怎么样，现在真的还不知道。

实际上美国情报机构分两部分。我刚才说，中央情报局CIA是负责国际的，外国这一部分；FBI 联邦调查局是负责国内这一部分的。现在就是负责国外这一部分与负责国内这一部分的，都说有这个事。假设真有这个事，那么可能会产生什么效果？那么从美国的体制来说又有一个复杂的情况。就是美国的选举不是直接由选民把总统选举出来的。所以，这次很特别的情况就是特朗普赢了，希拉里输了。但是你如果点选民的票，一亿两千万张选民的票里面，各六千多万张。但是希拉里多两百万，这是美国的体制。这个美国的体制又是根源于它的历史，它的建国的那种背景，就是为了保护小的州，在一些制度的设计上，它不让大的州。比如说什么大的州呢？加利福尼亚州那叫大州，相当于中国的河南，一个省，一个亿的人口。那么小州，美国小的州，罗得岛州，一点点。如果说你们大州合在一起都欺负我小州，那怎么办呢？就要有一定的体制来保护小州。这个大州、小州的规模，我用一个不恰当的比喻，就是现在甘肃省的人口和河南省的人口相比，那少得多。上海也比河南少得多，但是人大代表、政协委员的数字，不是完全按照人口比例的。不是说，河南人口是甘肃人口的三倍，那就人大代表也多三倍，不是这样的。在美国，为了保护小州，在国会上不是按人口分配众议员的，参议员一个州两个。那总统选举是怎么选的？每个州都是不一样的，每个州选出自己的投票人。所以，美国投票人的总数，就是众议员的全部数，加上参议员的全部数。这就使得小州的投票人的数目，从比例上要比大州多一点。这就是这次会造成这样结果的原因。而选举的时候，每个州若民主党多一票，这个选举人的票数就全部归这个党。反过来共和党多一票，选举人的票数全部就归共和党。只有两个小州不是这样，但是也是按照一定的比例再分配，所以它不像法国、英国这些地方，直接就是选民的票。而这次关于特朗普是不是受到俄罗斯的帮助，受到普京的帮助，会不会影响到马上就要举行的选举人投票，实际上特朗普还没有当选时他就已经知道一定要当选了，但是他一定要通过一定的形式。这个形式就是这些已经选出来的每个州的 500 多个选举人他们投谁的票。以前从来没有发生过的就是，选举人是这个州选出的,这个州是民主党占优势的,他去投了共和党的票。以前这从没发生过,可能个别的有,但是不可能大规模发生。不然又要重新来一遍。但是今年如果要坐实特朗普获胜的手段本身就是违规的或者是可疑的,那么选举人有没有可能按照这个理由不投你的票,反而去投希拉里的票?不知道。我看可能性应该不是很大,因为相差挺大的。因为相差的是二三百,所以现在有一个变数,特朗普能不能当选的变数就是这个。

但是我想,世界各国以及美国内外,除了现在不太服输的希拉里,基本上都已经接受了这个现实:特朗普是美国的下一任总统,1月20号宣誓就职。那么为什么1月20号宣誓就职呢?因为原来宣誓就职的时间比较早。但是美国的天气挺冷的,曾经有一个总统可能在宣誓就职的时候感冒得肺炎死了。从那以后宣誓就职的时间就推迟了,推迟到1月20号。但其实还是蛮冷的。从这一天开始,应该说特朗普就是正式的总统了。

这段时间,就是权力的交接。权力的交接分两部分:一部分是特朗普自己组阁,另一部分就是新、旧政府的衔接。这个衔接看来不会顺利。在美国的历史上,两个不同的政党交换权力的时候,都不是太顺利。但是我想,当年小布什下台的时候,衔接给奥巴马那次还算可以。奥巴马2012年连任,那就没问题了。现在奥巴马政府要把权力移交给特朗普政府,这两个政府实在有天壤之别。我们看到特朗普当选以后去白宫拜访奥巴马,白宫里的所有班子成员都不是很欢迎。我没有看到有谁鼓掌或者是怎么欢迎,我只看到有人在哭,有的还瞪着眼睛看他。这个氛围可能是有史以来最坏的,或者说"之一"吧。

昨天奥巴马开了一个记者会,会上奥巴马讲到了特朗普将来要做的好多事,尤其是关于政府的交接一事。意思是,特朗普该好好地听一下前一任政府这些重大的政策到底是怎么回事,然后再提出自己的看法。记者会上,还特别讲到了中国的问题。奥巴马认为,中国问题是美国对外关系中最重要的。特朗普现在轻而易举地就在这上面发表一些言论，如果中美两国闹翻了，对美国会产生很大的损害。另外一件事，就是特朗普要组建自己的内阁。到现在为止，每天都有新的官员的任命，需要的人员很多，各种各样的人员，他可能要任命4000个，对特朗普来说是一件特别困难的事。因为，如果希拉里当选的话，希拉里早就有自己的班底，包括她的丈夫克林顿当总统的时候的旧班底，包括她自己当参议员的时候也有，她的竞选活动早就开始了，她的竞选团队比特朗普的大好多倍。但是特朗普没有这个条件，他没有从过政，没有自己很好的班底。他只有一群朋友，他只能在朋友中做文章。他自己的竞选班底很少，很多都是自己的家人。他老婆也出来了，特别是儿子、女儿、女婿也出来了。但是，他总不能建立一个家庭内阁吧？他就要找朋友，而这些朋友我们也看得出他们到底是什么样的一伙人。现在特朗普组织的内阁，一类说法是"白、富、右"。"白"，是指都是白人，个别有少数族裔。比如他的交通部长就是华人赵小兰，他的驻联合国大使是印度人，绝大多数重要的岗位都是富豪、极右的鹰派。也有人说他是"三个G"（Goldman, Generals and Gazillionaires）。第一个G是高盛，华尔街大的金融公司里的人。还有一个G是将军，退休将军，重要的安全部门的岗位全都是退休将军。甚至他的国防部长，在美国历史上有了国防部长这个职位以后，都是文官当部长的，他请了一个退休将军。那么还有一个G就是很有钱的亿万富翁。基本上，他是用这样的一类人来作为自己的第一任班底，以后可能会换，但是至少他现在组织的是这样的人。这也可以看出他是怎样的一个人，他周边的人脉关系是怎样的。

重要的一点是，从他的组阁里面还可以看他的政策动向。第一个就是，他当选以后，很多人议论。竞选的时候，他说的那些话，如在墨西哥那边要造一堵墙啊等，应该都不会算数。他说了很激进的话，很放肆的话，不着边际的话，政治不正确的话，是否都不当回事？很多人认为，他当选以后这些话会不当回事。但是恰恰就是他当选以后，从组阁以及从他推特的发表言论来看，很多事情他还是当真的。比如说，在以色列问题上，他坚持一个很右的做法，就是要把美国驻以色列的大使馆从特拉维夫搬到耶路撒冷。这个事情非常非常复杂，其实这么一搬就是完全支持了以色列，完全否认了巴勒斯坦。而他现在认命的做以色列大使的这位人物，就是公开主张要把美国大使馆搬到耶路撒冷去。另外，他在选举的时候就强调，他要废掉1954年的约翰逊修正案。这可能是对大家来说，第一次听到的名字。但是这个修正案的含义是在争取那些保守的基督教徒来支持他。因为1954年的约翰逊修正案，是禁止教会和其他非营利的公益组织。你要免罪，就不能谈政治。而一旦废除这个修正案，以后美国的那些整体来说是偏向保守的教会，就可以在神父布道的时候大讲政治。而他当选之后去爱德华州，在他们首府的一次演讲当中，除了任命爱德华州的前州长担任驻中国大使，在讲话当中还强调一定要废除掉1954年的约翰逊修正案，承诺他可以做这样的事情。

另外，我们也可以看到他的那种倾向，就是坚持自己理念的倾向，特别是他不喜欢的事情。各领域的部长，各官员的任命，很有意思。我们可以把这形容为，把狐狸放到鸡窝里去。什么意思呢？就是我不喜欢你这个领域里面的主张，比如说环保，基本倾向是反环保的。他认为全球变暖，这是造假造出来的，根本没这样的事。他主张回到原来的那种不环保的能源政策。而他任命的环保部长、能源部长，类似这些职务的官员，都是否定全球变暖的，都是否定环保的。他也不是很喜欢劳工维护自己的利益，所以他认定的劳工部长是反对提高基本工资的。所以这里面就有一种倾向，就是我不喜欢的我就放一个跟他作对的人去当头儿。所以，我也不知道美国华盛顿的那些部门，这里面的人员换了一个，如劳工部放了一个不维护劳工利益的部长，能源部来了一个反对环保的能源部长，到底会有怎样的改变，因为，这都是和奥巴马的时候针锋相对的。所以这个事很复杂，但是背后也可以看得清楚他的坚持。然而，有时他又有一些看起来似乎很灵活的举措，对以前反对他的人也有一些和解。对一些反对过他的政治人物，他会跟他们建立联系，甚至安排职务。比如说，我们都注意到的未来的交通部部长赵小兰，她是华人。华人在这次美国选举中表现得比较特别，对特朗普还不错，所以他任命赵小兰为交通部部长是对华人的一种表示。别忘了更重要的一件事，赵小兰的丈夫米奇·麦康奈尔（Mitch McConnell）是国会参议院的共和党领袖。特朗普所有的任命，都要经过参议员相关的委员会听证、批准，然后拿到参议院去投票。所以，在我看来，这里面他也在做出妥协，或者说建立一些联系。

美国的三权分立，刚才我说到的最高法院最后可以说谁是总统。它可以解释宪法，这是非常重要的一个部门，而总统和国会之间又互相牵制。在现在的情况下，这次选举，特朗普从选举人得票上是获得了很大的胜利的。在国会，共和党也获得了胜利，所以未来应该说是特朗普当总统。在国会的参议院和众议院两院当中，都是共和党说了算，这本来对特朗普是一件很好的事情，但是特朗普不是共和党选出来的，特朗普是自己选出来的。特朗普开始选的时候，共和党派中是没人喜欢他的，他一关一关把所有的对手都干掉以后，共和党不得不接受他。直到接近选举尾声，共和党没花多大力气，也没出多少钱帮助他。共和党的主要人物，要么不出声，要么就骂他，甚至有的像小布什的老爸老布什，说："我不投他的票，我投希拉里的票。"对美国人来说大家可能更关注国内的事情。比如堕胎问题，他们两党不断地争论。尤其像特朗普这样保守的人当了总统之后，很可能就把奥巴马时期的好多东西废了。还有一个就是，现在美国九个最高法院的法官，有一个在今年年初突然死了，死了以后要补一个人。当时奥巴马就推举了一个他认为合适的人选，但是到了国会这边，就被共和党挡住了。但现在，这次选举当中，实际上大家觉得选上也等于是为了未来美国最高法院增加一个保守派的人选。现在美国最高法院剩下八个人，正好是四个四个平分。所谓自由派，所谓保守派都在具体的问题上。比如说同性恋结婚合法不合法，比如说堕胎合不合法，比如说大麻合法吗，自由派偏向于合法，保守派偏向于不合法，现在四个对四个正好。

如果奥巴马推荐的人上去，自由派五个，保守派四个。那现在如果特朗普推一个上去，那就是美国未来最高法院里边五个大法官是保守派，四个大法官是自由派。那这种做法就会延续到下一个大法官死了或者下一个大法官退休了。而退休不退休不是谁说了算的，只要他当了大法官就是终身任职的，除非他自己不愿意干。所以，我们看美国不仅要看总统选举，还要看由此带来的国会变化以及最高法院的变化。美国最高法院拥有解释宪法的最终权力，很多政策性案件都是打官司打到最高法院，最高法院判决下来怎么样，最后就变成美国的法律。所以我们看到这一个半月，奥巴马的动向，有他坚持的地方，有他妥协的地方，有他灵活的地方。

那么对于这个问题，下面我们可作为一个重点来专门讲一下中美关系未来的发展。但是有一点可以看出，中美关系的未来变化和整个世界的变化、美国的变化，都是很不确定的。我们说2016年是够不确定的：2016年6月的时候，英国要举行脱欧公投，那时候我在德国。德国周边的朋友，没有一个人会为了第二天英国正式脱欧而担心。因为真的要担心的话，你的资产你都会处理的，因为欧元一定贬值，英镑也一定贬值，但没人担心的，当时没听到有人担心。第二天起来不得了，所有人都在说英国人疯了。而我香港的朋友，都是英国籍的，父亲在BBC做新闻，女儿在香港也是做艺术的，他们就是为了脱欧公投，专门从香港飞回伦敦去投票。他女儿跟我说，当天晚上投票完了，看了所有的电视报道，包括他们的选民出口调查，都说一定是不会脱欧，一定是反对脱欧的占多数，说伦敦是怎么样的，苏格兰是怎么样的，一个个地方都报出来，所以他们都很放心地睡觉了。我朋友的女儿告诉我，第二天早上她一起来看到她的父亲像发了疯一样在打电话，居然脱欧了，居然是经济最不发达的威尔斯地区，那边主张脱欧的，改变了整个局面。居然是年纪大的五六十岁以上的，他们主张脱欧，改变了这个情况。这是一个所谓"黑天鹅"吧！那么再一只"黑天鹅"那就是特朗普了。至少我们中国的主要判断，我们的智囊，我们的研究机构，我们的媒体，大概基本上认为会是希拉里当选。全世界，我想大概也是这样，美国人大概也是这样，甚至我认为连特朗普自己都未必相信自己会当选。所以晚上，希拉里那边准备了盛大的庆祝大会，烟火买了好多。而特朗普就是在他的纽约总部里面就他们自己一伙人，后来的庆祝大会是在他们知道投票结果以后才举办的。所以，那是一个，可以说对大多数人来说，意料之外的事。

那么到 2017 年，我想是更加难以把握，变数更加大。美国是我们中国对外关系最重要的国家。奥巴马说中美关系是对美国最重要的，我们也可以说真的是最重要的，对世界也是一样，毕竟它是一个超级大国。毕竟它在经济上、军事上，在各个方面是举足轻重的。这么一个总统上来以后，明年到底会发生什么事情，这就是明年的不确定性。除了这个不确定性，还有明年 5 月的法国选举、明年秋天的德国大选（就是现在的这位老太太她第四任的连任）。默克尔在宣布连任的时候，在移民政策问题上做了很大的修正，包括她的讲话。比如以前，她很同情移民，现在她就说移民这个不能，那个也不能，语调改变了很多。这样的改变很多，她到底能不能当选？对欧洲来说，如果明年默克尔不能连任的话，这是一件非常大的事情。因为对整个欧洲，这些国家，英国脱欧以后，它们基本上心理上的支柱就是德国了。经济也是这样，价值观也是这样。如果明年德国再翻牌，这个世界，至少欧洲会有很大的变化。

明年是更加不确定的，对中国来说，也正处在一个经济的转型期。所以这次的中央经济会议特别强调了我们中国首先要做哪些事情。在一个变化的、把握不准的环境当中，我们中国自己的脚如何站得稳？而且很有可能明年中美关系将有一个大的变化，尤其经贸关系是一个重点。所以，这次中央经济工作会议提出的这些问题，很大程度上都是：明年如果有风浪，我们中国该怎么办？好在在这个世界当中，我们中国自己还真不错。因为今年我跑了好多地方，差不多十几个国家，所看到的欧洲、美洲，各个地方，你出去了才会知道我们中国自己真不错。我们再有多大的问题,跟人家相比我们的脚还是站得稳的。我们大家都在干活,都在创造财富,和人家欧洲的失业率达到30%的年轻人相比,各位的日子还是好过得多。在一些欧洲国家,大学毕业生的失业率是50%,那都是现实的。

所以,我想先谈谈这一个半月自己的感受,一个半月之前,就是11月8号的投票,结果特朗普获胜出乎了多数人的预料,甚至是出乎了许多支持他的人的预料,很多支持他的人也未必坚信他会赢。而是因为他表达了自己的意思,他不赢也选他,或者如果特别讨厌希拉里,也会选特朗普。但是那天晚上,特朗普他赢了。我们是10月27号去美国的。我们知道这次特朗普在整个竞选当中,反复讲的一句话就是:美国我们现在衰败下来了。他说,你看看中国,路也好,桥也好,积累了好多财富。你看我们,什么都不行。我们的道路、桥梁、火车都像第三世界的。所以,他要让美国重新强大起来(Make America Great Again)。这是他贯穿整个选举时期的口号,所有他要做的事情,都是要让美国人、美国的生产达到"买美国货,雇美国人",不是再让别的国家来占美国的便宜。所以,特朗普当时的竞选口号是"Make America Great Again",很多车贴上都有这句话。这是他的口号。但希拉里的口号就比较抽象。特朗普很实在,就这一句话。当然这个车贴什么的,支持他的人未必会贴出来。这是我在下面谈到的一个问题,但是他的这个口号的提出有没有道理?

确实,我们这次去的时候,坐的是美国的飞机,从上海飞旧金山再转华盛顿,蛮辛苦的。首先一个,就是这架飞机很旧,是美国航空公司的。美国现在有三大航空公司,其他都关的关,并的并,能够活下来,能够飞全世界的就这三家航空公司。小的航空公司当然还有一些啦,飞国内的。我乘坐的这家叫联合航空公司(United Airlines),现在应该是美国第二大航空公司。以前好像得过第一,而且是有历史的。我们坐了它的飞机,我一看资料介绍(网上都能查到),这架飞机机龄20年。我在想,在中国我坐过机龄20年的飞机吗?昨天我从兰州飞张掖的飞机机龄是1年，刚刚买回来的，很新的飞机。现在，中国的飞机机龄五六年的，都算是机龄很长的飞机了。我乘坐的这架机龄20年的飞机上面连座位前看的电视都没有，一般长途飞行都要看个电视的。飞机上吃的东西也不太好，我们在上海机场误点了，误了两个小时，飞机上发给我们一个点心，就是一包旺旺仙贝。我后来拍了照片，我要请我同事转告旺旺仙贝的老板，你们上了国际航线了。吃的是不是太少了一点？我们平时就是飞国内航线，你吃个小面包啥的都有，哪有只拿那个旺旺仙贝的？再就是一杯白开水。整个飞行中，这架飞机上的服务员，除了态度问题，最主要的是年岁偏大。这架飞机上的服务员，年岁大到什么程度呢？不是空中小姐、空中少爷，而是空中爷爷、空中奶奶了。真的，我几年前说过我去美国，飞机上的空乘人员是"大妈的年岁，后妈的脸"。这"后妈的脸"是形容她们的态度。这次不是"后妈的脸"，态度还可以，但是，是"奶奶的岁数"。真的，在中国都是该退休的年龄，应该是抱孙子的年龄，她们应该有自己的孙子，头发都花白了，起码60岁上下，还做这么累的活，国际航线是非常累的。当然，欧洲、美国不像我们中国选年轻的女士，在欧洲、在美国她们有工会保护，你不能歧视她们。她们要做，你就得让她们做。但为什么年纪这么大还做这么辛苦的事情呢？我认为"911事件"以后，美国的航空业发展非常困难，和我们中国这些年的发展刚好相反。从这个角度来说，奥巴马还真的有一定的道理。

到了美国以后，我在观念上，有很大的变化。我们开始觉得，原来我们得到的所有信息，看来都不那么对头。起初我还是相信我不喜欢的那个希拉里会当选。但是到了美国以后，这个想法改变了，很快就改变了。特朗普他不是一个玩一次就跑的人，他在选民当中有他的基础。再有一个，希拉里绝不是一定能赢的。所有媒体上的民意调查都有很大的缺陷。最重要的一个发现，就是本来以为好多地方都应该是支持民主党的，像大学呀，纽约市或者是华盛顿市呀，但是后来，去了以后才发现，实际上在原来压倒性的支持民主党人的这些地方，都有不少人支持特朗普。为什么在民意调查上都是希拉里领先？尽管不像奥巴马那时候有大幅度的领先，总之她都在领先，特朗普总归在落后。但是你到了美国就会发现，支持特朗普的人不大愿意说出他是支持特朗普的，这是今年选举当中最特别的一个情况。好多人投了特朗普的票会觉得不好意思。也就是说，有一部分人支持他，但是不一定愿意讲。我在想，这样的人只要有5%，整个局势就不一样了。这就是美国今年的一个很特别的问题，支持共和党的，尤其是支持特朗普的民众，民意调查、媒体，你都找不到他。不知道他在哪里，你得判断。我自己碰到一对朋友，他们夫妻俩，丈夫从来都是投民主党票。因为从20世纪60年代，那时候美国的民权运动，这些都是民主党领先的，我刚才说的这些问题，都是偏向于自由派。我觉得，确实有这个问题。特朗普的许多东西，是对美国的许多根基的冲击。像他在整个竞选当中的许多言论，在许多美国人看来是根本不能容忍的。比如就像我们中国，我们说要尊重农民工，他就可以当众去骂农民工。那我们就觉得他这种人怎么能当总统呢？但他就是这样的一个人。所以，对我的这个朋友的先生来说，如果特朗普当选就是灾难。所以当时也有很多笑话说，如果特朗普当选，就移民加拿大去。美国移民加拿大的热潮，上次是越南战争时期。许多反对战争，不愿当兵的，都跑到加拿大去了。这次说，特朗普当选以后，加拿大的移民网站都瘫痪了，那是不是因为这个原因？还是有的人真的想移民加拿大？但确实对他们来说，特朗普是不可接受的。但是他的夫人在跟我们私下谈的时候，就谈了一句："有的事情换换也好嘛。"那我就知道，他的夫人实际上是支持特朗普的。选举投票，夫妻两个不一定要统一。像这种情况，在美国，像大学里的班级里面分裂得很厉害。奥巴马选举的时候，我们到宾夕法尼亚大学，这个州立大学，压倒性地投的是奥巴马的票。2008年的时候，那是空前的，从来没有的，美国大学生都投入到选举中，都投奥巴马的票，全校都在沸腾，挤满了投票的人，但是现在看不到这种现象了。

我们一到美国就接触了不少的华人，发现这次的华人跟以前美国的选举有两大不同。第一点不同，以前华人在美国社会中地位相对较低，一般来说，政治问题不大参与。所以每次竞选听不到华人的声音，除非那个地方有华人的众议员、华人的参议员。但是这次，为了特朗普，在全国性的总统选举当中，美国华人罕见地、高调地参与了这次的选举。而且，原来多数人是偏向于民主党的，但是这次出现了分裂，很可能投票比例是一半一半。支持特朗普的一半，这次表现得比较高调。我在说有的人支持特朗普不敢讲出来，华人却不是。好多州的华人，特别花了钱去雇了飞机拖了很长的标语，在天上兜圈。标语就是某某州的华人支持特朗普，据说有人看到有 11 个州有这样的照片。总数多少不知道，但这是以前从来都没有过的。那华人为什么会这么高调地支持特朗普呢？高调的原因，就是华人人数增加了。美国的华人第一次超过四百万，美国一共有三亿人，超过四百万，就是占 1.5% 的。所有的亚洲裔在美国占 6%，以前是印度人最多，韩国人也不少，这一次应该是华人第一次成为亚裔当中最多的一个民族，占了 1.5%，也就是四百万还多一点，有四百五十万。他们要表达的是支持特朗普的声音。原因在什么地方？是不是他们真的很不喜欢希拉里？我倒觉得不是。实际上，希拉里对华人是不错的，尤其是她在当纽约州的参议员的时候，纽约的华人跟她关系不错。我一个复旦大学的同班同学，移民到美国了，他本来是坚定的共和党派，而且是极端的共和党，他和其他华人不太一样。这次他投的是希拉里的票，而且他早就公开说了。为什么呢？因为希拉里当纽约州的参议员的时候帮了他忙，他的夫人从上海移民到美国遇到一些困难，希拉里帮助解决了。他说不管怎么样，都要投希拉里的票。这也是美国政治当中很重要的一个利益上的问题。这是一个特别的例子。但是其他的人为什么不喜欢希拉里？我觉得，很大程度上是不喜欢民主党这些年来执政所造成的一些后果。一些华人，包括给我们开车的司机，就在我们面前大骂奥巴马和奥巴马政府的政策。许多东西不是我们说，比如说希拉里的"邮件门","邮件门"跟我们华人关系不大。最多就是它可信不可信,但是更多的问题涉及每个华人选民的切身利益。那个司机,是当爸爸的,他的女儿在读中学,他现在担心的是奥巴马政府在性别问题上越来越自由化。开始的时候,你是同意同性恋,认为其在社会上是合法的。后来变成同性恋可以结婚,婚姻可以合法,那都是人家的事情,还不会直接干预到人家的家庭。但是在去年,民主党政府开始推行同性恋。那么双性人是否也一样?变性人是否也应该一样?当然从道理上说,人权都是一样的。一样的以后就是这样:我是男的,但是我自认为我是女的,我能不能进女厕所?我在学校比赛的时候,洗澡间我用哪一个?男的同性恋者,如果他有女性倾向的,他是否会认为进了男洗手间对自己是不公平的?复杂不复杂?那就这样,建立一个第三性的厕所,第三性的洗澡间。你认为你是跨性别的,你认为是改变性别的,就去那个地方。那个华人司机就说:"我女儿以后还有安全吗?"一般来说,对于华人的价值观,要接受这个不太容易,或者说很难接受。这是一个他对女儿的担心,是对以后学校里面性别混乱造成的问题的担心。

另外,华人特别不满的是奥巴马当选之后维护少数族裔的利益。华人不是少数族裔吗?对,华人在美国也是少数族裔。但恰恰是维护少数族裔利益的结果,也损害了华人利益。又是牵涉到我们的孩子。华人,不管是早期的,还是现在过去的,千辛万苦移民到美国,打工、成家立业,然后有了孩子,所有的希望都放在孩子身上了。希望孩子能够读好书,进入好的大学,然后有出息,这是我们中国的传统。现在大部分移民美国的华人家庭,还是这么希望的。我们华人的孩子,读书真的是很棒。读书棒当然就容易进好的大学了。在过去的一段时间里面,美国名牌大学如常青藤大学,里面的华人学生就特别多。相比较,说英语的、拉丁语的、西班牙语的那些群体的孩子就比较少,甚至呈下降趋势。那对他们来说,是不是就不公平了?所以从 20 世纪 60 年代,美国就有一个原则,开始叫平权法案，也叫维护权利的行动。曾经在学校里面实行过，后来停止了。现在奥巴马政府再度让它实行，就是在大学的招生里面，要按照族群的比例决定名额。说到底，华人的孩子不能太多。所以这两年，美国的名牌学校，读研究生的还好一些，读本科的华人孩子就已经受到影响了。名牌大学，如在耶鲁大学等大学的招生上，华人的比例是有限定的，就那么几个名额。当然对做父母的来说，就不满意嘛。所以上次奥巴马中期选举，就这个事情华人群体闹了再闹，华人就觉得不满意。这次是公开的作为自己的一个心声，反对奥巴马政府。当然，还有一个就是奥巴马的医疗改革。这个对中产阶级来说，是个不利的做法。对弱势群体来说，这是个好的做法。现在在美国的华人，他们现在的生活地位都比较高，应该说比较好一点。他们自己本来是按照市场经济买保险，现在奥巴马的做法是规定所有人买保险。因为美国原来有六分之一的人是没有保险的，当然主要是那些弱势的人、穷的人，包括黑人、拉丁人族裔、那些新移民当中的华人以外的许多人，处境不是那么好，没有医疗保险。现在政府说必须买，不买就是不合法，不买就罚你。当然华人就发现了，原先我不用那么多的钱，现在要我买了以后，我要付更多的钱，我得到的保险的实惠还比以前差，而且每个月都在增加保险的费用。这个费用的比例不是一点点，去年已经翻了一倍，因为它要摊到那些弱势群体里面去。今年，就在选举前，许多华人家庭都收到了明年的保单费用。据一位在美国的华人作家叫林达的，他说他的朋友就在11月8号的前一天，收到这个保单，价钱在65%~85%。林达说，对许多朋友来说，他们家里真的付不起这笔钱了。

第三个事情，就是对民主党长期以来的这种福利政策不满意。华人是比较讲究勤勤恳恳、吃苦耐劳的。很多穷的华人都不愿意买保险，不愿意领救济，就要自己干活，然后养活家，把孩子送到好的大学。但是民主党政府的基本倾向就是高福利。很多弱势群体是生了很多孩子，又不怎么干活，每月却还要拿好多的福利、救济。结果就是，拿了福利、救济后就生更多的孩子。所以对华人来说，我辛辛苦苦干活、交税，用我交的税养懒人，那我干吗呢？这里面就是价值观的问题。我现在用一个词，就是政治上不正确。对许多华人来说，这是实际问题。我辛苦干活交了税，他不干活，还能拿福利、救济，这公平吗？所以这些东西积累到现在，华人当中出现这么多的人会支持特朗普，就不仅仅是特朗普这个人讲讲话就完了，而是特朗普触动了他们为自己利益考虑的许多最关键的问题。在这些问题上，特朗普提出的主张，都符合他们的要求。包括废除奥巴马的那个医疗计划，或者大幅地修改，包括缩小弱势群体的救济、福利而不是扩大其救济、福利，还有移民问题、性别问题等。在这些问题上，奥巴马是民主党这一边。他不断地往民主党这边扩大弱势群体的福利，而特朗普正好相反。对华人来说，觉得不管怎么样，特朗普说的话比较符合他们的意愿。这个恰恰反映了华人的中产化，就是美国的华人基本和美国的中产阶级利益一致。美国的华人，在美国的所有少数族裔里面属于比较高层次的，我觉得基本上，他们的价值观已经和美国中产阶级的价值观接近。他们不是最有钱的，犹太人最有钱，印度人也富裕。而这次，特朗普能够当选，他背后的支持者恰恰就是美国的中产阶级。

　　美国这个国家从建立到现在已有200多年，最早的时候是从欧洲过来的白人的移民，都以信仰新教为主。但是这些年美国的社会结构有了很大的变化，原来以中产阶级为主的这样一个结构，现在被外来移民和他们的后代慢慢地改变了。可以说，这次选举是第一次美国的白人中产阶级在整体选民当中占比不到一半，奥巴马当选的时候已经出现这样一种趋向：美国这个社会在变，大概正好一半一半。那么作为非白人的外来少数族裔的多数处于弱势状态，也就成了民主党的支柱。多少年了，慢慢地发展到现在。原来白人当中应该是分裂的，以前的工人阶级、工会都是偏向民主党的，老板、有钱的人是偏向共和党的。随着这样的变化，原来的中产阶级，甚至原来的工人，本身的地位在下降，在下降的情况下把自己的不满对准了民主党，而自己在政治上偏向了共和党。所以现在很奇怪的是，美国的工人好多是支持以老板为主的共和党（以前都是有钱人、老板支持的），反对他们长期支持的民主党。造成这种现象的原因就是白人中产阶级渐渐变得贫困。在美国传统的经济基础衰弱的情况下，这些原来成为社会中坚力量、支柱的白人，包括小企业主、老板，他们原来也是主要的纳税人，现在社会地位在下降，前景越来越黯淡，而他们的后代可能情况更差。在美国经济原来很发达的工业区，这些制造业地带，现在出现了大批的贫困白人。也就是原来的中产阶级现在失业了，还不起贷款，房子也被拿走了。在这近十年、二十年里，他们成为美国社会里面数量越来越多的一群贫困白人。有的白人失业，有的白人要打两三份工才能维持生计。在大城市如纽约，这些地方看不到这种贫困白人，但是你到了美国的中西部，那大片的地区贫困白人就占了一个相当多的比重，甚至是大多数。一个华人作者讲到，他所住的地区，人们真的不知道美国的这些白人，原来的工人、小企业主、个体劳动者们，现在到底穷到什么程度。因为是整个地区衰落，不是个别行业。所以他要搬家去纽约了，不待在这个地方了。在清理东西的时候，他的一个邻居就来问他家里那台桌子上的旧电脑大概不会带走吧，问能不能卖给他。邻居说他家里从来没买过电脑，也买不起电脑。后来这台电脑作价是 150 美元。在那个作家搬走的时候，那个人来付钱了，但他拿的是一张支票。说他现在账面上一点钱都没有，这张支票也是下个月的，问能不能宽限一个月。这位作家说，这就是现在美国的贫困白人的现状。所以，我们可以想象一下，特朗普当时讲出"Make America Great Again"，下面那么多人在欢呼，欢呼什么？就是"Make America Great Again"。我们参加这次集会看到的就是这样，成千上万人听到特朗普来了，就忽的一下过去参加集会。我们在最关键的一个摇摆州——宾夕法尼亚州，看到在一个叫"好时"的巧克力公司的一个大的体育场里，人群欢呼，人声沸腾。因为，那天晚上特朗普要来，支持他的人从各地赶来。这是在离选举还有两天的晚上，后来特朗普给他们演讲，下面不断欢呼。他们觉得，特朗普会使美国重新恢复到原来的繁荣时期、辉煌时期，也就是他们当年经历的那个时期，这就是他们的目标。

然后，再看看希拉里这边。我一直这样说，这次特朗普赢了，但是与其去说特朗普为什么赢，还不如我们也看看希拉里为什么会输。照理说，希拉里这次输，或民主党这次输，是输得有点讲不过去。就如这么多人不喜欢奥巴马的政策，但是奥巴马到今天他的民意支持率还有50%～57%，很高的。也就是说，希拉里只要把奥巴马的支持者继承下来，就会赢的。但是她为什么不能赢呢？后来我们发现，希拉里开始说她能够代表妇女，成为美国第一个女性总统，直到她输的那天的演讲，她还在说她有"玻璃天花板"，女性当不了总统。奥巴马可以成为美国第一个黑人总统，可她成不了美国第一个女性总统，非常遗憾。但是看一下投票，投她的女性比例比投奥巴马的还低。她说她代表黑人，原来黑人是投民主党的，并且投的比例很高。但是同样，这次她的得票还是没有奥巴马高。到最后的关键时刻，奥巴马到处去帮希拉里竞选，所到之处就有黑人数量较多的北卡罗兰大街，并且鼓动黑人及早投票，但是最终结果还是不行。讲西班牙语的拉丁族民，本来也应该是主体支持民主党的。希拉里也可能认为这些讲西班牙语的拉丁族民的选民可以让她得到多数选票，结果她还是没有。在2008年、2012年，奥巴马所得到的支持者中，其中年轻人都是一边倒地支持奥巴马。但是这次年轻人冷淡得多。我不知道是许多人根本不投票，还是投了特朗普，但是投希拉里的年轻人的票比以往选举中所占比例低。实际上，希拉里是个不适合的候选人。可以这么说，民主党没有跟上形势。连她的丈夫克林顿后来跟她也有一个争论（我是听说有这么个说法），他认为希拉里认为自己输得有点不甘心，是不正确的。克林顿认为，希拉里输在没有跟上美国的变化，不了解老百姓的想法。我觉得，他这是实实在在地讲出了关键。就拿年轻人来说，美国的社会已经贫富分化得很厉害，年轻人非常不满。他们本来把自己的希望寄托在奥巴马提出的"前景"这两个字上。奥巴马当选的时候，我们在大学校园里头看到，到处都是奥巴马的口号，就像"前景"

这样的口号。于是年轻人就把希望寄托在奥巴马能够给他们带来的变化前景上面，但是最终没有成功。民主党原来的整个体制和他们的价值观年轻人已经不喜欢了，已经无法接受了。这时候，民主党里出来了一位跟希拉里竞选的对手叫桑德斯。他是个参议员，是个教授，是个社会主义者。所以今年的选举特别有趣，就是共和党里出了一个很右的人特朗普，民主党里出了一个很左的人桑德斯。桑德斯是主张社会主义的，他的做法到底行不行是一回事，但是反映了美国社会当中偏左的那一部分人对原来的民主党的不满。可惜的是，桑德斯没成功。有各种原因，包括他社会主义的标签。因为美国是很害怕社会主义的，尤其年轻人还是他的主要支持者，他当时在民主党里有四分之一的选票是年轻人投的。而希拉里，她太自以为是了，她以为她稳了。我觉得，她没有把特朗普太放在眼里，正是希拉里她自我感觉太好，到最后都没改变，所以她认为自己胜券在握，不可能输的，但结果就输了。所以今年的选举实在是很特别的，对多数人而言实在是太出乎意料。我就发现连特朗普自己都没想到自己会胜出，但结果却是这样的。而媒体在这中间起到了一个误导，也不能说是误导。如果说是误导，那就是有意地做这些报道。但是这次暴露了美国主流媒体很大的局限性，这点是毫无疑问的。

《纽约时报》到现在还在坚持与特朗普唱反调。自己的立场应该自己选择，现在跟特朗普对着干，我觉得应该是件好事。1月份开始《纽约时报》就开始跟特朗普对着干，非常坚决地支持希拉里。所有的社论、评论文章都偏向希拉里。不光是《纽约时报》，主流的报纸应该说都偏向自由派，这是美国的传统。包括美国的三大电视网 ABC、CBS 和 NBC 都是偏向希拉里的。只有一家，比较支持特朗普。尤其到最后关头，每天早上他们把最新的民意选票报道出来，说今天希拉里的民意选票是多少张。解说员说即便把六个州的摇摆票拿到，特朗普也很难获胜。为什么叫"摇摆州"？是因为在历次的选举过程中这六个州一会儿偏红（共和党），一会儿偏蓝（民主党）。六个"摇摆州"几乎是公认的，解说员是说六个"摇摆州"要全部到特朗普那边特朗普才会赢,有可能吗?当然大家认为不可能啊。然后还要原来民主党的三个州支持特朗普,这可能吗?当然不可能。所以直到选举的当天,他们还是在说特朗普很难获胜。但是,我去了以后就有了和在中国时不一样的想法。我在想,所谓的民意调查准不准?你说现在希拉里还在领先三个百分点,我就提出两个问题:第一个问题就是,那些没有发声的、没说话的人估计进去了没有?如果估计进去的话,三个百分点就是一个很小的数,漏了三个百分点算是打平了吗?第二个问题,现在的民意调查手法真的能够反映民意吗?打电话、敲门上门,找得到年轻的吗?而且,民意调查要精确到一个范围。所以说希拉里领先三个百分点是没有一点意义的。从统计学角度来说,三个百分点领先和不领先是一回事,都在误差范围之内。给人的感觉就是希拉里领先,可能会赢,到最后几天显得更激烈。

特朗普班底的人不多,除了一个助手就是他的家人了。老婆跑一个地方,女儿跑一个地方,儿子跑一个地方。特朗普自己一天也要飞六个州,从早飞到晚,参加六到七场大的晚会,最多时有八场。在民主党希拉里那边,希拉里一路,她丈夫一路,奥巴马一路。到最后的晚上,这三路集中到了费城,费城是"摇摆州"中的一个。但是在过去的两次大选当中,全都是支持奥巴马的,是支持民主党的。所以,被民主党拿去的可能性是非常大的。民主党到最后下这么大的决心,三路人马会师费城,就是要在宾夕法尼亚州把它稳定下来。所以许多人说,宾夕法尼亚州是"摇摆州"当中最关键的,有二十张选票,是民主党的选票。它倒向哪儿,往往就决定了最后的结局。因为一倒就相差四十票,这个差距是很大的。所以到最后的那两天,宾夕法尼亚州成了关键。每次选举,我们也都以宾夕法尼亚州作为我们关键的观察地点。选的地点就是宾夕法尼亚州大学,上海外国语大学跟它有长期的合作。他们的学生和我们的学生一起采访,一起观察,一起分析。他们的教授也给我们上课,做分析,这是一个很好的教学实践。那一天,啊!就是开始投票的早上，我们感觉气氛比 2008 年减得大多了，这当然是对希拉里不太有益的事情。11 月 8 日，是星期二早上七点钟开始投票，许多人是要早上一早投了票就上班的，或者投了票再送孩子读书。这样，上次 2008 年的时候，我们 6 点钟到那边的时候，已经有人在排队。最前面有个年轻人，我问他是什么时候来的，他说 5 点就来了。年轻人对投票这么积极的，很少有。这次，快到 7 点了，已经快开始投了，还没有什么人来，气氛明显是大减的。大学里边，2008 年是挤满了人。2016 年，到了中午的时候才开始出现比较多的人。同一个地点我去与上次的照片一对比，就看得出气氛冷淡了很多。而大学主要是民主党人的地方，这就看得出大致的情况，感觉上跟以前是不一样的，但是最后大选结果到底怎么样？那就等开票。那天晚上我在学生中心那个大屏幕前看票，看到这六个摇摆州，一个一个变成了红颜色，超过了蓝颜色，觉得真的不可思议，一个一个，一个都没有漏掉。再接着，就是大湖最北面，靠着五大湖的那个地方密歇根州也投给了特朗普，最后就是宾夕法尼亚州，究竟如何？就说宾夕法尼亚州的开票，也是个有意思的事情。开始的时候，所有的州开票出来的都是蓝颜色的，慢慢地到中场，蓝、红打平，到后半场，蓝的占 1/3，红的占优势，一直保持到最后。这个现象，反映了一种状况。也就是开票开得快的是大都市的，尤其是大都市人口密集的地方，人口集中，很容易就把票数统计出来了。而大都市地区，人口集中地区，绝大多数是支持民主党希拉里的。所以一开始有统计结果出来的时候，每个州都是希拉里领先。但是过一会儿，就变了，宾夕法尼亚州的投票情况更是如此。希拉里开始领先很多，领先 30 个百分点，但是到了中场的时候，就看到特朗普慢慢地追上，到了最后，好像是超过了六万到七万多张票，特朗普就这么赶超了。这个地方原来是民主党占优势的，现在学校里面一片冷清。也可能因为在下雨，没有人欢呼，共和党的人这次也不欢呼，很奇怪。当然民主党的支持者据说在民主党的竞选总部里哭。美国的大学在这场选举之后，好像遭受了一场灾难一样，第二天好多学生不来上课了，老师也都不来。老师就发一下电子邮件，说心情不好。心情不好是一个合法的理由啊，学生也可以心情不好，说没办法上课。有的上课就干脆讨论起选举的事情来了。有一个很特殊的情况就是，第二天，包括我们那个大学和其他大学，校长都要写信给所有的学生和老师，要安抚一下大家的情绪。但是美国的这么多的大学校长，也包括中学校长，都要写信给所有的学生和老师。上一次写信给学生，是 2001 年的"911 事件"。这么重大的事件之后人心惶惶，要写信来安抚同学，而这次严重到就跟"911 事件"差不多，学生不能接受。当然，支持特朗普的人能够接受，美国好多大学主体是支持民主党、反对特朗普的人。他们不能接受特朗普这么一个人物当选美国总统，他所有的言论跟大学生们从小接受的教育正好是相反的。学校教的东西（包括中学、小学），老师讲的，跟现在选出的以后美国的领导人完全不是一回事，学生们怎么理解这个问题呢？这就需要校长写信安抚大家，一个是说自己是怎样看待这个事情的，得接受，还有就是美国未来会怎么样，反正就是叫大家安心地读书。

那么，这个选下来的结果为什么是特朗普赢呢？就是我刚才说的，民主党的支持者，就是希拉里的支持者集中在大都市地区。离开了大都市，基本上是特朗普的地方。2012 年美国大选就是如此，但是那次分裂没有这么明显。而这次，美国选民有二亿二千万，有一亿人没有投票，投票率只有 56%。有一个说法是，这是 1996 年以来投票率最低的一次选举。很多人是既不愿意选特朗普，也不愿意选希拉里，干脆就不投票了。照理说这次投票有提前投票，有几千万人是可以提前投票的，这是美国新的做法，是应该拉高投票率的，但是这次大选投票率却低，说明美国选民的意见已经很分裂了。一半是对特朗普完全不能接受，另一半对希拉里又很不能接受，那么这种状况就是美国现在的分裂。《纽约时报》在选举前根据 2012 年选举的状况，对每一个县，每一个选区，做了一个划分。这个地方是红的，这个县是红的，就是支持共和党的，蓝的就是支持民主党的。那么不红不蓝的，就是双方势均力敌的。他们画了这么大的一个地图，形成了一个大家看得出的美国。这就是今天的美国。可以说，今天的美国实际上是"两个美国"。这次选举就是"两个美国"在打架，而且蓝的在褪色，红的在加深。现在要接受特朗普当选这样的结果，大家需要做个调试。我们知道，奥巴马、特朗普也在调试。特朗普这两天就去找了硅谷的大老板，如苹果、谷歌等，把他们全都请过来，一起开开会、聊聊天，实际上是和大家缓和下关系。因为整个硅谷在选举当中，除了一家公司，其他全部是支持希拉里的。而且，我觉得美国有些人就认为希拉里一定会赢，特朗普根本就不会当选，所以对特朗普的评价蛮刻薄的。但是现在，得回过头来，得接受特朗普当选的事实。既然现在特朗普愿意握手言和，大老板们总得来吧，只是脸色不太好看，有点尴尬，但大部分还是到场了。现在都在调试，华尔街也在调试。华尔街本来分析，如果选出了特朗普，美国的股票，华尔街的股票将会跌 1/3。然而，没想到特朗普选出以后，美国的股票一天一天地创造历史纪录，现在已经达到了前所未有的，道指近 2 万点这样的一个高峰。

所以到底未来会怎样发展下去，很难说，真的很难说。因为这个世界上这么多的聪明人，没几个料到特朗普能当选，那谁能够把握住他以后会怎么走呢？所以现在，猜测很多，说法很多。我想大家还是自己多观察，动用自己的脑子，去看看到底是怎么一回事。因为，毕竟我们不知道怎样去判断他未来的发展啊！我相信一点，就是他的这个口号不是空的，支持他的人也不是空的。因为，那些支持他的人本来以为不可能支持他，现在也支持他了，比如宾夕法尼亚州。其中支持特朗普最集中的地方，就是宾夕法尼亚州原来的工业重镇——葛底斯堡。凡是原来的工业重镇现在都支持特朗普了，为什么？穷下去了嘛！衰落下去了嘛！现在希望美国重新振作起来。如果从这个思路来看，特朗普讲的，以后的生产要来美国生产，如果美国公司移到外国去生产，是要罚的。要搬回美国来生产，如苹果就要从中国搬回去。现在他还没有当选总统，就已经做出了这样的表示。美国人买美国货，美国人雇用美国人，美国东西都在美国生产，这是他认为的美国能够重新伟大的根基。他认为，大量的投资能够让美国重新振作起来。中国能够造高铁，美国也要造铁路；中国的桥造得好，美国也造好桥。特朗普并不是一个没有理性的人，他不是一个纯粹的政治人物，他确实有自己的想法，而他的想法也确实抓住了他的支持者的心理。所以他上台以后，以他对自己理念的支持和他所谓的要对得起选民，我想他还是会基本上按照这个思路，就是在他的任期内，他一定要让美国重新强大起来。他认为四年以后他还会连任，而且认为他一定会让美国重新伟大。所以，从这个角度来说，我们正在思考他可能做的各种决策。他要做各种事情，他要对企业减税，他要减税无非就是想吸引企业投资，让那些企业搬回来。他要废除一些奥巴马制定的福利、医疗政策，让美国的钱可以从福利转到实业上。所以有意思的是，看看我们中国刚刚召开的中央经济工作会议，我们现在的供给侧结构改革，别以为太抽象，实际上在这个角度上可以说未来是中国和美国在实业上的一个较量。

　　第二个，现在奥巴马回过头来告诉他中国问题，说中国问题是不能动摇的。为什么重申并和他解释了半天呢？我不知道特朗普是否能理解。但是，如果一个商人把台湾问题作为一个筹码，那和奥巴马的思路是不太一样的。原来我们有三万多亿的美国国债，当中有一半以上吧，有三分之一以上是美国的国债，还有三分之一是政府机构的债务，还有一些是公司的债务。中国现在在减少美国的国债，这意味着什么呢？就是说，以前我借钱给你用，我现在不想借了。而现在特朗普恰恰是要重整美国，他需要钱，他希望的是世界的资金回流美国。所以联邦储备局刚刚加了一点利息但是又不多，加得多了利息高了美国人也受不了，明年还要加三次，后年也还要加三次，大家以为会一直加上去，所以弄得现在资金都向美国回流。但是这个时候中国说，我在减少美国的国债，我少借钱给你，我在给你抽钱。大家都在打信号。中国掌握的美国国债已经快跌破三万亿了，但是还是比日本少。以前多年都是中国第一，日本第二。现在是日本第一，中国第二了。这当中是不是都在较量？包括中美贸易当中的事情，你美国可以采取措施，说要对中国采取45%的关税，这不是昏了头吗？这个也可以对他们说，这几天我们在打一个反垄断的案子，涉及的就是美国的汽车公司，两大汽车公司，福特和通用。现在是大家在外围先摸吧，像打太极拳一样的，你推一掌，我推一掌的，先接触一下嘛。

但是整体来说还是比较令人担忧。因为特朗普的选举班底里面没有多少像样的人。因为像样的人不愿意跟他跑，这是他这次的特点。好多美国学者都不愿意加入他的班底，政治人物也是一样，包括共和党里面本来支持他的人现在都和他保持距离。结果，他的整个经济团队里面十六个人中只有一个是博士，这个博士给他出的主意就是给中国加45%的关税，要把中国定为汇率操纵国等。现在看来，如果这么做就是毁灭性的。首先对美国就是毁灭性的。如果中美全面开展贸易战的话，对中国当然也有很大的影响。这个博士现在在特朗普团队里面还没有正式的身份，特朗普曾多次表示欣赏他的著作，接受他的看法。还有一位作为白宫里面的关于亚洲事务方面的安全助理，这位先生去年出了一本书，就是说中国要杀入美国，还拍了纪录片，他是很有名的鹰派人物。凤凰卫视的一些节目里面就有两宗关于鹰派人物对阵的事例。所谓鹰派人物，准确不准确再说，中国出来的是戴旭、罗援，而美国就是白班瑞。所以这里面出现风波是难免的，当初克林顿上台时把中国骂得很厉害，但他后来也在慢慢地修复。小布什上台的时候，也是把中国看作是邪恶的，他很快就修复过来了。奥巴马从一开始就比较准确地把中美关系定位，他在位时虽然两国关系不算好，但毕竟他没有把中国看作敌人。包括这次记者会上，他最后也说到中国关系的重要性。为什么重要？他发了言。现在，特朗普当选以后，开头闹得很不好、很不愉快，会不会慢慢地不打不相识呢？也有可能。

有人还是比较乐观的，就像那位老是跑北京，老是从华盛顿过来给我们国家领导人提建议的基辛格先生。他当时的想法，我觉得蛮浪漫的，我只能用浪漫这个词来形容了。他认为中国、美国、俄国，这三强应该成为主宰世界的国家，别去管欧洲了，也别去管德国和日本了，就我们来摆平世界。说完全没有道理嘛，我觉得也不是。我觉得从中国的角度来说，不要过于膨胀，如果中美关系大幅恶化的话，甚至可能出现战争的话，我们中国会受很大的损失。我们的实力还是不够的，很简单，就如航空母舰，美国目前有十大航空母舰群，我们目前第一艘航空母舰才第一次做实战演习。我们下一艘完全自造的航空母舰下水可能是明年，下水以后到实战演习可能是2020年。我觉得，美国也不要过于膨胀，我们追得很快。

再有一个，我们的经济。我们的经济发展很快，我们过的日子应该是全世界最好过的日子。印度本来说要赶上中国，结果他们的穆迪总理闹了一下，现在我看明年就不行了，这种事情闹得全国乱。但是中国的根基，我们这两年的发展，一个是世界贸易，我们是国际化的获利者。一个是我们的金融，我们用了全球的钱，我们用了大家的钱，投资是外来的投资，我们出口以后换的钱也是国际上的钱。一旦出现了全球的或中美之间的关系恶化，我们的经济根基会受到很大的冲击，包括贸易问题。我们的贸易现在已经比较困难，我们的成本在上升，我们的出口市场竞争也越来越激烈，所以在这种情况下，我们要做好准备。这个准备就是，我们可能变好但是也可能变坏。你要有准备，你不能一厢情愿，就像希拉里竞选一样，结果出来了却不是这么一个情况。你也不能让自己的脚太软，自己的根基太软。好在这些年我们做了几件很重要的事情，不是说补短板吗？真正的补短板比如反腐败——如果这些腐败的官员还在各级政府里面，一旦我们的外部形势紧张了，这些人会不会出问题？我不知道。但清除腐败太好了。我们的军队如果不整顿，中央军委委员里面就有这样的腐败分子，那我们的军队能打仗吗？经过军队这样的整顿，我想战斗力一定会比前几年要强。很难想象徐才厚、郭伯雄这样的人带着我们大家去打仗会怎么样。经济的调整也是非常重要的。原来经济增长变快，但是很多负面的影响也越来越大。现在的调整，是扎扎实实地把中国的经济从实业到金融全都稳下来。如果在这种情况下，我们自己根基稳了，明年就是中美关系出现大的波动，特别是在贸易方面、经济方面我们可能会有损失，但是至少我们的脚能站得住，我们比其他国家也能够更好地面对世界变局。现在很难说我们中国能够主导这个世界，但是不管世界怎么变，我们自己能稳得住，人心稳得住，经济稳得住，政治局面稳得住，社会稳得住，我想这就是我们面对世界变局的一个最有利的条件。

好！谢谢大家！

（本文字稿是根据录音整理而成，有删节和改动，由贾植芳研究中心李春霞老师整理）

附
贾植芳张掖"落户记"

姚峥华

一

20世纪90年代的一天,我从书架上随手拿出一本书——《文坛悲歌——胡风集团冤案始末》。翻开,如坠入一个深渊,越坠越深,不可自拔。

这是一场"史无前例"的运动,2000多人受到波及,不少人家破人亡。路翎、阿垅、鲁藜、牛汉、绿原、彭柏山、吕荧、贾植芳、谢韬、王元化、梅林、刘雪苇、满涛、何满子、芦甸、彭燕郊、曾卓、耿庸、张中晓、罗洛、方然、王戎、化铁这些已成为一个个文化符号的名字被冠以"胡风分子"的罪名。

书页翻得我惊心动魄,开始以此为轴心,向外扩展追索。梅志的《胡风传》,彭燕郊的《回忆录:那代人》,贾植芳的《狱里狱外——一个"胡风分子"的人生档案》《贾植芳致胡风书札》,晓风编的《我与胡风》,何满子的《跋涉者——何满子口述自传》,冀汸的回忆录《血色流年》,牛汉的《牛汉诗文全集》……只要是关于"胡风分子"、关于冤案的作品,尽可能掘地三尺找来瞅瞅。当然,还有舒芜的《回归五四》《舒芜口述自传》。所涉各人角度不同,都从自身出发,围绕同一个案件作各自的陈述。

左起：姚峥华、李辉、马未都、刘仁义、胡洪侠

多年后，我在自己"书人"系列的第一本书《书人·书事》中写到李辉，标题是《他不知道，他是我的启蒙者》。对，李辉是我的启蒙者。那段"胡风分子"及"七月派"诗人个人命运于时代大背景下颠沛流离的往事，他着实为我开启了一扇窗，引导我穿越时空，开始触碰那些于历史大潮中被裹挟着沉浮又不甘为此低下头颅的生命之光。在这些书的启蒙下，我跟着他开始"滚雪球"，从胡风、"七月派"诗人到五四文化老人们……

也是多年之后，李辉谈起他写的"文化老人"系列，提到了一个人，他的恩师，"胡风分子"骨干之一的贾植芳先生。"那是1979年，当时我正在复旦念书，他则刚回到中文系资料室当图书馆管理员。每次去找书，他会与我谈上许久。从他那里我知道了不少现代文学中的人物、作品和掌故。"李辉大学期间研究巴金，贾植芳一直强调要看原始资料，要尽量采访当事人，所以他在大学时期开始采访巴金和巴金的朋友。一起在贾先生指导下开始文学学术研究之旅的还有他的同班同学，现任复旦大学图书馆馆长、博士生导师的陈思和教授。"这就是我'文化雪球'的核心，之后越滚越大。"工作后，通过巴金和贾植芳，李辉又认识了更多现代作家如冰心、萧乾、卞之琳、黄苗子、耿庸、王戎、萧军、聂绀弩、艾青、臧克家等。三十多年来，李辉就这么"滚雪球"，埋头完成了一部部纪实作品。"贾先生对我确定研究方向和对文化感兴趣方面产生了最直接的重要影响，可以说影响了我的一生。"他心底里把贾植芳尊为父辈般的师长，敬仰并热爱着他。2008年4月贾植芳先生去世，《我的人生档案：贾植芳回忆录》于2009年1月由江苏文艺出版社出版，贾植芳著，罗银胜编。2008年是个文化灾年，那一年去世的文化老人一个接一个，贾植芳92岁，彭燕郊、王元化88岁……都是"胡风分子"。

牛汉的《我仍在苦苦跋涉——牛汉自述》2008年由三联书店刊行。忽然有时不我待的感觉，我迅速与《新文学史料》的郭娟（时任杂志执行主编，现为主编）联系，2011年1月6号，一个寒冷的下午，我们直奔牛汉先生的北京住地朝阳区八里庄北里。于我而言，那是一个富有历史意义的时间节点，见面一刹那，心底浮现的是"时间开始了"（胡风的诗句）这句诗。我似乎亲身与历史那趟列车有了交集，牛汉先生所谈的、所想的、所表露出来的，此刻都已经不重要了，耳边呼啸而来的，是负重承载的列车伴随着时代风云滚滚而去。2013年9月29日，牛汉先生去世。

二

一直说，我有"胡风情结"——对"胡风分子"的悲惨遭遇，有着深切同情。

往回推，没有恩师贾植芳，也许就没有李辉笔下的"胡风分子"，也许就没有我最初对这一系列人物的关注，甚至没有了长此以往对这个"特殊群体"所赋予的特殊情感，也就没有了后来目视陈思和教授领衔贾先生弟子承担贾氏研究工程时的血脉贲张……

这只是一个假设，但它完全可以成立。

这根线就这么奇怪地被穿起来，没有缘由。直到这一天，2016年10月11日，我休年假恰巧来到塞上江南甘肃张掖河西学院的贾植芳研究中心。

后来我跟朋友说，贾植芳研究中心设在甘肃张掖，对方第一句话："贾先生生前不是一直在复旦吗？"紧接着第二句话："他的家乡不是山西襄汾吗？"我估计其后还有第三、第四个疑问，就像我第一眼看到贾植芳研究中心时，各种问号便接踵而至。

不奇怪。贾植芳先生真的落户张掖了。

这里先容我列上一个时间表，罗列一番大事记，再细细述说。

2011年9月甘肃省委组织部向上海、南京两地派出了前后20名大学校长挂职学习，河西学院校长刘仁义从2011年9月5日至2012年1月，抵达复旦大学当校长助理（此时距他到河西学院当校长为时一年），他希望两个学校"结亲"，把河西当成复旦在西北的驿站。2012年4月两校达成协议，2012年6月在复旦光华楼签署协议，同年增加复旦到河西的招生计划。

2012年9月河西学院第一批老师到复旦挂职。

2013年6月教育部正式批复文件，复旦对口支援河西学院工作全面开展。自此，从学术会议到学者互访，双方每年人员往来数百人次。

2013年年底，陈晓兰（河西学院85届的校友，现任上海大学中文系教授）路过贾植芳故居，得知任敏的侄女桂芙女士有处理贾植芳先生藏书的意愿，于是极力向桂芙女士和自己的老师陈思和教授建议将贾先生藏书捐赠给河西学院。其实自 2008 年 4 月 24 日，贾植芳先生走完了他九十二年风雨人生其后几年里，如何处置贾先生宝贵的藏书，成为陈思和教授和贾先生的后辈贾英、桂芙女士多次商讨的问题。

2014 年 3 月捐书意向达成，4 月 8 日河西学院刘仁义校长带队到复旦，与陈思和教授具体接洽。自捐书活动筹划始，复旦中文系研究生办公室主任刘存玲带领陈思和教授的十几位研究生义务工作，完成了接收来书、整理盖章、清点造册和打包装箱工作，并编辑出了 10 多万字的《贾植芳教授捐赠书目》。

2014 年 4 月 28 日贾植芳先生藏书捐赠河西学院仪式在复旦举行。贾门弟子共捐献 7036 册；复旦图书馆共捐献 26000 册；复旦出版社共捐献 500 多册。共 70 多箱。这些书中，有贾植芳先生个人藏书共 3300 多册，有签名赠书 1111 册。当得知贾先生藏书将捐赠河西学院后，作家王安忆挑选自己的著作和藏书 120 册襄助。复旦中文系教师和贾先生弟子（包括陈思和弟子）共 30 多人以贾植芳先生的名义也慷慨捐赠图书，使赠书达到了 7000 多册。

2014 年 5 月 20 日，这批赠书运达河西学院图书馆，图书馆设立了"贾植芳藏书陈列馆"（书法家蔡仲渝先生题写了"贾植芳藏书陈列馆"匾额）专室，并组织人员，对贾植芳先生赠书进行了盖章登记和分类编目，短短一个月时间内实现了网络书目查询和开放阅览服务。

2014 年 7 月 7 日，贾植芳先生藏书陈列馆和复旦学者文库揭牌仪式在河西学院图书馆举行。

2015 年 10 月 11 日，贾植芳弟子李辉亲赴河西学院拜瞻贾先生藏书。后来在他倡议下成立了河西学院"非虚构写作研究中心"及贾植芳讲堂。此外，李辉捐出他与恩师贾植芳先生 200 多封通信中珍贵的 36 封，并发愿动员更多的知名文化人和贾先生弟子向河西学院捐书，到河西学院贾植芳讲堂讲学。其后，在李和陈晓兰教授协调下，贾植芳后人桂芙女士将贾先生书房的六个书柜、一组沙发、一张圆桌、一张写字台和部分贾先生生前用品（衣服、手杖）捐赠给河西学院。

2015年12月4日，河西学院图书馆书记薛栋抵达复旦将贾先生的物件运抵河西学院。

2016年7月2日，由复旦大学和河西学院主办的贾植芳与中国新文学传承国际学术研讨会在河西学院举办。会议期间，进行了贾植芳雕像揭幕，国内首家贾植芳研究中心、贾植芳讲堂揭牌，以及黄永玉先生为贾植芳研究中心、贾植芳讲堂题名的书法作品捐赠，贾植芳先生书信捐赠事项。同时陈思和教授捐书200多本，李辉及夫人应红捐书2700多册。来自复旦大学、河西学院两校师生及贾植芳后人亲属代表，以及美国、日本、韩国和中国台湾地区的专家学者等近百人参加了此次学术研究会。陈引驰教授、谢天振教授、赵建国院长、薛栋书记等都做了相关的学术报告。

2016年7月，陈思和、李辉所做的题为《贾植芳先生印象与非虚构写作》的讲座，为贾植芳讲堂的第一讲。复旦大学中文系教授张新颖所做的题为《谈沈从文的后半生》的学术讲座，为贾植芳讲堂的第二讲。

2016年7月，现代文学研究专家、华东师范大学陈子善教授所做的题为《张爱玲文学史料的搜集和整理》的学术讲座，为贾植芳讲堂的第三讲。

2016年9月，非虚构作家梁鸿题为《文学如何重返现实》的学术讲座，为贾植芳讲堂的第四讲。

2016年10月，观复博物馆馆长马未都所做的题为《我与观复博物馆》的学术讲座，为贾植芳讲堂的第五讲；解放军原副总参谋长熊光楷将军所做的题为《国际关系与国家安全》的学术讲座，为贾植芳讲堂的第六讲。

2016年12月，著名媒体人、时事评论家曹景行先生做客贾植芳讲堂，所做的题为《我所经历的美国总统竞选》的学术讲座，为贾植芳讲堂的第七讲。

从时间表可以看到，长达数年的时间，数十人上百人的力量，在接力完成这一件不管从地域、从籍贯、从渊源、从嫡传都似乎不可能，但却是至善至美的一番仁义之举。

参加揭牌仪式后，陈思和为河西学院收藏恩师贾植芳藏书感到深深感动，发自肺腑地说："书在人就在，生命就在。贾先生的书在河西学院，他的精神和灵魂就在河西学院，河西学院就是我的家，我一定会再来。只要河西学院需要我召唤我，要我上课、讲学、做任何事情，如果你们愿意，我都会抽时间来，因为这里就是我的家。"

同样发自肺腑的还有一个人——李辉。在留言簿上，他写下："历史有缘，与贾先生相遇复旦，一生从此改变。感恩唯有回报，愿为河西尽心尽力。文化传承，先生永在！"

发自肺腑的当然还有很多很多人，河西学院贾植芳研究中心留言簿上落满墨迹，饱蘸深情，传递的分明是一份文化情怀，一份文学召唤。

那晚，如水夜色下，张掖宾馆的湖边，我们一圈圈地绕湖行走，比赛着看谁走的里程多，年届花甲的李辉像个小朋友，已化为"张掖人"，他细数着明年的讲堂版图，还有池莉、白岩松、曹可凡、毕飞宇、张炜……天上的星星一闪一闪，他的大眼睛也一闪一闪，西北夜空下涟漪荡漾的湖面竟是那么美。

三

河西学院的校长刘仁义教授理科出身，有着深深的人文情怀。我们穿过偌大的校园，一草一木一砖一瓦皆整洁有序。刘校长颇为自豪地说："与复旦合作，能一流就一流，打扫卫生也可以一流。建设学校，我们有理想、标准和制度。"

草坪绿地上立着一块不规则的石头，上边刻着两个红色大字"大家"，彰显着艺术之美。在地处丝绸之路、河西走廊，兰州以西乌鲁木齐以东的2000公里范围内唯一的这一所综合性本科学院内，处处流淌着一种精神，一份理念。对，"灵魂激活了"！"捐书，建馆，安家，这是三部曲，我们要把贾植芳陈列馆变为一个交流的空间和平台，让学术薪火继续传承下去"。刘校长大展心中宏图，"这是一个个美丽的故事"。

在张掖的那些天，我听到了很多美丽的故事，它似冥冥之中一股无形的力量，一只看不见的手，把河西学院与贾植芳先生维系起来。缘分，其实早就种下了。

贾植芳的弟子遍天下，陈思和教授是多年陪伴在他身边的弟子之一，与他有着亦师亦父的亲密感情。1992年，陈思和招收的第一个硕士研究生何清（现苏州科技学院教授、图书馆馆长）恰好来自位于张掖市的河西学院（2000年以前称张掖师专），在何清对故乡地理风物及美食的描绘下，陈思和对河西走廊及河西学院有了一些感性的认识。陈思和2000年招收的比较文学博士生陈晓兰，则是河西学院85届的校友。陈晓兰教授对母校的感情十分深厚，对贾植芳先生非常敬爱，当她听闻贾先生藏书亟待安置的消息后，极力向桂芙女士和陈思和建议将其捐赠给河西学院，并促成了这桩文苑佳话。陈思和为此赋诗赞之："西北芝兰海上传，幽香暗渡黑河川。贾门三代情诚系，一纸史诗比石坚。"这首诗的墨宝以镜框装帧悬挂在河西学院图书馆的贾植芳研究中心内，面向东南，满屋芬芳。

更神奇的是，河西学院图书馆书记薛栋，1982年毕业，分配进河西学院图书馆工作，1984年5月派至复旦大学图书馆实习，有幸成为时任馆长的贾植芳先生属下；三十年后的2014年4月，他再次来到复旦大学图书馆挂职3个月，又成为复旦新任陈思和馆长的属下，由此与贾先生师生两代结下了难得的情缘。此次图书的搬运及捐赠仪式、贾植芳藏书陈列馆揭牌仪式他都是重要的参与者之一。作为一名在图书馆浸润了三十多年的"老馆藏"，他对贾植芳藏书有着与众不同的情感，在他眼里，这些书架上的书本，俨然是一个个珍藏着的人生密码，有着体温和情感，诉说着世事变幻的生命。

如果说他们三个河西人与贾先生以及陈思和的相遇是一种巧合，那么，更巧合的还有——河西走廊有中国第二大内陆河黑河，发源于祁连山脉，是张掖的母亲河。黑河边有一个古代遗址，叫"黑水国"，当我们金秋十月跋涉抵达时，那个神秘的"黑水国"只剩沙漠里一处小土堆。旷野寂寥，枯木无声。可是，万里之远海上之滨的陈思和教授的书斋，竟然取名"黑水斋"！这是暗合还是神合，唯有天知道。陈思和有感而赋诗："黑水藏书本我愿，斋名伴读十余年。今知古国合天意，复旦河西喜结缘。"

至此，我们只能感叹造物主的神奇。

莫急，还有悬念。

意外的事情确实陆续到来。在陈列馆的玻璃橱柜里，展示着薄薄的两页书信，因字数不多，这里全文抄录：

尊敬的贾先生：

您好！并拜问任敏先生安好！

1989年5月在武汉全国首届胡风文艺思想学术讨论会上有幸拜识先生，至今六年过去了，无缘再聆听指教，但对您时怀尊敬想念之心。今托何清老师奉上《胡风文艺思想新论》一书，敬请先生批评指导。我一生身处边塞小城，教学之类工作十分繁忙，且见识闭塞，资料缺乏，利用业余时间矻矻孜孜研究胡风文艺思想，而有《新论》的出版（此书的出版也是极其艰难的），以我的条件，此书的浅陋可想而知，因此奉献于先生之前，觉得十分汗颜，虽然如此，此书所述，都是我个人研究中的所见所识，而且从研究中益愈崇敬胡风先生的为人和为文，也包括像对先生这样的胡风故交好友的敬仰和爱戴。因此专诚奉上，聊表敬意。如先生能有时间一顾，并把批评意见告我，则幸欣感谢之至。

尚延龄

1995 年 5 月 26 日于张掖师专

二十年前的一封信，从张掖河西学院的前身投寄出去，抵达贾植芳手中。贾植芳先生当年回信与否，我们现在无从查证。但信纸保存完好，规整地夹在《胡风文艺思想新论》一书的书页中，与这一批赠书一起回到河西学院。像是一个轮回，一份由胡风思想联结而成的信之情缘，天南地北二十年绵远流长。写《胡风文艺思想新论》的尚延龄老人早已退休，回到故里。学院老师说，他儿子尚缨现为河西学院艺术系老师，他见证了父亲当年写给贾植芳先生的亲笔信回到贾植芳研究中心。

这让人不得不再次惊讶。

美丽的故事，自有它美丽的力量所在。

贾植芳先生是非常接地气的作家和学者，有着深深的草根情怀。陈思和教授得其真传，早在 20 世纪 90 年代，就身体力行地主编、推行、出版了甘肃作家系列，对西北一隅的文化现象及民间文化十分关注。也正因此，他认为把贾先生藏书安放在遥远的西部，符合贾先生一贯精神。种种缘由，促使他及一大批贾先生弟子主张将贾植芳先生藏书捐赠给河西学院。

见到贾师藏书运抵贾植芳研究中心后，陈思和教授赋诗一首，表达心怀："感念恩师灵在天，遗书护送到祁连。植芳万里丝绸玉，浩瀚精神大漠烟。"据工作人员介绍，在贾植芳与中国新文学传承国际学术研讨会上，他全情投入地朗诵这首诗，眼里充满了泪水，在场所有人闻之无不动容。

四

贾植芳（1916—2008），"七月派"重要作家，翻译家，现当代文学研究权威专家，比较文学学科奠基人之一，生前曾任复旦大学教授、图书馆馆长。一生编著图书50多部。

他在晚年的自传《我的人生档案：贾植芳回忆录》自序中，有这么一段："我生于袁世凯称帝的那年，年轻时曾自号'洪宪生人'，以后又经过了军阀混战、国民党专制、抗日战争等时代，一直到高唱'东方红，太阳升'的新社会。有缘的是我每经过一个朝代就坐一回牢，罪名是千篇一律的政治犯，作为一个知识分子，我是认真地付出过沉重的生命代价的。我在这个世界里的追求、爱憎、信念以及种种个人遭遇，都可作为历史的见证。为青年及后代提供一些比正史、官书更加丰富和实在的东西。"

贾先生的四次牢狱之灾为：

第一次进监狱，是因为参加了1935年那场著名的"一二 九"学生运动，坐牢约俩月时间；第二次进监狱，是因为他在徐州搞"策反"，被日伪抓进监狱，坐牢不到一年；第三次进监狱，是因为"煽动学潮"，被国民党抓进监狱，坐牢约一年；第四次进监狱，是因为胡风，他被抓进监狱，前后坐牢、改造约二十三年。

所幸的是，每次挨批斗之后，他便自我改善伙食，抽点好烟犒劳自己。他"从心里可怜这些批斗自己的人，因为他们是'奴在心者'"。

他与胡风的交往，有师生情，更深的是私谊。陈思和教授在河西学院讲堂上讲了一个故事，那是贾植芳从日本回来后经胡风介绍到重庆某报馆谋生，之前两人没有见过面，"胡风接到信，就匆匆地在整个重庆报界找贾植芳这个人。可能是（贾植芳）一副落魄的样子，使他（胡风）感到意外又不是意外，所以显然使他竟有些黯然伤神的表情。他的眼睛湿润了，以至他竟顾不上围绕着他的那片亲切笑容，立即从长衫口袋里摸出一卷钞票，跨步递给还坐在地上的贾植芳，声调温和地说：'这是 20 元钱，你过去在前方寄稿子来，还存有一点稿费。'"这些点滴细节，足以证明贾植芳心目中的胡风是何等高大。以至于后来尽管他得到来自哥哥贾芝（李大钊女婿，2016 年 1 月去世，为社科院民族文学研究所离休干部）的警告，以及各方的压力，贾植芳对胡风均无疏离避祸之举，身陷囹圄之后，也保持了志士之尊、君子之风。

他与妻子任敏风雨六十年的爱情，更被传为佳话。1955 年后，贾植芳因胡风坐牢，夫妻分隔长达 11 年之久。1962 年，任敏被放了出来，她跑回贾植芳的老家山西襄汾侯村。"一九六三年十月，我突然收到了一个包裹，包裹的布是家乡织的土布，里面只有一双黑面圆口的布鞋，鞋里放着四颗红枣、四只核桃，这是我们家乡求吉利的习俗。虽然一个字也没有，但我心里明白，任敏还活着，而且她已经回到了我的家乡了。这件事使我在监狱里激动了很久很久……"（《做知识分子的老婆》）任敏晚年犯病卧床不起，贾植芳不离不弃悉心照料。2002 年任敏离世后，贾植芳每天早上在她的遗像前放置一杯牛奶，说，这是任敏的早点。这一习惯，保留到 2008 年他过世。

待平反之时，贾植芳已经 65 岁了。之后虽然历任复旦大学教授、图书馆馆长，中国比较文学学会第一届副会长……然而他对自己的创作成就有很清醒的认识："我虽然从三十年代以来，就开始学习写作文学作品，并出版过小说集、散文集，也写点剧本和杂文等，但我充其量不过是文坛上的一个散兵游勇；虽然我甚至因文受祸，在新旧社会都吃过断命的政治官司……并且从五十年代以后，就基本做了'绝育'手续，实在算不得什么作家……八十年代初期，我又蠢蠢欲动，试图重新挣扎，写了些小说和散文。"

对自己一生的评价，他总结为："生命的历程，对我说来，也就是我努力塑造自己的生活性格和做人品格的过程。我生平最大的收获，就是把'人'这个字

写得还比较端正。"（《且说说我自己》）

贾植芳的研究生严锋说："每当我结交新知，告诉人家先生是我的老师的时候，对方的神色十有八九会立刻变作肃然起敬。做先生的学生，我常常有一种说不出来的骄傲。"

此时，我就有这么一种骄傲，对着电脑屏幕，在空白的文档上，写下的是关于贾植芳的文字。不管分量如何，不管文笔如何，至少，我在触碰历史。在贾植芳研究中心留言簿上，我握着笔思量了半晌，不敢轻易下笔，最后，一笔一画地写下"端端正正做一个'大写'的人——观贾植芳研究中心有感"，以此表达我对贾先生的敬仰和缅怀之情，也借此作为对自己未竟之业的鞭策和警醒。

五

贾植芳曾当着夫人任敏的面对陈思和说："我们无子无女，也没有任何家产，所有的财产就这几本书。"

河西图书馆贾植芳藏书陈列馆里，25组定制的书架，一行行有序排开。从复旦运来的贾植芳的藏书便在此处安身。图书馆书记薛栋介绍，贾先生位于复旦大学第九宿舍家中的书斋藏书，是他在1978年平反昭雪恢复工作后陆续积累起来的。其来源一是先生20多年来节衣缩食不断光顾书店所购买，二是多年的老友、同人、学生和出版编辑机构赠书，而赠书中签名本数量很多，每本书都有着生动的故事和特殊的纪念意义。贾先生大量的藏书以现代文学作品集和研究类图书为主，其次为中国古典文学和外国文学类图书，也有部分哲学社会和研究"文革"的图书，而最具特色的当属关于"胡风集团"的图书和比较文学研究类图书。

书架上有多种分类：贾植芳藏书（中国当代小说）、贾植芳藏书（中国文学作品集）、贾植芳藏书（各国史）、贾植芳藏书（综合性图书）、贾植芳著作与研究、"七月派"研究、胡风问题与胡风作品、胡风相关作家作品……"胡风分子"中很多熟悉的名字，都在这里一一出现。翻开书页，看着浓淡不一的字迹，或横或竖的亲笔签名，远近各异的落款时间，恍惚间有生命脉搏在其间跃动，梅志、绿原、徐放、化铁、张中晓、路翎、王元化、阿垅、鲁藜、彭燕郊、罗洛、牛汉……这些因"胡风案"四处飘零的"分子"们，似乎又聚拢到一起了，时间并没有把他们分开，从"七月派"到"胡风分子"，历史老人不过只是开了一个大大的玩笑而已。他们，依然挺立着，正如牛汉在他的回忆录中写道："我和我的诗所以这么顽强地活着，绝不是为了咀嚼痛苦，更不是为了对历史进行报复。我的诗只是让历史清醒地从灾难中走出来。"

我开始找寻一个人，他很重要，又很另类，他在这一批人中是格格不入的，所有因胡风冤案受到波涉的血雨腥风中，他甚至有"始作俑者"之嫌，以至于后半生背负着不被饶恕的荆条，踽踽独行。是的，他便是舒芜。

在《回归五四》的序言中，舒芜曾经写道："那么多人受到迫害，妻离子散，家破人亡，乃至失智发狂，各式惨死，其中包括我青年时期几乎全部的好友，特别是一贯挈我掖我教我望我的胡风，我对他们的苦难，有我应负的一份责任。"这几乎是我所能找到的他对自己最大限度的忏悔了。

拜见牛汉先生时，我特地考证了在"交信"问题上他对舒芜的态度，89岁的老人思维敏捷，逻辑清晰，面对我斩钉截铁地说："决不原谅，决不含糊！"

仿佛间，我看到了一些"平反"后的场景——

贾植芳访路翎，他们在一间无门的平房房间里见面，一块儿喝着二锅头。路翎时而默然，时而冲出房间悲愤号叫。其房间无书，书架上摆着瓶瓶罐罐，装着油盐酱醋，书桌上，只有一张《北京晚报》。

贾植芳访萧军，问："老萧，你还认得我吗？"萧军说："怎么敢忘记呢？胡风家里的那个贾植芳。你在我这里吃个便饭。"贾植芳说："算了吧，咱们就见见面。再见面就是开追悼会了。"再见时，二人头发都白了。不久讣告就来了，向遗体告别。

……

书架上，没有发现"舒芜"二字。我想，这很正常。可转念间又有些微失落。离开张掖前的一天，大侠突然喊着，快，发现了一本。我跑过去，薄薄的一本《说梦录》，上海古籍出版社1982年出版，保存完好。翻开，扉页上写着"植芳任敏兄教正，舒芜1982年12月26日"。

这个时间值得认真考量。因为，1982年之后发生的一系列事，关心的读者应该清晰如昨。2006年，舒芜在《万象》杂志上刊发了《贾拒认舒版本考》，对"传说"中的贾植芳"拒认"舒芜事件进行了考辨。贾植芳阅后补了一句："这个人无聊。"有弟子从贾先生的日记中找到原委，说上边写得很清楚："1984年我到北京参加第四次作代会时，住京西宾馆，舒芜也作为出席会议的代表来访问我，被我拒绝情况。事实是，在会议期间，某一天上午，我听到叩门声，开门后，原来是舒芜来访。我以对陌生人的冷淡态度问他：'你找谁？'他则是满面笑容地像熟人的表情对我说：'就找你。'我听后以不屑一顾的冷淡态度回答说：'我并不认识你。'后即随手重重地把门关闭。因为经过这几年的考察，我发现他对自己50年代犯的卖友求荣的无耻行径毫无悔罪表现，是一个有才无德的无耻之徒。因此，与他断然绝交，划清界限。"

历史的烟云，总这么聚拢来又散开去，当事人亲历者最有发言权。

陈思和教授说得好："当我研究现代文学的时候，现代文学就是一条河流，我就是这个河流里面的一块石头。……那么这个文学史就是一个活的文学史，是有生命的文学史。……我是在这个里面的一个人，就像河流里的一块石头一样，我感受到这个传统在我身上这样流过去。"（《我的导师贾植芳先生》）

我这里也想套用陈思和老师的语式，因为河西学院贾植芳研究中心，因为贾植芳藏书陈列馆，因为这些"七月派"作品，现代文学历史在我的眼前徐徐展开。因为有了陈思和、李辉，对我而言情况就不一样了。我脑子里看到的贾植芳便是陈思和、李辉的贾植芳，而我脑子里记得的胡风就是曾经与贾植芳过从甚密的胡风，那么，我脑子里记得的鲁迅就是曾经教育过胡风的鲁迅了……这样一来，这些人跟我的距离就完全拉近了。

陈引驰教授称贾先生藏书是"精神遗产的有形载体""当你打开一本书，阅读书页上的批语、感悟时，其实就是在用一种清晰可见的方式与前辈进行思想的沟通……"我不由得羡慕河西学院的学生，他们是何其幸运，可以从书架上随时拿下一本本书，随时翻开一本本签名本，随时找出一条条生命经纬线，随时细细地厘清脉络作为自己的研究课题写下论文。那将是极好的一种自我提升和历史保存。

六

历史的天空，总那么高远。

"贾植芳先生在血脉上没有后代，但在学术上后代很多很多。"

"贾植芳藏书陈列馆今后将进一步收藏贾植芳著作、手稿、日记、书信和贾植芳研究资料，'胡风问题'研究资料，'七月派'及现代文学流派研究资料，贾先生弟子与复旦学者个人著述。通过不断的特色专题文献汇集，建设国内特有的贾植芳研究文献信息中心，固化贾植芳藏书捐赠和复旦大学对口援建河西学院的成果……"

"着力打造国内贾植芳研究中心、贾植芳研究文献信息中心和贾植芳品格育人阵地……"

我所接触到的刘仁义校长、赵建国院长、薛栋馆长还有王明博老师、王德主任，以及很多很多河西学院的老师们……他们的话语在耳边响起，我听到的并非一派豪情壮语，学校大事记正一行行往下延伸，进入2017年，项目还在扩展。

贾植芳先生一生飘零，颠沛流离，历尽坎坷，其身后，他的藏书带着他的人格魅力、他的思想遗产，欣然抵达广漠的大西北安身落户。从这个意义上讲，贾先生是幸运的，他没有后代，但弟子们都是他的学术后代，这一批后代还将越来越壮大，在复旦、在河西、在广大喜爱"七月派"作品的读者中，波澜壮阔起来，以先生朴素的做人理念为座右铭，认认真真地画一个大写的"人"字。

薪火传承的火把，正在照亮西北塞上的天。

2016年12月29日

（注：本文写作得到李辉老师、河西学院刘仁义校长、图书馆薛栋书记、文学院赵建国院长及王明博老师大力支持，同时参考了陈思和教授在河西讲堂上所做的学术讲座内容及其著作《我的导师贾植芳先生》，特此鸣谢）

贾植芳讲堂，因一个"端正的灵魂"而设

赵建国

贾植芳是谁？河西学院为何会有以贾植芳命名的讲堂？人们自然产生一连串的疑惑。解答这些疑惑，就会触摸一个有温度的灵魂，感知一种有高度的精神，记忆一段有长度的故事，呈现一个端正的人——贾植芳。

"把人字写端正"，这是贾植芳先生生前说的最经典、最著名的一句话。任何人都可以轻松简单地重复这句话，但按这句话行事却有难度。贾植芳先生用他不平凡的一生践行和诠释着这句话，这句话也是他引以为豪的至理名言。

贾植芳先生一生坎坷，四度入狱，注定是一个有故事的人，是一部传奇。复旦大学对口支援河西学院同样也是一段传奇故事。

2012年的春天，河西学院校长刘仁义教授远赴复旦挂职，作为一个有事业心的人，他用真情、气度与魄力，感染了复旦的领导、师生，并与复旦人建立了深厚的友谊。犹如水面泛起的涟漪，层层扩散，终究凝结成两校合作的协议；犹如"小球推动大球"的民间外交，最终谱写了一段传奇。

对口支援是一个意想不到的奇迹！

这个奇迹已经发生并持续了四年有余，还在不断延续。因为许多热心人的牵线搭桥，也因为某种机缘巧合，已故复旦大学中文系教授，现代文学史上"七月派"

赵建国

作家、学者、翻译家贾植芳先生的私人藏书捐赠河西学院，由此，贾植芳先生与河西学院结缘。

贾植芳先生的学生、著名文学批评家陈思和教授说过，贾先生的书在哪里，先生的灵魂就在哪里，家就在哪里！

陈思和教授已先后两次来河西学院，每一次他都要讲他敬爱的老师，讲先生的故事。

贾植芳先生的另一个学生，《人民日报》高级编辑、著名作家李辉感激师恩，热心提议在河西学院设立贾植芳讲堂。

2016年7月，在贾植芳先生百年诞辰之际，复旦大学与河西学院联合举办的贾植芳与中国新文学传承国际学术研讨会上，贾植芳讲堂正式揭牌。中国著名书画家黄永玉先生应李辉之邀，欣然提笔书写贾植芳讲堂匾名，并将书法原作慷慨捐赠河西学院收藏。

从此，一个高端的人文讲堂宣告诞生！

回想贾植芳讲堂第一讲《贾植芳先生印象与非虚构写作》：陈思和教授与李辉先生——两位老同学，三十年后再度联袂"同台献艺"。三十年前他们的老师贾植芳先生指导他俩完成了《巴金论稿》，三十年后他们又坐在一起，谈先生的过往，忆对先生的印象，一句一言，情深意长。

作为贾植芳讲堂的特邀主持人，李辉先生倾其心力邀请一个个名人大家莅临讲堂：复旦大学中文系张新颖教授讲述沈从文的后半生，华东师范大学陈子善教授细数张爱玲，中国人民大学文学院梁鸿教授讲述她写梁庄时的一些想法，央视《百家讲坛》主讲人马未都先生讲他与观复博物馆的二十年，中国人民解放军原副总参谋长熊光楷上将阐述国际关系与国家安全，著名媒体人、时事评论家曹景行先生纵论国际时事，讲述美国总统竞选幕后的故事……

这个名单还会继续延长，河西学院师生期待着，张掖市社会各界期待着。

短短半年，贾植芳讲堂已形成一个精神传承的强大磁场，一个近距离接触名人大家的学术殿堂，一个净化灵魂、提升修为的育人课堂。

贾植芳先生曾经多次说过："要认识中国就要去西北。"如今，他的藏书和他高贵的灵魂在西北的河西学院安家。贾植芳先生博大的家国情怀激励着贾门师生，他们愿意担当，并成为复旦、河西喜结良缘的红娘。其间许多感人的事迹和美丽的故事，书写着复旦人的河西情怀，见证着复旦文化与河西文化互动交融结成的累累硕果。河西学院的文化能够植根于复旦这所百年名校的大树上，汲取丰富的营养，使河西学院成为一所不仅有美丽校园，更有美丽故事和美丽灵魂的大学。

植芳河西，励志弘文。人们有理由相信，未来贾植芳讲堂还将演绎精彩的人文乐章。

丝绸之路上的文化传播者
——贾植芳讲堂七讲侧记

王明博

丝绸之路自汉代以来，就不仅是战略交通要道、民族融合之路，更是经济贸易之路、文化传播之路。在这条道路上留下过一代代先贤大师的足迹，张骞、法显、玄奘、马可·波罗……汉武帝元鼎六年（公元前111年）张掖设郡，《汉书》记载："张国臂腋，以通西域，隔绝匈奴、南羌，断匈奴右臂。"黑河，全国第二大内陆河，流经张掖全境。在丝绸之路上，张掖是一个富庶之地，更是文化交流的承续之地。河西学院是兰州以西，乌鲁木齐以东，绵延1000公里丝绸路上唯一的本科院校。传承丝路文明，汇聚东西文化也正是学校的发展之路。

2016年，丝绸之路又多了一个个当代著名学者的背影，他们是陈思和、李辉、张新颖、陈子善、梁鸿、马未都、熊光楷、曹景行。他们从不同的专业、不同的领域将他们的经历、体验和思想播撒到了河西学院学子的心田，播撒在张掖这片绿洲上，播撒在丝绸之路上。

群英会聚，少长咸集，都源于一个人——贾植芳先生。贾先生是复旦大学著名教授，复旦大学图书馆原馆长，"七月派"重要作家、翻译家，中国现当代文学和比较文学学科的奠基人之一。他历经坎坷，耿介一生，以对国家的忠、朋友的义、妻子的情、学生的爱而著称于业内。2014年，在陈思和先生的学生何清和

王明博

陈晓兰的建议下（何清老师和陈晓兰老师的籍贯都是甘肃张掖。何清老师曾任教于张掖师范专科学校，陈晓兰老师曾就读于张掖师范专科学校）将贾先生的藏书捐赠给河西学院。陈思和先生为此曾赋诗二首：

　　　　西北芝兰海上传，幽香暗渡黑河川。
　　　　贾门三代情诚系，一纸史诗比石坚。

　　　　感念恩师灵在天，遗书护送到祁连。
　　　　植芳万里丝绸玉，浩瀚精神大漠烟。

2016年7月，贾植芳先生百年诞辰纪念活动在河西学院举行，同时召开了贾植芳与中国新文学传承国际学术研讨会，与会国内外学者40多人，共襄盛举。在这次会上李辉老师动议，开设贾植芳讲堂，邀请国内各界知名学者、文化名人来河西学院讲课，将其打造成河西学院乃至甘肃省文化建设的知名品牌。此建议得到学校领导和诸位学者的积极响应。贾植芳讲堂随即开讲，第一讲由陈思和老师和李辉老师主讲《贾植芳先生印象与非虚构写作》，第二讲由张新颖老师主讲《谈沈从文的后半生》……

作为贾植芳研究中心的成员，我是同各位主讲人接触最多的，也是受益最多的。每位老师的言谈、性情和风采都在我心中留下了珍贵的记忆。

一

李辉老师是我接触最多的，因为他是贾植芳讲堂的特邀主持，每一讲的主讲人都是他陪着来到学校。李老师睿智，机敏，性子急，做事雷厉风行，写文章出手很快；语言幽默，率真随和，初次见面就有一见如故的感觉。第一次与李老师见面是2015年国庆节之后，他乘北京到嘉峪关的航班来嘉峪关考察了两天后到张掖。我陪李老师去武威，200多公里的路，李老师一路谈笑风生，让我消除了拘束感。走了一半的路，李老师嫌胡师傅开车慢，让胡师傅坐在他的座位上，他来开车，胡师傅不停地提醒说："李老师慢点，超速了要罚款的。"惹得我们哈哈大笑。在去白塔寺的路上，不熟悉路，走了一段发现不对，我们说返回原路，李老师却说"不走回头路"，硬是找了一条田间道去了白塔寺。这就是李老师的性格。

李老师的赤子性情在游历山水时表现得最充分。2016年10月14日，贾植芳讲堂第五讲、第六讲结束后，我和赵建国院长陪同李辉老师、胡洪侠社长和姚峥华主编去了马蹄寺。马蹄寺石窟据说建于东晋十六国时期，前凉名贤郭瑀隐于临松薤谷讲学，《晋书·郭瑀传》有记载："隐于临松薤谷，凿石室而居，服柏实以轻身，作《春秋墨说》《孝经错纬》，弟子著录千余人。"石窟距张掖60多公里，因山岩间有马蹄足印而得名，故山名曰马蹄山，其寺为马蹄寺（《甘州府志·形胜》篇记载"岩石间有神骥足在焉"）。当地的藏族朋友说，马蹄寺殿内地面上有天马踏过的马蹄砂石凹印，是格萨尔王马蹄的足迹。现在的马蹄寺已经是5A级旅游景区了。

10月的祁连山区是最美的，山水清澈而透亮，色彩杂陈而缤纷。远处的雪山在蓝色天际的映衬下雄奇俊美，各种灌木已渐红渐黄，夹杂在苍松翠柏中间，绚烂至极。金黄色的老胡杨在红砂岩的石窟不远处，格外引人注目。那天李老师穿一件红色的冲锋衣，在秋色中格外耀眼。在胡杨树下，李老师展开双臂照了一张很满意的照片，后来在他的微信中多次见到过这张照片。三十三石窟是马蹄寺石窟的第三窟，也是最陡峭的一个窟，石窟从山体内一层一层向上开凿，共有5层，从第4层到第5层仅容一人猫腰通过，俗称"鹞子翻身"。

姚主编恐高，惊呼不断，幸亏李辉老师有丰富的户外经验，让姚主编倒着往下爬才安全着陆。

惊险的一幕是在高山草原附近，行进间我们发现一群牦牛在悠闲地吃草。从南方过来的胡社长兴致即来，立刻前去拍照，哪料到一头雄壮的牦牛霎时怒目圆睁，面露凶光，狰狞的牛角慢慢45度向下倾斜，脊背微微隆起。见势不妙，李老师疾呼："不要动……不要动，慢慢向后退。"我们随着李老师的节奏慢慢后退，直到后退了十几米，看牦牛没有动，这才转身离去，吓得我们一身冷汗，还好最终有惊无险。

景区内的裕固族帐篷，已不是传统的帐篷，四周是铝合金的框架，镶着玻璃，屋顶也是由彩钢搭建而成的，宽敞明亮。进帐篷时，两个身着裕固族服饰的姑娘站在门口,一人端酒,一人献哈达,伴随着歌声,每人要喝三碗酒(铜制的小酒碗,盛酒约二两),才能入帐就座。喝酒时必须是左手执碗,右手用无名指在酒中蘸一下,拇指扣着无名指向上弹,蘸在无名指上的酒向天洒开,这叫敬天;同样的方式,向地下弹,叫敬地;第三次要把蘸着的酒抹在自己的额头上,叫敬祖先。进帐篷后,先是酥油奶茶、油果子、炒面和曲拉;接着就是手抓羊肉,裕固族的手抓羊肉与酒店中的差别很大,肋条不分割,是原样的,肉肥味美。这种肋条一根下肚就已经足够饱了。酒喝微醺,姑娘正式唱歌跳舞敬酒,歌声不断酒不断,伴着歌声李老师禁不住和姑娘一起跳起了裕固族舞。舞步轻盈,律动和谐,丰富的表情让我们惊呼不已。后来才知道李老师上大学时就是复旦大学的文艺骨干。在笑声中知道了更多李老师和文化老人的交往和国外游历的趣事。

二

陈思和老师和张新颖老师都是在贾植芳与中国新文学传承国际学术研讨会期间开讲的。2014 年 7 月 7 日,贾植芳先生藏书陈列馆和复旦学者文库揭牌时,我第一次见陈老师,他满头银发,方正稳健,脸上始终挂着谦和的笑容。揭幕式上人很多,我被挤在后面目睹了先生的风采。晚上陈思和老师在图书馆做了《人学与文学——从贾植芳先生的人生与著作谈起》的讲座。两个多小时没有底稿,没有 PPT(演示文稿),但依然侃侃而谈,或简约,或细腻,既通俗又不缺乏学理,让我们体验了大家的神采。

第二次是研讨会结束后,在康乐草原近距离接触了陈老师。在草原上,每个人都成了大自然的孩子,赤诚而坦率。陈老师坐在帐篷正北面的沙发上和老师们聊天说笑,让我想到了贾先生和自己的学生吃着花生米喝酒聊天的场景。

张新颖老师我是第一次见,他每个举止都透着海派知识分子的雅致,说话声调不高，面露微笑，在草原上也没见他放纵一下心情。

三

第三讲是暑假进行的。陈子善老师到张掖参加一个全国的阅读活动，受李辉老师的邀请到学校开讲贾植芳讲堂第三讲。暑期的河西学院很宁静，绿荫蔽日，蝉嘶鸟鸣。讲座是在文学院人文经典展演厅进行的，虽没有河西讲堂场面宏大，下面的听众全是文学院卓越班小学期的学生，这倒更契合陈子善老师讲的张爱玲这一专业性很强的一个话题。陈老师瘦高个儿，戴金丝边眼镜，普通话中夹着上海腔，不过听起来一点不费劲。68岁的老人在讲台上精神饱满，资料详尽，课件制作精美，很多张爱玲著作的书影都是第一次见。陈老师讲解风趣幽默，谈到了他是如何开始研究张爱玲的，以及和张爱玲朋友的趣事，两个小时的讲座很快就结束了。

陈老师很健谈，无须别人来引出什么话题。他谈了很多和贾植芳先生、巴金先生的往事。陈老师很喜欢猫，这是后来在微信朋友圈中发现的。他几乎不发别的内容，只是一日一猫，他有两只猫分别叫多帅和皮帅，从微信中可以看出多帅是只母猫，皮帅应该是公猫。我一直有个疑惑，一年多了怎么没见小猫出现呢？

四

9月的张掖，真可谓金张掖。金色弥漫了田野，瓜果飘香，气候宜人。我们迎来了第四讲的主讲人——梁鸿。梁鸿是"70后"青年批评家的代表，学术研究以河南作家为中心。近年，她声名鹊起是因为两部非虚构作品《中国在梁庄》和《出梁庄记》。梁鸿老师是被邀请的专家中最年轻的一位，和我同岁，我们有着相同的求学经历，都是师范毕业，然后专科、本科、硕士和博士，谈话时相对轻松一些。梁鸿齐肩短发，快人快语，穿着随意，睿智中夹着北方人的豪气。《中国在梁庄》出版以后，听梁老师说，很多三农会议邀请她去参加，可见这本书所具有的现实意义。

在这次讲座上，学校校级科研平台中国非虚构写作研究中心揭牌。该中心是目前全国唯一以非虚构研究命名的机构。由此见得李辉老师学术研究的前瞻性。这次一起来的还有人民文学出版社副主编应红女士，是李辉老师的夫人，温婉秀丽，张掖之行把脚崴了，没能去看马蹄寺。

五

马未都先生和熊光楷将军是10月份来张掖的。

10月份的河西已经天气转凉，天高云淡，红叶尽染，早晚已有寒意，河西讲堂内却喧哗躁动。马老师在央视《百家讲坛》讲过收藏，已属名人，宣传海报贴出后社会上很多人托人找票，可谓一票难求。还有收藏爱好者，藏着掖着自己的宝贝在讲堂四周逛游，伺机让马老师看一眼。马老师一身中式对襟上衣，花白短发，平时不苟言笑。一上台就是另一番神采，语言幽默机智，目光如炬，引得听众不敢丝毫走神。马老师讲到有一次到了一所很有名气的小学，学校安排一名小学生采访，小学生问："请问马老师您是怎么走上文学之路的？"马老师回答："我是用脚走上的。"这并不是马老师在戏弄这名小学生，而是小学生用成人的方式提问，马老师就用小学生的思维来应答，其用意是告诉孩子天性是最好的。

讲座结束后，拍照的，要签名的，要鉴宝的把走廊堵得水泄不通，在保安的维持下马老师才走到休息室。我女儿敏敏9岁，小学四年级，听说马老师要来，让我给她要一张马老师的签名，可讲座结束了我还没签上，第二天马老师就要离开。女儿知道后嘟着嘴巴跟我耍脾气，我是硬着头皮去学校教工餐厅吃夜宵的包厢让马老师给签名的。我说明来由后，在座的校领导和马老师、李老师都笑了起来，两位老师慨然应允。马老师的签名"王进修小朋友：学习是人生很快乐的事。好好学习。共勉 马未都 2016.10.12 河西学院"。李老师的签名"进修小姑娘，越来越美丽！李辉 2016.10.12"。第二天，胡洪侠社长还问我，马老师给你女儿写了一页都写啥了？

熊将军到张掖时已是下午5点多，晚上讲座，第二天就要离开，时间很紧。将军虽着便装，雄姿犹存，一点不像七旬开外的老人。讲座时声若洪钟，流利的英语随口而出，将宏大的主题讲得通俗易解。与将军面对面的时候已经是晚上10点多了，在宾馆的住所第一次与将军握手我备感高兴。将军很谦和，很平易近人，聊天时才知道将军对英语和德语都十分精通，已经到同声翻译的水平了。就在前一天，刘亚洲将军也来到了张掖，他和李辉老师是好朋友，但也好长时间没见面了，在工作间隙他俩还见了一次面。

六

2016年最后一次讲座由曹景行先生画上句号。

曹先生是传媒界的大咖，带学生刚采访完美国总统大选回来，讲座的题目是《我所经历的美国总统竞选》，让我们了解到不一样的美国总统大选，美国选民的心理、美国经济社会的动态、美国政坛的角逐等都是以细节呈现，鲜活生动。记得上初中时老师讲过马克·吐温的《竞选州长》，听过讲座后才明白美国选举的一种真实状况，并不是教参书上写的那样。曹先生与张掖是有缘的，他的哥哥曾经插队就在张掖，这次回来还联系到了他哥哥插队时住的那一户人家。

和曹先生聊天自然会谈到曹聚仁先生，谈到鲁迅、周作人及新文化运动中的逸闻。这样一种口述的历史活态不是从书本所能获得的，就如贾植芳先生与陈思和老师、李辉老师聊现代文学发生演变中的文坛掌故一样，他们对现代文学的理解是一种体验式的理解，现代文学以一种气息而存在，对于大多数而言这段历史都是以一种想象形式而存在。文化的传承和积淀是靠信息承载的，而鲜活的气息是更为可贵的一种信息存在方式。各位名家在河西讲堂讲座就是一种文化气息的存在，是一种文气的灌注，使河西学院文脉郁郁乎。多年以后，留给听众的可能不是讲座的内容，而是这些学者的一言一行或一颦一笑。这种文气的灌注与延续可能是贾植芳讲堂更深远的意义。

贾植芳讲堂前七讲的演讲录，即将结集付梓，作为一名服务者，亲历了讲座的始末，撷讲坛内外的花絮，是为记。

2016 年 6 月 12 日写于贾植芳研究中心

润物细无声
——贾植芳讲堂开讲二三事

董家丽

　　陈思和教授、李辉老师来了，张新颖老师、陈子善老师来了，作家梁鸿女士来了，马未都先生也来了，熊光楷将军来了，陈子善学者来了，著名评论家、媒体人曹景行先生也来了。2016年，一个个普通却又不同凡响的名字，随着贾植芳藏书陈列馆的落成和贾植芳讲堂的开讲，和中国的大西北紧紧联系在了一起。

　　从春天到盛夏，从盛夏到金秋，从金秋到深冬，静静地，他们谈笑着、思索着、怀念着就走进了千里河西走廊的丝路小城张掖，走进了坐落在张掖的河西学院。当他们的声音在夜幕下的校园弥散时，那些平常的夜晚，从此不同寻常，充满活力的校园开始多了一道不可多得的文化风景线。这一年，那些伴着月色走出讲堂的无数河西学子的眼神，正在渐渐丰沛，这一年，跟着星光走入讲堂的河西学院，人文气质格外清新宜人。

　　这一年，河西学院图书馆前的青石桥，走过无数的访客和学者，也走过无数的新生代河西学子，从贾植芳讲堂走进走出的身影，都沉淀在湖岸的记忆里，贾门弟子开启的学术交流之讲堂，如春雨绵绵，在此后的时光里，润物无声。

董家丽

追忆恩师,再话人生深情

  这一年的夏天,贾植芳讲堂在河西学院正式挂牌,著名画家、九十多岁的黄永玉先生为此题写了牌匾。复旦大学图书馆馆长、贾植芳先生的学生陈思和教授首场开讲,讲述他和先生之间父子情深般的细碎故事。随后其弟子、著名作家、《人民日报》的高级编辑李辉老师,从他与恩师的交往及恩师对自己的教诲讲到那个时代的文人风骨与文化气质,说到动情处,泪水伴着哽咽,映衬着已显花白的头发,让人如见当年那个意气风发的青年学子与自己的恩师促膝交谈的温暖岁月。紧随其后,复旦大学中文系的张新颖老师开启了第二讲。他从非虚构视角,细述沈从文老人的一生。

那一晚，当饱含深情的师徒故事从满头白发的弟子们口中娓娓道来时，图书馆二楼学术报告厅里，无数双眼睛泛起点点泪光，人性深处的纯美被贾植芳先生的思想和高贵的人格魅力再次唤醒，也被贾门弟子对恩师的感怀之情深深打动。那一刻的话语，不只是为了传递信息，也不仅仅只有感人的故事，我们还从陈思和老师和李辉老师的脸上，读出了人生依然留存的深情厚爱。

"天若有情天亦老，人间正道是沧桑。"先生伟岸的品格和一生如传奇般的真实经历，就这样跟随着一代代学生的足迹，打破了时空和地域的界限，在祖国大西北的夜空，静静回响。那一双双充满敬仰和求知渴望的眼睛，再次体悟到一个平凡而伟大的师者，如何用堂堂正正的大写人字诠释教书育人的朴素真谛。

一部《中国在梁庄》，让我们爱上她

来自中国人民大学的教授、作家梁鸿女士实在是出人意料。初见，她是平和而谦虚的北方女子模样，温和的微笑，彬彬有礼。跟着一起来的应红女士（人民日报社高级编辑和作家李辉老师的夫人）又是那样的文雅安静，淡淡地透着挡不住的灵气。和同来的李辉老师一样地热情随和，充满活力。

8月的河西走廊，风轻云淡，夜色中的校园却热气腾腾，因为作家梁鸿带着她的《中国在梁庄》，在那个夜晚，点燃了那么多青春学子的文学梦想和潜伏在内心深处的母语情结。你若不在现场，便是无论如何也不能想象初见的那个言语不多的梁鸿女士，讲述她用心写出的一座村庄时，会给你一个怎样的惊喜和震撼。

文字的魅力在她的讲述中是会让人动心动情甚至着迷的。她笔下的梁庄和千千万万的普通中国村庄原本是无太大差异的，可从她的口中却感觉有一条河流淌过来，清清浊浊，混杂着中原的厚重泥土味儿，将一个遥远的故乡冲刷到了你的面前。那记忆里的低矮屋檐，村头大树底下的儿时玩伴，田里劳作的弯曲背影，一瞬间都让你猝不及防，却又让你深切地感受到有一种特殊的温度和一种情义，拖着你的思绪起舞。

那是一个实在不可多得的美好夜晚，那一讲带给我的震动，成了我从此理解和爱上很多与自己不相干的小村庄及它们的苦难的最直接缘由。

正如讲座结束后，走在清朗的月光下，刘仁义校长说的那句话："我们一直就知道很多歌颂和书写黄河长江的诗文，可是从来没有认真思考和关注过自己生活的村庄究竟是啥样。"我想，刘校长是被梁鸿老师的讲述触动了内心深处的温情。可那一晚的河西讲堂里，又有谁不会被触动呢？那样细腻的文字，那样深刻的观察，还有那样坚韧的对中国农村苦难的坚守，被这样一个女子用心里的眼睛，丈量书写成一部沉重的《中国在梁庄》时，还有谁会不被触动吗？

柔媚的梁鸿老师，作家梁鸿女士，在那个夜晚，给了生活在大西北的河西学子们一个回望自己村庄的生动而鲜活的理由，也为无数热爱文学的师生们找到了一个爱上她的精彩理由。

张开臂掖，就是积极的人生态度

从马未都先生的博客里摘抄下这个标题时，已是马先生结束西北之行回到京城以后了。那几天，马先生博客里写下的西北行感悟，已在网上流转成微博、微信里的一匹小黑马，尤其对于西北张掖的人们，对于河西学院的师生而言，读来顿觉亲切又兴奋，因为他和我们曾经相遇且相会在这个丝绸之路上的人文小城。"张开臂掖，就是积极的人生态度"，多么纯粹而又深情的体悟，仿佛在一瞬间，马先生轻描淡写的一句话，竟打开了久居此地的人们"另眼相看"这座丝路小城的心灵之窗。

马未都先生的到来，是贾植芳讲堂开讲后的第五讲，也是河西走廊深秋时节了。可是那天的河西学院，甚至整个张掖市都在酝酿已久的期待中，让那个夜晚注定成了最具有吸引力的一夜。

秋高不一定会气爽，但名人却无论如何会带皱一池春水。马未都先生在收藏界的名气和他的观复博物馆承载的文化传承与文化守望精神，早已成为中国文化界的热议话题。所以，那个夜晚，近千人的河西大讲堂座无虚席，两边的过道也挤满了校内校外的人。当马先生步入时，热烈的掌声四起，面对满场充满期待和热情的观众，马先生幽默开场——

"看到这么多人，我有些紧张和激动，今天我想和大家先聊聊我的观复博物馆，然后留些时间给大家提问，别问太宏大太抽象的问题就行。"

质朴的话语，质朴的马先生，就在这一晚，从从容容，细细地道来他如何从文学之路走上收藏之路，又如何让自己的这个自觉的选择，从最初的爱好一步步走成了今天声名鹊起的观复博物馆。这个中的故事和滋味，如陈年老酒，亦如深巷红杏，出墙的一刻早已韵味悠长，醇厚浓香。

那一晚，我们收获的不只是在西北小城亲眼见到了一位中国收藏界的鉴赏专家，也不只是亲耳听到了这位创办中国第一家私人博物馆的名人和馆长的声音，而是触摸到了马先生和他的观复博物馆带给现代浮躁社会和功利现实生活的那些心灵温度，感受到了其传承和保存中国传统文化遗产的一份担当和情怀。

就如从他的讲述里，那些古门，那些花窗，那些老床，那些有裂痕的瓷器，活色生香地打开了一道道通向浮生若梦的旧时光的大门，似乎有稚嫩的童声和沧桑的身影，隐在温柔的青砖红瓦堆里，静想岁月。不改初心的马先生则如痴情的浪子侠客，游走江湖，拾掇那些流散世间的人情冷暖，守望他心里的无悔选择。

写下此记事的这一刻，又禁不住想起他在讲堂说过的一句话"每件过手的藏品都是一个有温度的记忆"。真的如此吗？马先生那一头花白的短发，在他身上竟颇显睿智和厚实。

那一晚，掌声，笑声，交织着马先生和师生的互动，灵动而热烈地穿梭在河西讲堂，以至于主持人李辉老师最后不得不上台进行干预性的"强行总结"，才让沉浸在其中的意犹未尽的听众们目送马先生离开讲堂。

那一晚之后，很多时间里，走在校园的阳光下，就想起马先生的"张开臂掖，就是积极的人生态度"的话，步子就会变得轻盈而有力。其实，我们每个人的人生，是多么需要不断地主动张开双臂，应对迎面而来的每一天。

有朋自远方来，不亦乐乎

这一年，伴随着贾植芳讲堂的开讲，我们收获的除了一场场精彩的学术讲座带来的知识、信息和文化的浸润，还有值得我们记住和留在心里的珍贵的友情。

贾植芳先生、河西学院、观复博物馆、人民日报社的高级编辑、中国著名的作家、中国著名的军事家、中国著名的媒体人、评论家，这些看似毫无可能关联在一起的一连串名字，却因为贾植芳先生和他的弟子们，确切地说，是因了李辉老师和陈思和馆长的缘故，在复旦大学和河西学院人的热切努力下，以一种特殊的方式，紧密而亲密地走到了一起。

所以，远在祖国西北的小城张掖和千里河西走廊的唯一一所高校河西学院，就有了贾植芳先生藏书陈列馆，有了贾植芳讲堂，更有了后来的冯骥才先生亲笔题写的中国非虚构写作研究中心的牌子。而因了这一切，就有很多人在来来往往中成了朋友，成了相识相念的好友和同事，甚至成了彼此精神的牵挂。

李辉老师便是其中之一。不说他的激情和实现做事愿望的真情，不说他不辞辛苦，每次邀请来的那些学界大咖们，也不说他和众多的河西学院人共同为讲堂开讲付出的努力和真诚，我们只想说：他的到来，如春，暖暖的，带着明朗的笑容和活力，带着他积攒的大量个人的珍贵藏书，走进了河西学院。逸夫图书馆的书架上，贾植芳藏书陈列馆的书架上，近2000多册的私人捐赠书籍，该蕴含着怎样的一种情感寄托和情感传递！也许，只有用心踏进这片西北热土的追梦人才能懂。

其实，刘仁义校长对李辉老师的情怀和对河西学院的"情有独钟"一直感念不已。因了贾植芳讲堂和贾植芳藏书陈列馆，他和李辉老师之间的交往，在一定意义上，已经超越了单纯的交流合作关系，两人之间有了一种无声的默契和对事业的共同热情。而李辉老师似乎也已成了大家，或者说成了河西学院师生最期待和最牵念的共同的朋友。作为贾植芳讲堂的特邀主持人，李辉老师对每场讲座的开场、总结和点评，自然也是被大家期待又期待的时刻。

就如此刻，笔尖下似乎已跳动着李辉老师充满自信和富有感染力的手势和声音：

"同学们，本期讲座到此结束，下期更精彩，我们下期再见！"

是哦，这份友情，这份情怀，叫我们如何不想他呢？对呀，每场的讲座都是在一阵依依不舍的掌声中结束，挥挥手，李辉老师沉静地微笑着转身的背影，这一刻，已跃然纸上。

当然，这一年，还有精气神十足的熊光楷将军与河西学院结下的那份友谊，还有伴着马先生和李辉老师一起来的深圳晚报社的胡洪侠社长和姚峥华副主编与贾植芳藏书陈列馆结下的那份书缘，还有儒雅风趣的曹景行先生深冬河西行留给师生们关于美国大选的新闻和思考。

他们都是远方的客人，亦是我们心中的益友。

能有良师益友常自远方来，实在是值得不亦乐乎。

因为，身居西北小城的学子们，何其有幸！